KB125805

# 그날 밤
# 내가 죽인 소녀

부크크오리지널은 부크크의 기획출판 브랜드입니다.
여러분의 투고를 기다립니다.

그날 밤 내가 죽인 소녀


**초판 1쇄 인쇄** 2022년 4월 18일
**초판 1쇄 발행** 2022년 4월 25일

**지은이** 장은영
**펴낸이** 한건희

**책임편집** 유관의
**디자인** 조은주

**주식회사 부크크**

**출판사등록** 2014. 07. 15(제2014-16호)
**주소** 서울특별시 금천구 가산디지털1로 119 A동 305호
**전화** 1670-8316
**홈페이지** www.bookk.co.kr **이메일** editor@bookk.co.kr
**블로그** blog.naver.com/bookkcokr **인스타그램** @bookkcokr
**ISBN** 979-11-372-7685-7 (03810)

# 그날 밤
# 내가 죽인 소녀

장은영 장편소설

# 차례

# 프롤로그

"저도 계속 글을 쓰고 있어요. 정식 작가는 아니고, 작가 지망생이긴 하지만."

O가 만년필을 곁눈질하며 말했다. 그동안 어떻게 지냈냐는 말에 대한 대답이었다. 각자 술잔을 기울이던 ◇◇ 고등학교 독서 동아리 회원들은 동작을 멈추고 일제히 O를 바라보았다. 자리에 모인 사람들 중 어느 누구도 O의 대답을 예상하지 못한 탓이었다.

"뭐야, 갑자기 무슨 바람이 들어서?"

회장이 얼빠진 얼굴로 마늘을 씹으며 물었다. 시선은 O에게 가 있지만 손은 불판 위에서 먹음직스럽게 익어가고 있는 고기를 계속 뒤적거리는 채였다.

"갑자기는 아니에요. 대학 가고 난 뒤부터 스물셋 먹은 지금까지 쭉 쓰고 있었는데요."

"그러니까, 왜? 너 졸업하고 나면 음악 쪽으로 가겠다고 그랬잖아. 뜬금없이 웬 글이야?"

O는 맥주로 가득 찬 맥주잔에 소주를 조금 부으며 남일 얘기하듯 무미건조한 투로 대꾸했다.

"그냥요. 음악은 질렸어요. 선배나 다른 애들처럼 글 쓰는 일이 좀 더 재미있을 것 같아요."

"허, 그래?"

"네. 참, 요즘 쓰고 있는 글이 있는데. 한번 봐주실 분? 장르는 스릴러예요."

말이 끝나기가 무섭게 O가 숄더백에서 두툼한 A4용지 묶음을 꺼내 들었다. 술과 고기, 형식적인 안부 인사만 오가던 동창회 테이블에 갑작스레 원고 뭉치가 등판하자 회원들의 눈이 하나같이 호기심으로 반짝이기 시작했다. A는 눈으로 원고의 표지를 훑었다. 아직 적당한 제목을 찾지 못했는지 제목이 있어야 할 자리는 비어 있고 그 아래로 O의 필명만 덩그러니 적혀 있었다.

고기를 굽느라 손이 바쁜 회장은 자연스럽게 원고 감상 경쟁에서 빠졌고, 남은 회원들끼리 치열한 경합을 벌인 끝에 AB에게 가장 먼저 원고를 볼 자격이 주어졌다. 순서를 놓친 B와 햄버거, 만년필이 아쉽다는 듯 혀를 찼지만 A는 당연한 수순이라고 생각했다. AB는 동아리에 가입할 때부터, 아니 고등학교에 입학했을 때부터 작가 생활을 시작했으니 작가로서 조언을 해주는 역할엔 단연 AB가 가장 제격일 것이다.

테가 검은 안경을 고쳐 쓴 AB가 먹잇감을 쫓는 맹수처럼 날카로운 눈빛으로 원고를 읽어 내려가기 시작했다. 테이블을 중심으로 둥그렇게 둘러앉은 회원들의 눈이 전부 AB에게로 향했다.

"중구난방이야."

짧은 감상평을 끝으로 희고 가는 손마디가 원고를 내려놓았다. AB의 맞은편에 앉아 입 안 가득 고기를 넣고 우물거리던 O가 미간을 구겼다.

"좀 더 구체적으로 말해봐."

"이중인격 살인마가 폐쇄된 건물에 사람들을 납치해놓고 한 명씩 죽인다는 설정은 좋아. 그런데 시점이 너무 자주 바뀌고 이야기가 지나치게 얽혀 있어. 줄거리를 좀 더 간소화해봐."

"잠깐, 뭐라고? 이중인격 살인마? 이거 완전 표절이잖아. 내가 최근에 출간한 작품이랑 완전 콘셉트가 똑같아. 너 이 자식, 내 바지로도 모자라서 이젠 작품까지 표절하기냐? 우리 아버지가 아셨으면 넌 뒤졌어, 인마. 아버지가 세상에서 제일 싫어하시는 일이 줏대 없이 남 따라하는 거라고."

회장이 농담조로 끼어들자 O는 자기 청바지를 슥 내려다보곤 고개를 절레절레 흔들었다. 무슨 우연의 일치인지 두 사람이 입은 바지는 쌍둥이처럼 똑 닮은 바지였다.

"제가 선물한 건데 표절이면 어때서요. 이 이상 간소화하기는 힘든데."

"그리고 문장도 좀 별로야. 스릴러면 장면이나 사건에 집중해야지, 너무 인물이나 배경 위주의 묘사에 치중한 것 아닌가?"

"그래, 이 자식아. 스릴러는 사건만 있으면 장땡이라고."

"선배는 좀 빠져요. 문체를 바꾸라고? 그건 더 힘들어. 차라리 장르를 바꾸고 말지."

"어쭈, 지금 유서 깊은 작가 가문 자제의 귀하신 조언을 무시하냐?"

"알았으니까 좀 빠져봐요, 선배. 말 잘했네. 차라리 에세이나 로맨스를 써보는 건 어때. 네 문체랑 스릴러는 별로 안 어울리는데."

"안 돼. 전부터 꼭 한 번 스릴러를 써보고 싶었단 말이야."

O가 구시렁대며 원고를 도로 집어넣자 햄버거가 볼멘소리를 냈다.

"어, 뭐야. 우린 안 보여주는 거야?"

"됐어요. 조언은 이 정도면 충분해요."

"지금 사람 차별하냐? 저 자식이 제일 잘나가긴 하지만 우리도 나름 작가거든?"

"선배도 참, 차별은 무슨 차별이에요. 하여튼 평소엔 안 그러면서 술만 들어가면 화부터 내고 보신다니까."

만년필은 햄버거의 두툼한 허벅지를 찰싹 소리 나게 때리고는 이내 O를 향해 고개를 돌렸다.

"그런데 너 필명을 정말 그걸로 정한 거냐? 너무 신비주의 콘셉트 아니야?"

"왜? 별로야?"

"아니, 뭐. 독특하니 신인 작가 필명으론 좋을 것 같긴 한데……. 이건 우리 동아리에서 회원들끼리 부르던 별명 같은 거잖아. 설마 진짜 이걸 필명으로 쓸 줄은 몰랐지."

맥주만 연거푸 마시던 A도 속으로 만년필의 말에 동의했다. 인터넷에 연재하는 웹소설도 아니고, 이런 단순한 필명으로 등단하고자 하는 작가는 거의 없을 것이다.

A, B, O, AB, 만년필, 햄버거, 회장은 모두 동아리에서 부르던 별명이었다. 시작은 A와 B가 본인을 포함한 가족 모두 혈액형이 각각 A형과 B형이라는 얘기를 꺼낸 것에서부터였다. 어느 날 회장이 장난삼아

두 사람을 A와 B라는 호칭으로 부르기 시작하자, 중학생 때부터 그 둘과 친하게 지내온 O와 AB도 자연스럽게 본명보다는 본인들의 혈액형으로 불리게 되었다. 회원들의 반수가 어영부영 별명을 갖게 되니 나머지 회원들도 정해진 수순처럼 서로에게 별명을 붙여주었다. 멋들어지게 생긴 만년필을 수집하는 취미가 있는 만년필, 틈만 나면 매점에서 햄버거를 사먹는 햄버거, 동아리 회장은 물론 학생회 회장직까지 겸하고 있는 회장, 그리고…….

홀로 추억에 잠겨 있던 A는 갑자기 등허리에서 식은땀이 흐르는 것을 느꼈다.

"자자, 작가 지망생이든 작가님이든 다들 잔들 드시고. 오랜만에 모였으니 2차까지는 달려야지?"

회장의 유쾌한 목소리가 머릿속을 채운 온갖 잡념들을 휩쓸고 지나갔다. 주위를 둘러보니 모두가 돌아가며 건배를 하는 중이었다.

그래, 다들 즐겁게 먹고 마시며 떠들고 있다. 나도 그들처럼 언제 또 찾아올지 모를 이 순간을 즐기면 되는 것이다. 이제 와서 과거를 돌이켜봤자 달라지는 건 아무것도 없다.

A는 스스로에게 최면을 걸듯 중얼거렸다.

"야, 2차도 부족해. 오늘은 무조건 3차까지 한 명도 빠지지 말고 다 가는 거다. 특히 너, 또 술 못 한다느니 뭐니 계집애처럼 핑계 대고 빠져나가기만 해봐. 진짜 죽는다."

잘 익은 토마토처럼 얼굴에 홍조를 띄운 햄버거가 A에게 으름장을 놨다. A는 마른 침을 한 번 삼키고 잔을 채우며 대꾸했다.

"걱정 마세요. 그럴 일 없을 테니까."

"걱정 마, 너희가 생각하는 그런 일은 없을 테니까."

머리가 깨질 것 같은 두통이 찾아옴과 동시에 낯선 목소리가 A의 귓가를 간지럽혔다.

뭐지, 나는 룸메이트 같은 건 없는데. 이 목소리는 누구 거지. 혹시 너무 취해서 회원들 집에서 하룻밤 신세진 건가? 머리는 또 왜 이렇게 아픈 거지.

A는 어떻게든 딱 붙은 눈을 떠보려고 애쓰며 지난 밤 무슨 일이 있었던 건지 기억해내려 했으나, 어쩐 일인지 고깃집에서 나와 노래방에 갔던 일까지밖엔 생각나지 않았다. 분명 그 후로 무슨 일이 더 있었던 것 같은데…….

"어라."

간신히 천근만근인 눈꺼풀을 떼어낸 A의 입에서 갈라진 신음이 새어 나왔다. 베이지색 벽, 붉은 양탄자가 깔린 바닥, 용도를 알 수 없는 문들이 주르륵 늘어선 복도. 모두 태어나서 생전 처음 보는 풍경이었다. 회원들 중 누구도 이렇게 문이 많은 곳에서 살고 있다는 말을 한 적이 없다. A의 자취방 풍경과도 괴리감이 있었다. 무언가가 잘못 되어도 한참 잘못되었다.

A는 조심스럽게 몸을 일으켰다. 아니, 일으키려 했다. 상체를 일으키는 데까지는 성공했지만, 손과 발이 밧줄로 묶여 있어 아무리 용을 써봐도 물 밖으로 내던져진 생선처럼 꼴사납게 파닥거리는 모양새밖엔 되지 않았다. 그때 A의 잠을 깨운 낯선 목소리가 또다시 허공을 갈라 귓가에 꽂혀 들어왔다.

"어, 깼네?"

소름이 끼칠 정도로 거칠고 투박한 목소리다. 미지에서 비롯된 공포와 당혹감, 여전히 꿈속을 거닐고 있는 듯한 비현실적인 감각이 A의 뇌세포를 휘감아왔다. 천천히 몸을 굴려 뒤를 돌아보니 거꾸로 선 T자형 복도에 A처럼 손발이 결박된 회원들이 바닥에 아무렇게나 널브러져 자신을 쳐다보고 있었고, 눈과 입 부분이 뚫린 검은 복면을 쓴 깡마른 남자가 정면의 출입문을 등진 채 꼿꼿이 서 있었다. 남자는 옆구리에 엽총을 차고 있었다.

"일찍 좀 일어날 것이지. 처음부터 다시 설명해야 하잖아."

귀찮다는 양 관자놀이를 긁던 남자가 총을 빼들며 중얼거렸다. 반질반질한 검은색 총구가 자신에게 향하는 것 같다는 생각이 든 순간, 심장이 오그라드는 것만 같은 격통이 느껴졌다. 동시에 총구가 엄청난 굉음을 뿜었다.

"잘 들어. 난 인내심이 부족한 사람이라, 네게 지금 상황을 하나하나 납득시켜줄 생각 따위 없어. 멍청하게 질문 같은 거 하지 말고 눈치껏 이해하라고. 이건 너희를 위한 깜짝 이벤트도 아니고, 몰래카메라 같은 애들 장난은 더더욱 아니야. 내 말 듣고 있나?"

남자가 사납게 말했다. A는 약 1m 정도 떨어진 벽면에 박힌 총알을 쳐다보며 간신히 고개만 끄덕였다. 총성 탓에 고막이 잠시 제 기능을 잃어 남자의 발음이 명확하게 들리지 않았지만, 어느 모로 보나 투정을 부릴 수 있는 상황은 아니었다.

"좋아. 이해하기 쉽게 간단히 말해주지."

만족스러운 기색이 돌던 남자의 목소리가 순식간에 흉포한 악어의 울음소리처럼 무시무시하게 돌변했다.

"여기 있는 너희들 중 누군가는 사람을 죽였다. 살인범을 찾아내지 못하면 너희 모두 저 벽처럼 몸에 바람구멍을 만들어줄 거야."

# 첫 번째 날

# A1

사람을 죽였다. 동아리 회원들 중 누군가가, 사람을.

총성 때문에 귀가 완전히 맛이 가버린 걸까. A는 남자의 말을 부정할 생각도 하지 못하고 멍하니 시커먼 총구만 쳐다보았다.

"반응이 좀 특이하네. 너희 중에 살인자가 있다는 사실을 인정하는 건가? 다른 놈들은 어디서 그런 헛소리를 듣고 왔느냐며 난리도 아니었는데."

남자가 재미있다는 듯 중얼거렸다. 물론 A 역시도 몇 년간 동고동락했던 인물들 틈에 살인자가 끼어 있다는 말을 부정하고 싶은 마음이야 굴뚝같았지만, 총에 기가 질려서인지 온 마음을 다해 부정하고 싶은 기분도 들지 않았다.

"저, 아까 하신 말씀은 사실인가요? 그……. 살인범만 찾아내면 나머지 사람들은 무사히 내보내주겠다고 하신 거요."

찰나의 침묵을 틈타 회장이 조심스레 질문을 던졌다. 그도 A처럼 바닥에 누워 간신히 고개만 쳐들고 있는 상황이었다.

남자는 흔쾌히 고개를 끄덕이며 큰소리로 답했다.

"물론이지. 내게 필요한 건 살인범뿐이야. 다른 놈들은 관심 없어. 살인범만 찾아주면 너희가 생각하는 그런 일은 일어나지 않을 거야."

"……그럼 살인범은 어떻게 처리하실 생각이신지?"

제법 날카로운 회장의 질문에 모두의 이목이 남자에게로 집중되었다. 겁에 질려 얼어붙어 있던 A도 남자의 대답을 기다리며 차근히 귀를 기울였다. 남자가 할 대답이야 뻔했지만, 그래도 그의 입으로 직접 확인받고 싶었다.

한동안 말없이 침묵하던 남자는 얼음장처럼 서늘한 음성으로 담담하게 말했다.

"제대로 된 대가를 치르게 해줘야지. 죄를 짓고도 4년간 아무 생각 없이 편하게 살아온 대가를."

말을 마친 남자는 회원들의 얼굴을 한 명씩 돌아가며 응시했다. 그는 A와 눈이 마주치자 씩 웃어 보였다. A는 자신도 모르게 몸을 부르르 떨었다. 10월인데도 이마에서 땀방울이 배어 나왔고, 팔뚝에 소름이 오소소 돋았다. 4년 전이라면…….

"옳지, 이제야 좀 볼 만한 표정이 나오는군! 그러고 보니 넌 이번에 처음 듣는 거지? 아직까지 그 일을 기억하고 있어서 정말 다행이야. 덕분에 설명할 수고를 덜었어."

남자가 악의 섞인 어조로 말했다. 어느새 그는 미간을 일그러뜨린 채 고통스러운 표정을 짓고 있었다.

"내가 찾고 싶은 놈은 한유진을 죽인 놈이야. 그래, 너희가 사과라고 부르던 그 여자애 말이야. 나는 유진이 애비 되는 사람이고."

사과는 독서 동아리의 유일한 여자 회원이었다. 초등학교에 입학했을 때부터 고등학교 3학년까지 그녀의 별명은 쭉 사과 하나였다고 했다. 조용한 성미와 흰 피부는 수줍은 사과꽃을, 조금만 놀려도 금방 발갛게 익는 둥그스름한 얼굴은 영락없이 사과를 꼭 닮아서 그녀의 별명에 이의를 제기하는 사람은 아무도 없었다.

지금까지도 잊을 수 없다. 달의 크레이터처럼 깊은 볼우물을 가진 동급생의 여자아이를, 항상 도서관에서 샬롯 브론테의 책을 찾던 그 소녀를. 사과는 AB 다음으로 문장력이 출중했다. 각종 공모전이나 백일장의 수상자 내역을 보면 항상 AB와 함께 사과의 이름이 보였고, 성적도 나름 상위권에 속해 내신만으로 대학에 입학해서 수능 걱정도 거의 없었다.

한마디로 사과는 회원들이 꿈꾸는 가장 이상적인 작가의 모습을 하고 있었다. 숫기는 조금 없을지언정 천성이 상냥해서 남자 회원들과도 두루두루 잘 어울렸고, 맑고 깊은 눈동자는 평범한 여자애들과는 다른 신비한 분위기를 자아냈다. 그러니 그 특별했던 여자아이를, 어느 누가 죽일 수 있었겠는가? A로서는 상상조차 할 수 없는 일이었다.

"거듭 말씀드리지만, 그 애는 살해당한 게 아닙니다. 수능 전날 새벽, 스스로 3층 교실 창문에서 뛰어내린 거예요. 살인이 아닌 자살이었습니다."

AB의 차분한 목소리가 A의 정신을 현실세계로 끌어내렸다. 쓴웃음을 머금은 남자는 AB의 말을 앵무새처럼 되풀이했다.

"살인이 아닌 자살이었다고?"

"네. 물론 품행도 바르고 성적도 좋은 학생이었던지라 자살한 동기는 불투명했지만……. 경찰과 학교 측은 물론, 당시 유가족들마저도 자살이라고 결론지은 일입니다. 그 유가족엔 아버님도 포함되어 있었겠지요. 이제 와서 살인이라고 우길 만한 근거는 없어요. 게다가 이미 4년이나 지난 일입니다."

AB의 말투는 꼭 떼를 쓰는 어린아이를 달래듯 조곤조곤했다. 잠시간 말이 없던 남자는 총을 다시 옆구리에 차더니, 바지 주머니에서 꾸깃꾸깃한 종이 한 장을 꺼내 회원들의 눈앞으로 내밀었다. 스프링 노트에서 한쪽 페이지만 찢어낸 것 같았다.

"아니, 틀림없이 살인이야. 단순 자살이라면 그 애가 일기장에 이런 내용을 적었을 리 없어."

"일기장……이라고요?"

"그래. 한 달 전, 이제 슬슬 버릴 때가 됐다 싶어 유품들을 정리하던 중에 찾아냈지. 이건 유진이가 쓴 일기의 마지막 페이지야. 너희한테 보여주려고 친히 찢어왔어. 두 눈 똑바로 뜨고 잘 보라고, 우리 딸이 죽기 전에 마지막으로 무슨 말을 했는지."

남자가 으르렁댔다. A를 포함한 회원들의 눈에 미심쩍은 기색이 일렁였지만, 남자가 내민 종이 속의 정갈한 글씨는 틀림없이 사과의 필체였다.

사과가 죽기 전 마지막으로 썼다는 그 일기는 평소 사과의 말투와는 완전히 딴판이었다. 회장이 떨리는 목소리로 일기를 소리 내 읽었다.

11월 12일

다 죽어버렸으면 좋겠다. 전부 다 죽었으면 좋겠다. ……아니, 내 손으로 죽여버리고 싶다. 세상에서 가장 비참하고 비루하게 죽여버리고 싶다.

너, 아무것도 모르고 웃고 떠드는 너한테 하는 말이야. 동아리 에서 마주칠 때마다 역겨워서 견딜 수가 없어.

다음 생엔 꼭 내가 먹을 사과로 태어나주길 바라. 네 피부를 하나하나 벗겨내서 칼로 썰어버리고 싶어.

섬뜩한 내용에 A는 머리털이 쭈뼛쭈뼛 곤두서는 듯한 느낌이 들었다. 이게 정말…… 사과가 쓴 일기란 말인가. 사과가 부실에서 일기 쓰는 모습이야 자주 보았지만, 그녀가 누군가를 증오하는 모습은 한 번도 본 일이 없었다.

"유진이는 자살한 게 아니야. 너희 중 누군가한테 살해당한 거야."

가면처럼 딱딱하게 얼굴을 굳힌 남자가 한 음절 한 음절 뚝뚝 끊어서 말을 이었다. 끝을 알 수 없는 원한과 절망, 그리고 슬픔이 담긴 음성이었다.

"이곳은 장사가 안 돼서 폐쇄한 시골 촌구석의 버려진 산장이고, 출입구는 물론 비상구까지 다 막아놨으니 너희 힘만으로 여길 탈출하긴 불가능해. 만일 운이 좋아 탈출한다 해도 반경 10km 내외로 사람은 물론 개미새끼 한 마리도 보이지 않을 거고, 며칠 내로 태풍이 북상할 예정이라 산을 내려가는 것도 쉽지 않을 거야. 한마디로, 얌전히 앉아서 살인범이나 찾는 게 너희 신상에 좋을 거란 뜻이지."

남자의 오른손이 엽총의 방아쇠 주변을 만지작거리기 시작했다. 남자의 말이 사실이라면 그가 마음대로 총을 쏜다 해도 외부의 개입을 기대하기는 힘들 것 같았다. 자세히 보니 총구에는 소음기까지 장착되어 있었다. 소음기가 총성을 극적으로 줄여주는 건 아니지만, 애초에

10km 내외로 접근하는 사람이 아예 없다면 총소리의 크기는 별 상관이 없을 것이다. 게다가 과거에 산장으로 사용된 건물이라면 당연히 산중에 위치하고 있을 텐데, 산에서 총소리가 들린다 한들 멧돼지, 고라니 같은 동물을 사냥하는 소리로밖엔 들리지 않을 터였다. 산에서 어떤 미친 남자가 인간 사냥을 하고 있으리라고 누가 상상이나 할 수 있겠는가?

"뭣들 하고 있어? 얼른 살인범을 찾아내라니까? 내 딸이 유서 한 장 남기지 않고 쫓기듯 죽게 만든 놈을 어서 찾아내라고!"

"잠깐, 잠깐만요. 저희는……. 그러니까, 저희는 이 일기도 처음 봤고, 사과가 저희 중 누군가한테 원한을 품고 있었다는 사실도 이제 처음 알았다고요. 시간을 좀 주세요. 저희끼리 의견을 나눌 시간이요."

회장이 코를 훌쩍이면서 애원하자 남자는 끙 하고 앓는 소리를 냈다. 회장의 말에 다른 꿍꿍이가 없는지 헤아려보는 것 같았다.

몇 분간 의미 없이 복면만 고쳐 쓰던 남자는 회원들에게 여유를 주는 게 좋겠다고 판단했는지, 사과의 일기를 도로 주머니에 쑤셔 넣었다. 출입문의 문고리에 은빛 열쇠를 꽂아 넣은 남자가 험악한 투로 으름장을 놨다.

"일주일. 일주일 안에 살인범을 찾아내지 못하면 너희 모두 쏴 죽여 버릴 거야. 내일 다시 올 테니 편히들 대화 나누고 있으라고."

## A2

"씨발, 뭐 이런 개떡 같은 일이 다 있어."

햄버거가 욕지거리를 내뱉었다. 다른 회원들이 어떻게든 몸을 일으켜 벽에 등을 기대고 앉아 있는 것과 달리, 그는 혼자 천장을 보며 팔자 좋게 드러누워 있었다. 통통한 뱃살 때문에 상체를 움직이는 것조차 버거운 듯했다.

"야, 솔직히 말해봐. 이거 다 너희가 짜고 몰카 하는 거지? 지금이라도 솔직하게 털어놓으면 용서해줄게, 이 개새끼들아. 저 남자도 사과네 아버지가 아니라 너희가 섭외한 배우지? 빨리 그렇다고 말해."

"그런 거였으면 얼마나 좋겠냐. 그런데 우리가 너 하나 골려주겠다고 안 쓰는 산장이랑 진짜 총을 구해왔을 리가 없잖아, 병신아."

회장이 퉁명스런 얼굴로 쏘아붙였다. 햄버거가 뭐라고 대꾸하려던 찰나, 그의 곁에 앉아 있던 만년필이 불쑥 대화에 끼어들었다.

"그런데 일주일, 아니 사흘 정도만 지나도 가족들이 경찰에 신고해줄 텐데. 그렇게 되면 저 아저씨가 우리 다 죽이려고 드는 거 아니에요?"

"야, 넌 이 상황에 굳이 그런 불길한 소릴 해야겠냐?"

"지금이 아니면 언제 하려고요. 아무런 대책도 없이 손 놓고 있다 죽을 거예요?"

만년필이 상상만 해도 끔찍하다는 양 몸을 부르르 떨자 AB가 그에게 한심하다는 눈빛을 보내며 입을 열었다.

"됐어, 경찰에 신고가 들어가봤자 우릴 어떻게 찾아내겠어. 휴대폰이 없으니 위치 추적도 안 되고, 산중이라 목격자도 거의 없을 거야. 게다가 고작 며칠 남짓 연락이 안 된다는 사실만으로 우리가 납치를 당했다는 정황에 다다르기란 불가능해. 가족들이나 지인이 신고를 해도 납치를 연상시킬 수 있는 증거가 없으면 실종 신고는커녕 가출 신고 정도가 고작일 텐데, 성인 남자의 가출은 어린아이나 학생들에 비해 그리 심각하게 받아들여지지도 않아. 우리가 정말 걱정해야 할 건 이거야. 저 남자의 말이 사실인가, 사실이라면 우리 중 누가 범인인가."

AB가 말을 마쳤다.

좌중엔 불편한 침묵이 감돌았다. 지난 6년간 회원들 사이에서 단 한 번도 존재하지 않았던, 영원과도 같은 그런 침묵이었다. A는 회원들이 금수 같은 눈을 하고 자신의 얼굴을 훑는 모습을, 의심스런 눈초리로 서로의 얼굴을 뜯어 살피는 모습을 피해 바닥으로 시선을 고정시켰다.

이중에 사과를 죽게 만든 사람이 있다.

A는 여전히 남자의 말을 믿고 싶지 않았다.

"저기, 또 하나 우리가 걱정해야 할 문제가 있는데."

"이번엔 또 뭔데요?"

지친 기색인 B가 날카롭게 물었다. 회장은 묶인 손으로 콧잔등을 긁으며 더듬더듬 말을 이어나갔다. 본인도 스스로의 말에 별 확신이 없는 것 같은 얼굴이었다.

“저 남자, 사과 아버지가 아닌 것 같아. 복면을 쓰고 있긴 하지만……. 내 기억 속 아저씨랑 너무 달라.”

회장의 이야기는 대략 이러했다.

약 1년 전 어느 날, 햄버거와 마찬가지로 다른 회원들보다 한 학년 선배인 회장은 입시 공부로 고생하는 후배들을 위해 불시에 학교를 방문했다. 그런데 빈손으로 들르는 게 마음에 걸려 간식거리라도 사갈까 싶어 들른 편의점에서 사과와 마주쳤다. 뜻밖의 만남에 반가움도 잠시, 아직 학교에서 수업을 듣고 있을 시간인데도 편의점에 와 있는 사과에게 무슨 일이라도 있느냐고 묻자 사과는 겁에 질린 얼굴로 자기한테 스토커가 있는 것 같다고 답했다. 그 스토커가 학교까지 따라온 것 같아 무서워서 일찍 조퇴를 했고, 아버지한테 사정이 있으니 데리러 와달라고 전화를 건 참이라는 것이다,

사과의 말이 끝나자마자 검은색 승용차 한 대가 타이밍 좋게 편의점 앞에 와서 멈춰 섰고, 회장은 이때 사과의 아버지가 운전석에서 내리는 모습을 목격했다. 그런데 회장이 기억하는 사과의 아버지는 복면을 쓴 남자와는 체구도, 목소리도 완전히 다른 사람이었다.

“기억은 잘 안 나지만, 아까 그 남자보단 더 통통한 분이셨던 것 같아. 이런 무모한 짓을 저지를 분도 아닌 것 같았어. 나랑 눈이 마주치니까 손을 흔들어주셨거든, 이렇게.”

회장이 묶인 양손을 들어 왼손만 위아래로 까딱거렸다. 꼭 골절상을 입은 환자가 손을 흔드는 것 같아 꼴이 우스웠다.

“그건 모르는 일이지. 겉모습만 보고 사람 속을 어떻게 알아.”

"선배가 학교에 왔었다고요? 정확히 언제 왔었는데요? 전 선배한테 뭐 얻어먹은 기억이 없는데."

"아, 시끄러워. 아무튼 지금 그게 중요한 게 아니잖냐. 진짜 중요한 건 이거지. 우릴 납치하고 총으로 협박하려 드는 저 미친놈은 대체 누구인가. 우리가 저놈이 한 말을 믿을 수 있는가. 솔직히, 자기 딸이 죽었는데 일기를 4년이나 지난 다음에야 들춰볼 생각을 했다는 게 말이 되냐. 가짜니까 저런 말을 하는 거지."

회장이 어영부영 말을 마쳤다.

그때 갑자기 회원들의 머리 위로 날카로운 기계음이 울려 퍼졌다. 깜짝 놀란 회원들이 소리의 근원지를 찾아 이리저리 고개를 비트는 사이, 예의 그 거칠고 투박한 목소리가 천장에서 흘러나오기 시작했다. 남자가 천장에 스피커를 설치해둔 모양이었다.

"대화는 잘 돼가고 있어?"

남자의 말에 회장이 소스라치게 놀란 표정을 지었다. 남자는 웃음기 없이 무미건조한 목소리로 로봇처럼 딱딱하게 이야기했다.

"쓸데없는 짓 하지 말고 추리나 하는 게 좋을 거야. 나는 여기서 다 보고 있거든……. 너희가 무슨 짓을 하고 있는지. 열심히 머리를 굴리라고. 시간은 아직 많으니까. 그럼, 이상."

치직 하는 기계음과 함께 또다시 기나긴 적막이 찾아왔다. 멀뚱멀뚱 눈만 굴리던 회원들은 뒤늦게 주변을 살피기 시작했다. 남자가 설치해둔 감시카메라를 찾기 위해서였다. 머지않아 스피커 근처에 달려 있는 손바닥만 한 카메라가 보였다.

"아, 씨. 내가 미친놈이라고 한 말 다 들은 거 아냐? 그냥 얌전히 입 닥치고 있을걸."

AB가 얼굴이 흙빛으로 질려 안절부절 못하는 회장을 달래주었다.

"별 일 없을 거예요. 선배가 한 말에 반박하진 않은 거 보니까 도청기까지 설치해둔 건 아닌 모양이에요."

"그보다 사과에 대해 뭐 좀 알고 있는 사람 없어요? 저 남자가 누군지는 우리가 알아낼 방법이 없고, 우선 그것부터 생각해보는 게 좋을 것 같은데."

O가 따지듯 큰 소리로 말하자 회장도 덩달아 소리를 높였다.

"그래, 말 잘했네. 여기 사과가 누구한테 괴롭힘 당하는 거 본 사람 있어? 아니면 너희한테 고민을 털어놓은 적은? 걔 그렇게 죽기 전에 이상한 낌새 같은 거 느낀 적 없냐?"

그러나 아는 게 없어서인지, 자기한테 의심이 쏠릴까 봐 두려워서인지, 쉽사리 대답하려 드는 사람은 없었다. 흥분한 회장이 정말 아무도 사과의 죽음에 대해 아는 게 없냐며 다그쳤지만, 큰 효과를 보진 못했다. 회원들의 입은 조개처럼 굳게 닫혀 좀처럼 열릴 기미가 보이지 않았다.

기나긴 신경전 끝에, 결국 지쳐버린 회장이 먼저 항복을 선언했다.

"됐다. 없으면 오늘은 이쯤하고 자자. 피곤해 죽겠다."

회장이 파리를 쫓듯 손을 휘휘 내저었다. 그런데 모두가 하품을 하며 앉아 있던 자리에 그대로 드러누우려던 순간, 누군가가 기어들어가는 목소리로 이렇게 말했다.

"제가 알아요."

그 순간 회원들 모두의 시간이 멈췄다. 여러 쌍의 시선이 조심스럽게 목소리의 주인공에게로 향했다.

입을 연 사람은 B였다.

“아, 알다니? 뭘 안다는 건데?”

“……누가 걔를 죽였는지, 알 것 같다고요.”

숨이 턱턱 막히는 정적이 사정없이 A의 폐부를 찔렀다. 회원들의 얼굴이 냉동고에 넣어놓은 아이스크림처럼 삽시간에 굳어갔다.

누가 사과를 죽였는지 알 것 같다니, 혹시 사과가 B에게만 털어놓은 비밀이 있는 걸까. 아니면 사과가 죽던 날, B가 사과를 죽게 한 인물을 목격한 것인가?

A는 뻑뻑한 목 너머로 힘겹게 마른 침을 삼키곤 B의 입술이 움직이는 모습을 숨죽인 채 지켜봤다. B의 눈은 공모전에 원고를 제출할 때보다도 더 견고하고 비장했다.

“쟤요. 쟤가 죽인 것 같아요.”

B가 결박된 손을 들어 검지로 누군가를 가리켰다.

곧게 뻗은 손가락은 A를 가리키고 있었다.

# A3

"뭐……? 나? 내가 죽인 거라고?"

당황한 A가 말까지 더듬어가며 물었다. 어이가 없어서 화도 나지 않는다는 말은 이런 상황을 두고 하는 말일까. 난데없이 살인범으로 몰렸으니 노발대발하며 화를 내야 마땅하건만, 따뜻한 욕조에 몸을 푹 담갔을 때처럼 온몸의 긴장이 한꺼번에 풀려 아무런 느낌도 들지 않았다.

"그래. 넌 몰랐겠지만, 내가 다 봤거든."

"뭘 봤는데?"

B가 멍하니 A의 얼굴을 쳐다보며 말했다.

"네가 그날 새벽, 학교 3층에 있었던 거. 나는 다 봤어."

하필이면 수능 전날 교과서를 깜빡할 게 뭐람.

학교 중앙현관으로 들어선 B는 하품을 하며 스스로에게 욕을 퍼부었다. 평소에도 종종 수행평가에 필요한 교과서를 학교에 두고 오거나 준비물을 집에 놓고 오는 실수를 저지르곤 했지만, 오늘은 다소 실수의 후유증이 컸다. 수능 전날까지도 정신이 다른 곳에 팔려 있는 학생이 자기 자신 이외에 또 있을까 생각하니 밤새 공부할 마음은커녕, 맥이

탁 풀려 수능이고 뭐고 잠이나 실컷 자고 싶다는 생각이 급류처럼 밀려들어왔다.

물론 고등학교 내신만으로 대학에 합격하기는 실패한 B로서는 남들보다 더 오래 책상에 앉아 있는 방법 말고는 달리 택할 길이 없었다. 동아리 회원들 중 성적이 모자라 수시가 아닌 정시를 택한 사람은 B 하나뿐이었으니, 꼴사납게 회원들한테 위로받는 수순을 피하기 위해서라도 꼭 수능을 잘 봐야 한다.

휴대폰 액정 화면을 보니 벌써 새벽 1시였다. 범생이들도 슬슬 컨디션 관리를 위해 이불 속으로 들어갔을 시간이었다. 조심조심 어둠 속을 헤치고 나아가 3층에 있는 교실로 향하려니 문득 왠지 모를 서글픔 때문에 코가 찡해졌다.

이럴 줄 알았으면 평소에 공부 좀 해둘걸.

어느덧 3층 복도에 다다른 B는 자기도 모르게 발을 멈췄다. 느닷없이 정체를 알 수 없는 굉음이 들려왔기 때문이다. 무거운 책가방을 바닥에 내던졌을 때 나는 소리와 비슷했지만, 그것보단 좀 더 부피가 큰 물건 같았다. 학교에 또 누가 있는 걸까.

도둑질을 하다 들킨 것처럼 심장이 반 박자 빠른 속도로 고동치기 시작했다. 동물만큼 감각이 예민하진 않지만, 사람에게도 위험을 감지하는 타고난 직감이란 게 있다고 하던가. 어찌 된 영문인지 B의 심장이 온 중추신경과 뇌세포에게 이 이상 발을 내디디지 말라고 경고음을 보냈다.

그냥 평소와 같은 학교일 뿐인데, 게다가 수능 전날이라 무슨 일이 일어나기도 힘들 텐데……. 같은 학교 학생이 가방 좀 떨어트렸기로서니, 남자가 돼서 겨우 이 정도 일로 이토록 불안해해도 되는 걸까. 내일 시험장에 들어갈 땐 또 얼마나 겁을 먹으려고.

B는 신발 밑창에서부터 타고 올라오는 불길한 예감을 애써 무시하며 빛 한 줄기도 들어오지 않는 어두컴컴한 복도 속에서 3학년 1반 교실을 찾았다. 교실은 B가 올라온 계단 반대쪽, 복도 왼편 맨 끄트머리에 자리하고 있었다.

슬그머니 뒷문을 여니 찬바람이 얼굴을 훅 치고 들어왔다. 주번이 하교하기 전에 창문을 닫는 걸 까먹은 모양이었다. 활짝 열린 창문 너머로 바람이 쌩쌩 들이닥쳐서 교실은 그야말로 냉장고 그 자체였다.

살을 에는 듯한 추위에 욕이 절로 튀어나왔다. 어떤 새끼가 창문을 열어놓고 간 건진 모르겠지만, 그 새끼는 꼭 수능을 망쳤으면 좋겠다. 시험 치기 직전에 배탈이 났으면 좋겠다. 아니, 아예 늦잠을 자서 시험장 근처에 얼씬도 못했으면 좋겠다. 종종걸음으로 창가 곁 책상에 다가간 B는 누구인지 기억도 나지 않는 주번에게 욕을 퍼부어댔다. 그러다 발밑에 와닿는 물컹한 감촉에 기겁해서 휴대폰 불빛으로 바닥을 비춰보았다.

"뭐야, 이거."

B가 밟은 건 주인모를 운동화였다. 운동화 한 켤레가 창문을 향해 가지런히 바닥에 놓여 있었다. 지나칠 정도로 가지런히.

……설마, 아니겠지.

B는 가슴 근육이 조여드는 것을 느끼며 얼른 창밖을 내려다보았다. 칠흑 같은 암흑밖엔 보이지 않았으나, 미간을 한껏 좁히니 시커먼 어둠 너머로 사람의 형체 같은 것이 희미하게 보였다. 팔다리가 비틀린 채로

땅바닥에 엎드려 있는 사람의 형체가. 검은 머리카락에서 무언가가 새어나와 바닥을 축축하게 물들여갔다. 어두워서 잘 보이지는 않았지만, 어둠 속 실루엣을 보는 것만으로도 알 수 있었다.

가까스로 새된 비명을 삼켜내고 교실 밖으로 뛰쳐나왔다. 공포가 목구멍을 옥죄어 숨을 쉬기조차도 버거웠다. 꺽꺽 소리를 내며 정신없이 계단을 뛰어 내려가던 와중, 불행하게도 목표였던 교과서가 여전히 교실에 남아 있다는 걸 깨달았다.

어떻게 해야 하지. 2층 계단 중간에서 우뚝 멈춰 선 B는 마른 침만 삼키며 안절부절못했다. 다시 교실로 돌아가기엔 창가에서 목격했던 끔찍한 장면이 사실일까 봐 두려웠고, 그렇다고 그냥 빈손으로 학교를 나설 수도 없었다. 그때 3층에서부터 뚜벅뚜벅 하는 발자국 소리가 B가 있는 계단을 향해 다가오기 시작했다. B는 자기도 모르게 계단을 마저 내려가 벽 뒤로 몸을 숨겼다.

심장이 금방이라도 터질 듯 요동쳤지만, 다행히 B가 발자국의 주인과 마주치는 일은 없었다. 슬그머니 고개를 내밀어보니 발자국 소리의 주인은 B가 숨어 있는 벽을 그대로 지나쳐 1층으로 향하는 중이었다. 둥그런 정수리가 계단을 종종걸음으로 내려가는 모습이 얼핏 눈에 띄었다.

B는 인기척이 완전히 사라지고 난 뒤에야 겨우 몸을 움직일 수 있었다. 나무토막처럼 뻣뻣하게 굳었던 다리가 맥없이 풀려 휘청거렸고, 머리를 한 대 얻어맞은 듯 정신이 멍했다.

A다. A가 쭉 3층에 있었다.

"지금 고작 그거 가지고 내가 죽였다는 소릴 한 거야?"

A가 눈살을 찌푸렸다. 무슨 바보 같은 소릴 늘어놓나 했더니, 기가 차서 말문이 다 막힐 지경이었다.

"하지만 그때 3층에 있던 건 사과랑 너 하나뿐이었어. 자살이 아니라 살인이었고, 사과가 스스로 뛰어내릴 이유가 없었다면 누군가가……."

"밀었을 수도 있겠지, 그래. 그래서 내가 사과를 민 거라고? 미친 거 아냐? 어떻게 그런 생각을 해?"

말을 마친 A는 회원들의 눈치를 살폈다. A와 B를 번갈아보던 회원들의 얼굴은 하나같이 혼란으로 가득 찬 상태였다.

"뭘 단단히 오해한 것 같은데, 사과를 죽인 건 내가 아니야."

"거짓말하지 마. 네가 갤 민 거잖아."

"너야말로 거짓말하지 마. 넌 사과가 죽은 걸 보고도 겁먹지 않았잖아. 겁에 질려서 도망쳤다느니 뭐니, 계단에서 날 봤다느니 하는 것도 다 거짓말이면서."

"……뭐라고? 내가 왜 그런 거짓말을 해?"

더는 참고 있을 수 없다. 천천히 숨을 들이마신 A는 B를 똑바로 노려보며 말했다.

"그야 네가 사과를 죽여서겠지."

# A4

할 말이 있으니 3학년 1반 교실로 와줘.

어느 모로 보나 수능 전날 밤 같은 동아리 회원에게 보낼 메시지로는 적절하지 않은 내용 아닌가.

담배 연기처럼 하얀 입김을 뱉어낸 A가 곧장 교실 문을 열어젖히며 중얼거렸다. 빈 교실에 들어서서 자기 자리를 찾아 앉을 때까지, A는 불이 환하게 들어온 휴대폰 화면 속 검은 글씨만 들여다보고 있었다.

또래 남자 아이들과 비교했을 때 비교적 얌전한 편인 A와 확연히 말수가 적은 사과는 은근히 죽이 잘 맞았으나, 한밤중에 아무도 없는 학교로 서로를 불러낼 정도로 절친한 사이인 건 아니었다. 애초에 반도 다르고, 두 사람이 마주칠 수 있는 건 동아리 활동 시간뿐이었으니까. 그러니 A로서는 사과가 이런 문자를 보낸 것 자체가 의아한 일이었다. 이런 야심한 시각에, 하필 학교로 오라니.

A는 하품을 한 번 하곤 아무도 없는 교실을 한 바퀴 돌아보다가, 꾹 닫힌 창문 틈으로 스며들어오는 냉기를 쫓으려 히터를 틀었다. 전등 스위치도 눌러보았으나 그새 형광등의 수명이 다 된 건지 불이 들어오지

않았다. 귀찮지만 내일 학교에 가면 담임한테 전구를 갈아야겠다고 전해줘야 할 것 같다. 짜증스레 스위치를 내리친 A는 어쩔 수 없이 휴대폰 불빛에만 의지해 자리로 돌아갔다.

달빛 한 줌 비치지 않는 교실과 슬슬 달아오르기 시작한 공기가 맞물려 어쩐지 으스스한 분위기를 자아냈다. 책상 앞에 앉아 사과를 기다리던 A는 이유 모를 오싹함을 떨쳐내려 휴대폰 게임을 실행시켰다가 피로가 물 밀 듯 밀려와 도로 눈을 감아버렸다. 마지막으로 푹 자본 게 언제였더라?

A는 학기 내내 수능에 목숨을 걸어도 되지 않을 성적을 유지하기 위해 5시간 내외로만 눈을 붙여야 했다. 다행히 노력한 만큼의 결과가 나오긴 했으나, 내신이 잘 나왔다고 해서 끝난 건 아니다. 결국 수능에서 최저등급을 받지 못하면 재수를 해야 하니까.

꼿꼿이 서 있던 A의 고개가 서서히 책상 쪽으로 기울기 시작했다. 지금 잠들면 새벽에 깨서 다음 날 컨디션 조절이 어려워질 수도 있지만, A의 몸은 이미 잠에 지배당한 뒤였다. 수능만 끝나면 바로 집에 가서 푹 자야지. 성적이 어떻게 나오든 간에, 가채점이고 뭐고 수능만 끝나면 맛있는 것 먹고 잠만 실컷 자야지……. 아버지가 입버릇처럼 해주시던 격려가 얼핏 귓가를 스친 것 같았다.

'그래도 여태 해온 게 있는데, 나쁜 결과가 나올 리 있겠니.'

현실과 비현실의 경계를 오락가락하던 A는 목의 통증과 함께 눈을 떴다. 잠깐 눈만 감는다는 게, 어느새 책상에 머리를 대고 자고 있었다. 뻣뻣해진 목을 이리저리 돌려보다 추위에 어깨를 부르르 떨었다. 히터가 꺼져 있는 것은 물론, 교실에 들어올 때까지만 해도 닫혀 있던 창문들이 너나 할 것 없이 활짝 열려 있었다.

불길한 예감이 가슴을 찔렀다. 사과가 교실에 들어왔던 것일까. 하지만 사과가 한 짓이라면 왜 A를 깨우지 않고 그냥 갔단 말인가.

여전히 잠에 취해 있는 몸을 움직여 창문을 하나씩 닫기도 잠시, 몽롱한 시야에 이상한 물체가 잡혔다. 부피가 아주 크고 마네킹처럼 생긴 물체였다.

A는 홀린 듯 창밖으로 고개를 내밀어 유심히 아래를 내려다보았다. 가냘픈 체구의 여자애처럼 생긴 실루엣이 꼴사납게 바닥을 보고 엎드려 있었다. ……그래, 자세히 보니 확실히 알겠다. 저것은 사람이 아니라 마네킹일 것이다. 마네킹이 아닌 이상 사람의 팔다리가 저렇게 기괴한 모양으로 꺾여 있을 수는 없다. 그것도 수능이라는 학창시절 최대의 관문을 앞둔 날 밤에. 자살의 최초 목격자가 자신일 리도 없다. 아무런 사건사고도 없이 평온하기만 했던 인생에, 갑자기 이런 사태가 일어날 리는 없는 노릇이다.

창가에서 주춤주춤 뒷걸음질 치던 A의 귓가에 누군가가 계단을 올라오는 소리가 들렸다. A가 교탁 뒤로 몸을 숨기자마자 교실 뒷문이 드르륵 하고 열렸다. 누군가가 뚜벅뚜벅 창가로 걸어가는 소리, 창문을 여는 소리가 연이어 울려 퍼진다. 한껏 숨을 죽인 채 조심스럽게 고개를 내민 A는 교실에 들어온 사람의 정체를 확인하자마자 자신의 눈을 의심했다.

왜 B가 이곳에 있단 말인가? 집에서 한창 자고 있어도 모자랄 시간에.

A처럼 창밖으로 고개를 내밀어 여학생의 시체를 본 B는 별 반응을

보이지 않고 책상 서랍을 뒤졌다. 눈이 마주칠 것 같아 얼른 교탁 뒤로 고개를 숨겼다가 몇 분 뒤 다시 내미니, B는 더 이상 그 자리에 없었다. 그는 손에 무언가를 들고 여유로운 걸음걸이로 교실을 나서는 중이었다.

"……다들 알겠어? B는 사과의 시체를 보고 너무 놀라서 도망쳤다가 다시 교실로 올라가는 와중에 나를 봤다고 했지만, 그건 거짓말이야. 사실 B는 내 얼굴을 보지도 못했어. 내가 잠든 사이에 자기가 사과를 죽여놓고, 나한테 본인 죄를 뒤집어씌우려고 한 거야. 난 범인이 아니라고."

"웃기고 있네. 내가 왜 너한테 누명을 씌워? 난 내가 봤던 걸 그대로 말했을 뿐이야."

"그럼 어디 한번 설명해 봐. 왜 교실 불도 켜지 않고 교과서를 찾으려 한 건데? 애초에 불이 들어오지도 않았겠지만, 보통은 어두운 곳에 들어가면 불부터 켜려고 하지 않아? 혹시 사과를 미는 모습이 남들 눈에 띄면 안 되니까 네가 전등을 망가뜨린 거 아니야?"

"미친 새끼……. 소설 좀 작작 써. 별로 중요하지 않은 일 같아서 말 안 한 거야. 실제로는 불을 켜고 찾으려 했다고. 네 말대로 불이 들어오진 않았지만."

"물론 그러시겠지. 네가 고장 냈을 테니까."

"이 새끼가 보자보자 하니까. 야, 증거 있어? 내가 그랬다는 증거 있냐고?"

한 번 시작된 A와 B의 설전은 도무지 끝날 기미가 보이지 않았다. 복잡한 표정으로 두 사람의 진술을 듣고 있던 회장은 질린다는 듯 결박된 손을 휘저으며 큰 소리로 호통 쳤다.

"야, 야! 그만해! 이래서야 시끄럽기만 하고 끝이 안 나잖아."

"그래, 이 자식들아. 어쨌든 너희 둘 다 자기 말을 증명할 수 있는 증거는 없는 거 아냐. 그만하고 일단 잠이나 자자. 미친 놈 총에 맞아 죽기도 전에 수면부족으로 돌아가시겠다."

햄버거도 하품을 하며 말했다. 곁에서 조용히 듣고만 있던 AB도 고개를 끄덕이곤 하품을 했다. 그러곤 갑자기 귀를 쫑긋 세워야 겨우 알아들을 수 있을 정도로 목소리를 낮춰 소근거렸다.

"누구 말이 사실이든 간에, 너희가 이렇게 싸우는 걸 봤으니까 그 남자도 우리 사이에 뭔가 심상치 않은 일이 있었다는 걸 눈치챘을 거야. 내일 온다고 했으니 무조건 우리끼리 무슨 얘기를 한 거냐고 캐묻겠지. 도청기를 설치해두지 않았다는 가정 하에 말이야. 일단 너희가 한 말은 되도록 숨기는 게 좋겠어."

"잠깐, 쟤네 말을 왜 굳이 숨겨야 하는데? 사실대로 말하는 게 낫지 않을까?"

회장이 묻자 AB는 고개를 절레절레 흔들었다.

"그게 우리가 저 남자랑 협상할 수 있는 유일한 무기니까요. 저 사람은 우리한테 궁금한 게 있고, 궁금증을 해소하기 전까진 우릴 죽일 수 없으니 어쩌면 우리가 주도적으로 상황을 풀어나갈 수 있을지도 몰라요. 용의자를 대충 추려냈으니 다리 결박만이라도 풀어달라고 부탁한다던가, 방법은 여러 가지가 있지 않겠어요? 그런 식으로 조금씩, 조금씩 상황을 타개할 발판을 마련해보는 거죠. 탈출까진 무리더라도 최소한 무사히 살아나갈 수 있게."

"아하. 그런데 그 미친놈이 진짜 도청기를 설치해둬서 우리가 무슨 얘기를 했는지 이미 다 들었다면?"

회장도 덩달아 목소리를 낮춰 소근거렸다.

"아무리 성능이 좋아도 일반인이 구할 수 있는 도청기엔 한계가 있을 테니까, 이런 작은 소리까지 알아듣긴 힘들 거예요. 설령 우리 얘기를 다 듣고 A랑 B를 유력한 용의자로 본다고 쳐도 둘 중 누가 범인인지 확실히 알아내기 전까지는 어느 정도 선을 지키면서 우릴 내버려두는 편이 더 이득이기도 하고요. 우리가 끝까지 범인을 찾아내지 못하면 싹 다 죽이려고 하겠지만."

"뭐야, 그게. 난 범인이 아닌데도 저 새끼랑 엮여서 억울하게 죽어야 한단 소리야?"

B가 A를 턱짓하며 투덜댔다. A는 대꾸하고 싶은 의지도 샘솟지 않아 어이가 없다는 눈빛으로 가만히 B를 노려보았다.

"그러니까 그 전에 범인을 찾아내야지. 그리고 지금은 너도 저놈이랑 똑같은 용의자거든? 억울하긴 뭐가 억울하냐. 자, 아무튼 이걸로 얘기 다 끝난 거다? 이제 제발 좀 자자, 이것들아. 진짜 수면부족으로 돌아가시겠다."

회장이 앉아 있던 자리에 그대로 드러눕자 회원들도 그를 따라 하나 둘씩 자리에 눕기 시작했다. 베개도, 이불도 없는 불편한 잠자리였지만, 목숨이 위협받고 있는 상황에선 아직 모두가 무사히 살아 있다는 사실만으로도 감사해야 할 것이다.

자리에 누운 지 몇 분 지나지 않아 우렁차게 코를 고는 소리, 색색거리는 숨소리가 쥐죽은 듯 고요한 복도를 가득 채웠다. 버려진 산장이란 말이 거짓은 아니었는지, 인기척이라곤 조금도 느낄 수 없었고 창밖에서 풀벌레들이 우는 소리만이 간간이 섞여 들어왔다.

회원들이 잠드는 모습을 지켜보다가 창문 너머로 올려다 보이는 밤하늘, 그리고 B의 뒤통수로 차례차례 시선을 옮긴 A는 속으로 혼잣말을 했다.

저 씹새끼, 어떻게 본 거지?

# A5

추리소설의 단점은 아무리 참신한 트릭이라 할지라도 텍스트만으로 그 수법을 독자에게 온전히 전달하기 어렵다는 것이다. 활자 매체는 독자의 상상력과 이해력에 생각보다 많은 것을 의존하고 있어서, 평범한 독자들이 복잡한 수식이 사용된 트릭이나 기가 막힌 장치를 이용한 살인들을 작가가 설명한 그대로 받아들이기는 어렵다. 그러니 추리광들이 추리소설 속 트릭을 그대로 따라해보고 싶다고 느끼는 것도 딱히 이상한 현상은 아니다. 상상 속에서나 가능하던 일이 현실로 나타날 때의 쾌감이란 이루 말할 수 없이 짜릿하며, 인간은 세상에서 가장 호기심이 많은 동물이니까.

A도 그런 평범하디 평범한 추리광들 중 한 명이었을 뿐이다. 맹세컨대 A는 단 한 순간도 사과를 죽이는 상상 따위 해본 적 없었다.

그날 밤은 꼭 존경받는 프로파일러이자 베테랑 소설가인 황문교가 쓴 《폭풍》의 프롤로그처럼 바람이 거셌다. 동네 공사장에서 적벽돌 하나를 슬쩍한 다음 학교로 향하는 내내 말이다. 학교 정문 앞에 도착한 A는 잠시 주위를 살핀 뒤 반투명한 유리창 너머로 불이 환하게 들어온 경비실을 들여다봤다. 다 식은 커피 잔만 홀로 텅 빈 경비실을 지키고 있었다. 경비는 한참 전에 야간 순찰을 떠난 듯했다. 그에게는 커피를 미리 타놓고 순찰을 다녀온 다음 식어빠진 커피를 마시는 버릇이 있다는 건 진작에 알아둔 터였다.

경비실에 침입한 A는 커피 잔에 수면제를 적당량 넣고는 경비가 일찍 돌아올 경우를 대비해 학교 뒤로 빙 돌아갔다. 담을 넘어 1층 창문을 통해 학교에 숨어들어가니, 그때가 밤 12시 45분이었다. 수능을 준비하는 학생이라면 벌써 잠자리에 들었을 시간이다.

A는 경비와 마주치지 않도록 조심하며 계단을 올라 3학년 1반 교실 창문을 전부 열어놓았다. 경비의 눈에 띄어선 안 되니 불을 켜지는 않은 채로. A의 계산이 한 치의 오차도 없이 맞아 떨어진다면 창문을 하나만 열어놓아도 충분하겠지만, 다시 생각해보니 바람이 워낙 거센 탓에 벽돌의 경로가 뒤틀려 엉뚱한 창문을 깰 수도 있을 것 같았다.

빠짐없이 창문을 열어둔 다음 다시 한번 목표한 창문의 위치를 확인하고 있자니, 청소도구함의 문이 비스듬히 열려 있는 것이 시야에 들어왔다. 몇 달 전부터 문이 고장 나 있었는데 아직도 고쳐지지 않았다. 자기도 모르게 멍하니 청소도구함을 쳐다보고 있던 A는 혀를 한 번 차고는 교실을 빠져나왔다. 저런 문 따위를 보면서도 감상에 젖다니, 어찌할 수 없이 한심했다. 그건 오래전에 이미 끝난 일인데…….

A는 우선 2층에 있는 과학실에 들렀다가 필요한 물품들을 챙긴 뒤 옥상으로 향했다. 학교는 혹시 모를 사고를 미연에 방지하겠다는 이유로 옥상으로 향하는 계단을 청소할 때를 제외하곤 항상 옥상 문을 잠가두지만, 이번 주 계단 청소 당번은 A였기에 낮에 미리 문을 열어둘 수 있었다.

어깨로 문을 살짝 밀자 끼익 하는 소음과 함께 옥상 풍경이 천천히 모습을 드러냈다. 문이 열리자마자 드센 바람에 따귀를 맞으리라 예상했건만, 의외로 바람은 쥐죽은 듯 잠잠해진 상태였다. 하늘도 A의 실험이 성공하길 바라는 걸까. 지난 2년간 계속되어 온 비밀스러운 실험이 이번에도 꼭 성공하기를…….

숨을 깊이 들이마시자 상쾌한 공기가 기분 좋게 폐로 흘러들어왔다. 실없는 미소가 추위로 굳은 입가에 뭉근히 피어오른 순간, 캄캄한 하늘에서 폭음과 불꽃이 연달아 터져 나왔다. 학교 근처 시장 쪽에서 쏘아져 나온 폭죽이었다. 폭죽이 예상대로 터진 걸 확인한 A는 멍하니 밤하늘을 수놓는 오색 빛깔의 불꽃을 올려다보다 서둘러 움직이기 시작했다. 폭음을 묻어 버리려면 폭죽놀이가 끝나기 전에 얼른 준비를 마쳐야 한다.

A는 먼저 물을 반쯤 담은 과학실 비커를 옥상 난간 위에 올려두고, 집에서 가져온 낚싯줄로 벽돌과 피뢰침을 연결해 묶었다. 그런 다음 비커 끄트머리에 피뢰침과 연결된 벽돌을 올려놓고, 어젯밤 미리 숨겨놓은 잠자리채를 옥상 구석에서 끄집어냈다. 전례 없는 긴장감에 몸을 한 차례 부르르 떤 A는 잠자리채에 붙은 먼지를 털어내면서 혀로 마른 입가를 적셨다. 이제 잠자리채의 그물망에 과학실에서 꺼내온 자그마한 나트륨 덩어리만 집어넣으면 모든 준비는 끝난다.

물과 나트륨이 만나면 폭발한다는 아주 간단한 화학적 작용을 이용한 이 트릭은, 올해 초봄 《폭풍》에서 처음 읽은 이후로 지금까지 쭉 A의 가슴 한켠을 차지하고 있었다. 철두철미하고 계획적인 범인과, 이러한 범인의 성향과는 맞지 않는 트릭의 엉성함이 소설 속 유려한 분위기와 어우러지면서 전체적으로 모순적인 느낌을 가져다주었기 때문이다.

A의 계획은 소설 속에 나오는 범인이 세운 계획과 크게 다르지 않았다. 학교 옥상에서 물과 나트륨으로 폭발을 일으키고, 폭발의 충격 탓에 난간 너머로 날아간 벽돌이 옥상 피뢰침을 중심축으로 삼아 교실 창문 방향으로 진자 운동을 하면, 뭣도 모르고 창밖으로 얼굴을 내밀고 있던 가상의 인물은 위치 에너지와 운동 에너지가 가산된 벽돌에 맞아 큰 타격을 받는다……. 그리고 A는 이 모든 상황을 지켜보다가 뒷정리를 하고 집으로 돌아가면 되는 것이다.

땀으로 젖은 손바닥을 허벅지에 문지른 A는 조심스럽게 나트륨을 비커 속으로 떨어뜨렸다. 폭발이 일어나기 전에 얼른 옥상 문 뒤로 몸을 숨길 즈음엔 심장이 너무 빠르게 뛰어서 가슴이 뻐근할 지경이 되었다. 피아노 줄로 음악실 문을 잠근다던지, 낚싯줄을 사용하여 문고리에 꽂혀 있던 안방 열쇠를 빼내 처음부터 밀실이었던 것처럼 꾸며놓는다던지 하는 장난은 많이 쳐봤지만, 이렇게 위험한 트릭을 실험해보는 건 이번이 처음이었다.

약 5초가량 지났을까. 옥상 문 너머로 고래의 울부짖음 같은 엄청난 폭음이 울려 퍼졌다. 폭죽이 터지는 소리와는 또 다른 느낌의 폭음이었다. 문틈 사이로 비커에서 희부연 연기가 피어오르는 걸 목격한 A는 본능적으로 입과 코를 막고 난간 곁으로 다가갔다. 머리 위에서 펑펑 터지는 불꽃과 수소 연기 때문에 헛구역질이 나올 것처럼 속이 울렁거렸다.

A는 난간 너머로 고개를 내밀어 벽돌의 위치를 확인했다. 벽돌은 3학년 1반 교실 창문이 있는 위치, 즉 A가 예상한 위치 근처에 대롱대롱

매달려 있었다. 소설 속 범인이 계산한 것처럼 정확히 맞아떨어지지는 않았지만, 이 정도면 나름 성공적인 실험이라고 볼 수 있다.

환희와 더불어 긴장이 발끝을 타고 올라왔다. 불미스러운 일이 생길 것을 대비하여 경비가 마실 커피에 수면제도 타놓았고 혹시나 학교에 들른 학생이 폭음을 들을까 봐 폭죽도 준비해놓았지만, 상황이 꼭 A의 계산대로 맞아떨어진다는 보장은 없었다. 누군가는 불꽃놀이 대신 학교 옥상에서 피어오르는 연기를 봤을지도 모르고, 또 누군가는 방금 들린 폭음이 시장이 아닌 학교에서 들린 폭음이라는 걸 알아챘을 수도 있다. 어쩌면 커피를 마시는 걸 깜빡한 경비가 폭발음에 놀라 곧장 옥상으로 향하고 있는지도 모르는 일이다. 쓸데없는 소란이 일어나기 전에 서둘러서 현장을 정리하고 떠나야 한다.

A는 빠르게 낚싯줄을 끌어당겨 벽돌을 회수했다. 그런데 품속에서 가위를 꺼내 낚싯줄을 잘라내려던 그 순간, 무심코 벽돌의 끄트머리를 쳐다본 A는 혀가 납처럼 굳는 것을 느꼈다.

핏자국이었다. 그것도 불과 몇 분 전에 새로 생긴.

망연히 벽돌만 쳐다보고 있던 A는 부리나케 3학년 1반으로 뛰어 내려갔다. 부디 자신이 생각하는 그런 끔찍한 일은 일어나지 않았길 바라며. 맹세컨대, A는 사람을 죽일 생각 따위는 일절 해본 적이 없었다. 낚싯줄의 적당한 길이를 알아내기 위해 학교 도면을 찾아보고, 폭발력과 진자 운동으로 인한 가속도를 임의로 계산하는 와중에도 소설 속 트릭을 재현한다는 생각에 부풀어 있었을 뿐, 누군가를 해치고 싶다는 마음 따위는 추호도 품지 않았다.

하지만 상황이 꼭 A의 계산대로 맞아떨어진다는 보장은 없다. 불 꺼진 교실에 펼쳐진 풍경은 A의 예상보다도 몇 배는 더 참혹했다.

A는 애써 구역질을 참으며 창가 바닥에 쓰러져 있는 사과를 향해 발을 내디뎠다. 사과의 몸은 꼭 다 죽어가는 물고기처럼 힘없이 축 늘어져 있었다. 동그란 이마에서 피가 한 줄기 흘러나왔고, 부릅뜬 눈은 자신에게 일어난 일을 이해할 수 없다는 양 물음표를 그렸다. 딱딱하게 굳은 얼굴은 A에게 화를 내고 있는 것 같기도 하고, 크게 놀란 것처럼 보이기도 했다.

어쩌다 이 지경으로 일을 망친 걸까. 덜덜 떨리는 손으로 사과의 맥박을 재면서 든 생각이라곤 오직 하나뿐이었다. 도대체 어쩌다 일이 이 지경으로 된 건가, 하는. 동시에 일종의 경악과도 같은 의문이 뇌리를 스쳤다.

내가 했다는 걸 들키면 어쩌지.

그 후에 있었던 일은 잘 기억나지 않는다. 아마도 사과의 신발을 벗기고, 창문 밖으로 사과의 몸을 밀어버렸던 것 같은데. 그래, 그런 다음 창문에 튄 피를 옷소매로 닦아냈을 것이다. A가 사과를 죽게 만들었다는 어떤 흔적도 남지 않도록.

B를 목격한 것도 그 즈음이었을 것이다.

B가 느닷없이 교실을 찾아온 이유는 아직까지도 알 수가 없다. B가 교실에 들어왔을 때 A는 급히 교탁 뒤로 몸을 숨겼으니, 그가 교실에서 무슨 짓을 했는지도 알 도리가 없다. A가 알고 있는 것은 단지 B가 창가에서 약간의 시간을 보냈고, 교실을 나설 때 손에 무언가를 들고 있었다는 사실이다. A는 홀로 심연 속에 앉아 있는 기분을 느끼다, 창가에 사과의 신발을 가지런히 놓아두고 옥상으로 돌아가 낚싯줄을 회수

했다.

지금에 이르러서 돌이켜보면, B의 행동은 의문투성이였다. 정신없이 학교를 빠져나간 A를 B가 어디서, 어떻게 목격했는지도 의문이다. 낚싯줄을 마저 회수하기 위해 다시 옥상으로 향할 때 목격한 걸까? 그래도 당시의 B는 A가 사과를 죽였다는 사실을 모르고 있었을 것이다. 아니, 사과가 죽었다는 사실 자체를 모르고 있었을 것이다. 만약 알았다면 그렇게 태연한 걸음걸이로 교실을 빠져나가진 못했을 테니까. 사람은 입보단 행동으로서 말하는 법이다.

또 한 가지 마음에 걸리는 점이 있지만, 그것이 무엇인지는 잘 떠오르지 않는다. 뭔지는 몰라도 교실에 처음 발을 들였을 때와 사과가 죽은 걸 확인하러 교실에 들어선 순간, 교실에 있던 무언가가 괴리감을 불러 일으켰다는 것밖에는……. 어쩌면 순전히 기분 탓일지도 모르겠다. 그 짧은 틈에 교실 풍경이 바뀌었을 리는 없으니까.

4년 전의 일이 그 남자에게 알려지면 어떻게 되는 걸까? ……B의 입만 막으면 어떻게든 해결되지 않을까.

# 두 번째 날

# A6

"야, 너 되게 잘 자더라. 나 순간 여기가 너희 집 안방인 줄 알았어."

햄버거가 혀를 내두르며 빈정댔다. 벽에 등을 대고 누워 있던 A는 회원들을 올려다보다 잠에 취해 멍청한 소릴 했다.

"일찍 깨워주지 그랬어요."

"참나, 암만 소리 질러도 개의치 않고 계속 주무신 분이 누군데."

"소리를 질렀다고요? 아무 소리도 안 들리던데. 지금 몇 시예요?"

"몰라, 내가 그걸 어떻게 알아. 여긴 시계도 없잖아."

햄버거가 툴툴거렸다. 그의 말대로 복도에 있는 거라곤 벽면에 줄지어선 문들과 복도 양 끝에 위치한 창문 둘, 복면을 쓴 남자가 드나드는 용도인 출입문, 그리고 문과 붙어 있는 먼지 낀 정수기가 전부였다. 어째 산장이라기보단 대학가 고시텔 같은 모양새다. 혹은 시골 촌구석에 있는 모텔이라든가. 장사가 안 돼서 문을 닫았다더니, 왜 문을 닫았는지 알 것도 같았다.

"쉿, 잠깐 조용히."

AB가 두 사람을 노려봤다. A와 햄버거가 입을 다물자 멀리서 뚜벅뚜벅 발자국이 울리는 소리가 들려왔다.

"……오고 있어."

만년필이 중얼거렸다. 주어가 생략된 말이었지만, 누구를 말하는 것인지는 명확했다. 원 모양으로 흩어져 있던 회원들 사이에서 심상치 않은 기류가 흐르기 시작했다. 사자의 습격에 대비하는 가젤 무리들처럼.

철컥 하고 잠금쇠가 풀리는 소리와 함께 영영 닫혀 있을 것만 같던 출입문이 열리고, 복면 쓴 남자가 다시금 모습을 드러냈다. 이번엔 옆구리에 총 대신 1L짜리 생수 페트병을 끼고 있었다.

"추리는 잘 되어가고 있나?"

남자가 페트병을 회장의 앞에 내려놓으며 말했다. 회장은 물을 보고 반색하면서도 행여나 남자의 심기를 거스를까 두렵다는 표정을 지어 보였다.

"아뇨. 아직은 잘 모르겠습니다. 4년 전 일이라 그런지 당시 상황이 어땠는지도 잘 기억이 안 나고……."

회장이 말을 멈추고 남자의 눈치를 살폈다. 하지만 남자는 회장의 말에 이렇다 할 감정을 드러내지 않았다. 회원들의 예상과 달리 그의 눈에선 실망한 기색도, 화난 기색도 찾아볼 수 없었다. 그는 단지 인형처럼 무신경한 눈빛으로 조용히 생각에 잠겨 있을 뿐이었다.

"그래? 그런 것치곤 어제 말다툼을 좀 심하게 하던데……. 정말 떠오르는 게 아무것도 없었나?"

남자가 마침내 입을 열자 회장은 꼭 울음을 터뜨릴 것 같은 얼굴로 연신 고개를 주억거렸다. 왜 하필이면 본인한테 이런 질문을 하냐는 심정인 듯했다.

"하긴, 4년 전 일이니까. 너희 기억엔 한계가 있겠군."

"네, 네. 맞아요. 저희한텐 너무 어려운 일이라고요. 그러니까 기왕이면……."

"그럴 줄 알고 내가 너희를 위해 작은 선물을 가지고 왔지."

시커먼 복면 틈으로 드러난 입꼬리가 보기 흉하게 죽 찢어졌다. 남자는 입고 온 패딩 지퍼를 내리고 품에서 두꺼운 파일을 하나 꺼내 회장의 발치에 던졌다.

"천천히 한 번 보라고, 유진이의 죽음에 관한 모든 정보가 거기 들어 있으니까."

퍽 유쾌하게 말한 남자가 파일에서 신문기사, 사진, 사고 경위서 등을 하나씩 꺼내기 시작했다. 회원들은 입을 딱 벌리고 끝도 없이 나오는 자료들을 멍하니 내려다보았다. 남자가 이 정도로 열성적인 태도를 보여주리라곤 예상하지 못한 탓이었다.

"이 정도면 너희 기억을 되살리기에 충분할 거야. 아니, 심지어는 너희가 모르던 사실까지도 전부 알 수 있어. 저녁까지 잘 생각해보라고. 너희 중 누가 살인범일지."

말을 마친 남자는 다시 문 너머로 사라졌다. 남자의 발자국 소리가 완전히 들리지 않게 되자, AB가 차분히 입을 열었다.

"일단 물부터 마실까? 어젯밤부터 지금까지 아무것도 못 마셨잖아."

AB의 말에 반대하는 사람은 없었다. 손이 결박되어 있어 뚜껑을 따고 마시는 과정에서 어려움을 겪긴 했지만, 어떻게든 용을 써본 끝에 회원들 모두가 번갈아가며 물을 마실 수 있었다. 목마름이 해결되니 이번엔 갈증 대신 굶주림이 극심해졌지만, 어쩌면 남자가 저녁에 음식을 가져다줄지도 모를 일이다. 회원들에게 물을 제공했다는 것은 생명 연장을 위한 최소한의 조건은 보장해주겠다는 뜻일 테니까.

"새삼 신기하네. 얘가 죽은 걸 여태 까맣게 잊고 살았었다니."

회장이 사과가 죽기 전에 찍은 증명사진을 들여다보며 혼잣말을 했다.

"선배가 졸업하고 난 뒤에 생긴 일이잖아요. 얘 하나 때문에 수능이 미뤄진 것도 아니고, 우리도 바로 시험 치러 가야 했으니까요. 당연히 잊고 살 수밖에 없었죠."

B가 변론하듯 말했다. 그도 회장의 어깨 너머로 사진을 흘낏 보더니, 못 볼 것을 봤다는 양 미간을 찌푸렸다.

"생각보다 자료가 많은데. 한 명씩 시계 방향으로 돌아가면서 볼까?"

"그래. 그런데 저 아저씨는 대체 정체가 뭘까? 이거 생긴 게 꼭……. 경찰에서 만든 것 같은데. 이런 건 일반인이 구하기 힘들 거 아냐."

만년필이 경위서를 턱짓하며 말했다. A도 그 점을 의뭉스럽게 생각하던 참이었다.

"혹시 사과를 쫓아다녔다던 스토커 아닐까? 스토커가 아니고서야 이렇게까지 집착할 일이 없잖아."

"스토커? 스토커가 어떻게 사과 일기를 가지고 있는 건데?"

"훔쳤겠지, 스토커잖아."

"그 이야기는 나중에 하자. 저 남자가 진짜 사과의 아버지일 가능성도 아직 남아 있으니 섣불리 판단해선 안 돼."

AB가 B와 만년필의 대화에 끼어들었다. 두 사람은 남자의 정체에 대해 좀 더 이야기하고 싶은 눈빛이었지만, 회원들이 자료를 훑기 시작하자 순순히 입을 다물었다.

A는 먼저 사과의 자살 기사를 실은 신문에 손을 뻗었다. 사과를 죽인 날 이후부터 의도적으로 뉴스나 신문을 기피해왔지만, 이제는 어쩔 수 없다는 생각이 들었다. 4년 전의 악몽을 마주해야 할 시간이 온 것이다.

다행히 기사는 한 여학생이 수능 전날 학교 3층에서 몸을 던졌다는, 지극히 단순한 사실만을 기술하고 있었다. 조마조마한 심정으로 기사를 읽어 내려가던 A는 자기도 모르게 실소를 터뜨렸다. 기자란 시인 못지않게 자기만의 망상에 빠져 사는 작자들이란 말인가. 사건이 일어나기 며칠 전 학교에서 밥을 주던 길고양이도 돌연 중독사로 죽었고, 하필 그 고양이가 검은 고양이였다는 점에서 이미 학생의 불행한 최후가 예지되어 있었다는 대목을 보고 있자니 기가 찰 노릇이었다.

신문은 기자들이 쓴 소설 외에는 딱히 눈여겨볼 만한 점이 없었다. 기껏해야 같은 면에 실려 있던 □□ 시장 먹거리 행사 이야기 정도가 눈에 띄었다. 불꽃놀이가 예정보다 조금 일찍 시행되어 기획자가 곤란을 겪었다는 내용이었다.

"아이, 썅. 뭐야, 이거."

A가 결박된 손을 이용해 옆에 앉은 만년필에게 신문을 밀어주던 참이었다. 돌연 고막을 두드린 날카로운 괴성에 A를 포함한 모두의 시선이 B에게로 향했다. B는 경악에 찬 얼굴로 사건 경위서를 내려다보고 있었다. B 곁에서 경위서를 슬쩍 훔쳐본 O도 기겁하며 몸을 뒤로 물렸다. 갓 끓인 죽처럼 하얗게 질린 얼굴을 한 채로.

"와, 씨. 저게 사과라고? 미쳤네, 진짜."

"뭔데? 뭘 보고 그렇게 소리를 질러?"

"직접 한 번 봐봐, 우리가 소리 안 지르게 생겼나. 이건 좀……. 너무 심해."

O가 주먹 쥔 손으로 경위서를 밀어주며 말했다. A4용지 크기의 경위서는 여러 장으로 구성되어 있었고, O가 보여준 페이지엔 사진 한 장만 덜렁 실려 있었다. 꾸물꾸물 엉덩이를 움직여 경위서를 내려다본 A는 심장에 몰린 피가 차갑게 굳는 듯한 감각을 느끼며 곧바로 고개를 돌렸다. 속이 메슥거리는 걸로 모자라 내장을 뒤집어 배배 꼰 것처럼 뒤틀리는 기분이었다. 비위가 강한 O도 기가 죽을 만큼, 사과의 시체는 참혹하다 못해 끔찍하기 짝이 없었다.

머리부터 지면에 부딪혔는지 이마가 완전히 박살난 그것은 아무리 봐도 사과라고 부를 순 없었다. 적어도 A의 눈엔, 그것이 사과의 가죽을 뒤집어쓴 채 바닥에 엎드려 있는 고깃덩이에 불과해 보였다. 수박을 망치로 쿵쿵 두드렸을 때처럼 형편없이 깨져버린 머리는 형체를 제대로 유지하는 일조차 벅찬 듯했다. 수박 과육처럼 밖으로 새어나온 피와 뇌수, 눈구멍에서 흘러나와 얼굴 곁에서 굴러다니는 안구까지. 무엇 하나 멀쩡히 남아 있는 부분이 없었다. 그나마 온전한 부분이라곤 뒤통수 정도일까. 팔과 다리도 기괴하게 비틀려 있어 꼭 사람이 아닌 관절 인형을 보는 것 같았다.

"어우, 씨. 오늘 잠은 다 잤네. 그 새끼는 왜 이딴 걸 보여주고 난리야. 사진은 좀 적당히 빼놓지."

"장난 아니다, 진짜. 죽었다는 소리만 들었지 저렇게 끔찍하게 죽었을 줄은 몰랐는데."

"야, 나 토해도 돼? 농담이 아니고 속이 막 울렁거려."

사진을 본 다른 회원들도 A와 비슷한 반응이었다. 오직 AB만이 시체 사진을 보고도 초연한 표정을 지었을 뿐이다.

"다들 진정해. 진짜도 아니고, 그냥 사진일 뿐이잖아. 무서워할 필요 없어."

AB가 태연한 투로 말했다. O는 금방이라도 토할 것 같다는 표정을 지은 뒤 혀를 쯧쯧 찼다.

"넌 저걸 보고도 그런 소리가 나오냐? 야, 사실 네가 살인범이지? 그래서 그렇게 멀쩡한 거지?"

"헛소리 하지 말고 보던 거나 마저 보지 그래. 우리한테 시계가 있는 것도 아니고, 그 남자가 떠난 후로 시간이 얼마나 흘렀는지 알아낼 방법도 없잖아. 일주일 안에 살인범을 찾아내려면 최대한 빨리 논의를 해야 해. 벌써 잊은 건 아니지? 그 남자가 왜 우릴 가둬놨는지."

AB가 총알이 박혀 금이 간 벽을 향해 턱짓했다.

AB의 말이 맞다. 지금은 겁에 질려 무서워할 시간조차 아끼고 아껴야 했다. 매 순간 이성적인 판단을 하지 않으면 시체가 된 사과와 같은 꼴을 겪게 될 것이다.

급속도로 침착해진 회원들은 빠른 속도로 자료를 살폈다. 적지 않은 양이었지만, 30분 정도를 소요한 끝에 대강 모든 정보를 파악할 수 있었다.

유족들의 반대에 막혀 부검을 하진 않았지만, 사과의 사망 시간은 대략 4년 전 11월 14일 밤 12시에서 1시 사이로 추정되었다. 시체의 최초 목격자는 학교 경비였고 목격 시간은 15일 오전 7시 30분쯤이다. 그는 출근하고 난 뒤 학교를 둘러보다 수돗가 근처에서 사과를 발견했고, 지난 밤 학생들 몇 명이 학교에 찾아온 것 같긴 하지만 사과를 목격하진 못했다고 진술했다. 또한 그는 밤 12시 50분에 경비실에서 깜빡 잠들었다가 1시쯤 이상한 소리가 들려 깼다고도 진술했다. 경찰은 경비가 사과의 몸이 지면과 충돌한 소리나 인근 시장에서 쏘아 올린 폭죽 소리를 듣고 깬 거라고 짐작했다. 경비는 깨어 있는 동안엔 앞서 언급한 이상한 소리를 듣거나 사과가 3층에서 뛰어내리는 장면 따위를 보지 못했으므로, 사과가 사망한 건 밤 12시 50분부터 1시 사이일 것이다.

다행인지 불행인지 모르겠지만, 사과는 추락하고 나서 얼마 지나지 않아 바로 죽은 듯했다. AB의 추리를 인용하자면, 극심한 고통에 못 이겨 표정을 찡그린 흔적 따위가 보이지 않았다는 게 그 증거였다.

추락할 때 입은 부상과는 별개로 오른손 검지에도 무언가에 찔린 상처가 나 있었는데, 흘러내린 핏방울 덕에 봉숭아물을 들인 것처럼 손톱이 불그스름했다. 손가락엔 반창고를 붙였다가 떼어낸 흔적이 남아 있었다. 유족들은 사망한 날에 취미인 바느질을 하다가 다친 것 같다고 추측했고 이는 사과의 책가방에서 만들다 만 솜 인형과 반짇고리가 발견되며 사실로 드러났다. 가방에서 발견된 바늘에선 혈액이 전혀 검출되지 않았다는 점이 수상하긴 했지만 그렇다고 다른 가능성을 상상하기도 어려웠다. 그 외에도 추락하는 과정에서 생긴 듯한 자잘한 찰과상과 상처가 몸에 즐비했다.

유언장은 발견되지 않았지만, 자살 이외의 결론을 내릴 수도 없는 상황이었다. 신발을 가지런히 창가에 놓아둔 것으로 보아 누가 봐도 자살을 암시하는 상황이었고 동아리 회원들과 같은 반 아이들의 증언에서도, 교사들의 증언에서도 사과가 누군가에게 원한을 산 일은 없었으니까.

……그래, 이게 문제였다. 남자가 넘겨준 자료는 당시 현장이 어땠는지 파악하는 데는 도움이 됐지만, 이런 자료들만으론 회원들 중 누가 사과를 죽게 만들었는지는 알 수 없다. 반대로 A에겐 이 점이 크나큰 행운이라고 볼 수 있었다. 애초에 사과의 죽음은 우연의 결과이므로 A에게 불리한 증언이 나올 리는 없었지만.

자료를 모두 훑어본 A는 감출 수 없는 만족감에 슬며시 미소를 지었다. 남자가 넘겨준 자료엔 범인이 A임을 가리키는 증거는 단 하나도 존재하지 않았다. B의 목격담이 신경 쓰이긴 했지만, 순간적인 기지를 발휘해 B쪽으로도 의심의 화살을 돌려놨으니 A만 부당하게 의심받는 일은 없을 것이다.

부당하게라니. 살인범 주제에, 웃기지도 않지…….

"그런데 이거, 원래부터 있던 건가?"

날카로운 B의 목소리가 A의 의식을 다시 현실 세계로 끌어냈다. B는 다양한 각도에서 찍은 현장 사진을 보며 고개를 기웃거리고 있었다.

"무슨 말이야, 그게? 사진에 귀신이라도 찍혔어?"

"아니, 그건 아닌데. 여기 좀 봐봐. 사과가 뛰어내린 곳에서 시체만 치워놓고 찍은 사진 같은데……. 바닥에 있는 이거, 유리 아니야?"

B가 사진을 내밀었다. A는 입 안이 바짝 마르는 것을 느끼며 앞 다투어 달려드는 회원들의 어깨 너머로 조심스럽게 시선을 던졌다.

비커 조각이었다. 그날 밤, 트릭을 실험하는 데 쓴 비커가 깨진 조각.

"맞지? 내가 잘못 본 거 아니지?"

"그래, 깨진 유리 조각이네. 그런데 이게 뭐 어쨌다고? 너 땅바닥에서 유리 조각 본 적 없냐?"

만년필이 무심한 낯으로 대꾸했다. 다른 회원들도 만년필과 별반 다르지 않은 반응이었다.

"시체 옆에 유리 조각이 떨어져 있을 이유가 있어? 뜬금없잖아. 그리고 혹시 알아? 이런 사소한 게 나중에 중요한 단서가 될 수도 있고……."

"퍽이나 그렇겠다. 난 또 뭐 대단한 거라도 발견한 줄 알았네. 야, 쓸데없는 걸로 오버하지 마. 우리 지금 그런 사소한 일에 신경 쓸 시간 없거든."

"아, 사소한 건지 아닌지 네가 어떻게 아냐고. 나 학교에서 누가 불장난 하는 것도 봤단 말이야. 학교 가는 길에 옥상에서 연기 나는 거 봤어. 저 새끼가 무슨 수작 부린 게 분명해."

B가 묶인 손을 들어 A를 가리켰다. 하지만 회원들의 반응은 이번에도 시큰둥했다.

"재가? 벌레도 제대로 못 잡는 저 새가슴이 학교에서 불장난을 했다고? 차라리 내가 우리 엄마 자식이 아니란 말이 더 그럴듯하겠다. 네가 잘못 봤겠지, 병신아."

"아니, 좀. 나 진짜 진지하다고. 정말 옥상에서 연기 나는 거 봤다니까. 내 게임 계정 전부 다 걸고 맹세할 수도 있어."

"어, 나도 진지해. 너 자꾸 어제부터 저 새끼가 살인범이니 뭐니 어쩌고 하는데……. 솔직히 난 납득이 안 되거든? 저 새낀 우리 중에 제일 겁 많은 놈이잖아. 통금 시간도 딱딱 지키고, 학교에서 벌점 받는 걸 세상에서 제일 무서워하는 새끼가 사과를 죽일 생각을 했다고? 말이 되는 소리를 해라. 그냥 우연히 학교에서 본 거 가지고 애먼 사람 범인으로 몰아가지 마. 추리에서 제일 도움 안 되는 게 선입견이랑 너 같은 새끼인 거 모르냐?"

"저 새끼가 네 거 한 번 빨아준 적 있냐? 존나게 핥아주네, 씨발."

"소름끼치는 소리 하지 마, 미친 새끼야. 사실이 그렇잖아, 사실이. 확실한 증거 있는 거 아니면 그냥 입 닥치고 있어. 그 편이 더 도움 되니까."

만년필이 끝까지 핀잔을 주자 B는 입을 다물었다. 잠시 미묘한 분위기가 맴돌았다. 그때 AB가 큼큼 헛기침을 하며 말문을 텄다.

"다 싸웠으면 이제 내가 말해도 될까?"

"어, 뭔데."

"사과를 죽게 만든 사람이 누구인지는 아직 잘 모르겠지만, 그 남자 말대로 자살이 아니라 살인이라는 건 확실하게 알았어. 그것도 아주 물리적인 살인. 심지어 범인은 사과가 자살하도록 유도한 게 아니라 그냥 자기 손으로 죽인 것 같아."

AB의 말이 끝나자 회원들의 동공이 두 배는 더 커졌다. A는 다소 절망적인 심정으로 AB의 얇은 입술을 멍하니 응시했다.

제발, 제발 그 이상은 말하지 말아줬으면.

"뭐? 대체 어딜 봐서?"

"여기, 시체를 찍은 사진을 잘 봐."

AB가 종이 더미 틈에서 사진 한 장을 찾아내 주먹으로 툭툭 두드리자 회장이 기겁을 하며 고개를 홱 돌렸다.

"아이, 씨. 그건 또 왜 꺼내. 저리 치워."

"사진 전체 말고 여기, 뒷목 부분만 잘 보세요. 거긴 좀 멀쩡하니까."

"멀쩡하든 말든 그냥 보기 싫다고. 죽은 사람 사진은 자꾸 봐서 뭐해."

회장은 툴툴대면서도 엉거주춤 고개를 빼서 사과의 뒷목을 살폈다. A를 포함한 다른 회원들도 주저하다 말고 사진을 쳐다봤다. 도화지 위에 빨간 크레파스로 선을 그은 것처럼, 하얀 피부 위에 초승달 모양의 불그스름한 상처가 분명하게 나 있었다.

"혹시 여기 이 손톱만 한 상처 말하는 거냐?"

"네. 추락할 때 생긴 상처치고는 너무 작으니까, 아마 사과가 살아 있을 때 생긴 상처일 거예요."

"아, 그러고 보니 경위서인지 뭔지에서 봤어. 사과 몸에 상처가 여러 개 나 있었다고. 그런데 이게 뭐 어쨌다는 건데? 그냥 상처일 뿐이잖아."

조급해진 A가 지나치게 명랑한 말투로 대화에 끼어들었다. 하지만 AB는 단호한 얼굴로 고개를 저었다.

"여기에 상처가 생겼다는 건 어딘가에 세게 부딪쳤거나, 긁혔다는 뜻이야. 내 생각엔 3층 창틀에 부딪쳐서 상처가 난 것 같은데……. 범인이 사과를 창문 너머로 밀어 떨어뜨리려고 한 과정에서 생긴 게 분명해."

말을 끊은 AB가 A의 눈을 뚫어져라 응시했다. 겁이 날 만큼 크고 검은 눈동자와 마주하자 손바닥에서 땀이 배어 나오기 시작했다. A는 애써 아무렇지 않은 표정을 지으며 스스로를 다그쳤다.

침착, 침착해야 한다. 아직 내가 범인이라는 증거가 나온 건 아니다.

"글쎄, 그건 너무 억측 아닐까? 사과가 자기 발로 뛰어내리는 과정에서 창틀에 뒷목을 부딪친 걸 수도 있잖아."

"그래, 그럴 수도 있겠지. 그런데 이상하지 않아? 뛰어내리는 과정에서 부딪쳤다면 상처의 크기가 어떻든 당연히 고통이 느껴졌을 거고, 본능적으로 다친 부위에 손을 댔을 거야. 하지만 사과의 손가락에서 핏방울이나 피부 조직 같은 게 검출됐다는 소리는 자료에 적혀 있지 않았어. 범인한테 공격당해서 창문 너머로 떠밀렸기 때문이겠지. 게다가 사과가 스스로 뛰어내렸다고 가정하면 납득하기 힘든 부분이 있어."

AB는 잠시 말을 멈추곤 모두의 얼굴을 둘러보았다.

"만약 너희가 투신자살을 한다고 가정한다면, 어디에서 뛰어내리는 게 가장 효과적일 것 같아? 나라면 3층이 아닌 옥상에서 뛰어내렸을 것 같은데. 보다 높은 곳에서 뛰어내려야 확실하게 죽을 수 있잖아. 옥상 문이 잠겨 있는 게 문제긴 하지만, 그건 교무실에서 열쇠만 슬쩍하면 해결되는 일이지. 비좁은 창문을 넘어서 뛰어내리는 것보다 옥상 난간을 넘어서 뛰어내리는 게 훨씬 쉽기도 하고. 자기 교실 놔두고 굳이 3학년 1반에서 자살하려 한 것도 이상해. 1반은 너랑 B가 있는 반이잖아. 너희한테 원한이 있는 게 아닌 이상 보통은 습관 때문에라도 자기 반으로 가서 죽으려고 하지 않을까."

무거운 침묵이 흘렀다. AB의 주장에 대놓고 동의하는 사람은 없었지만, 반박하거나 의문을 제기하려는 사람도 없었다. 심지어는 A마저도. AB의 말대로 그건 너무 이상한 일이었으니까. 사과의 죽음은 이상하다는 말로밖엔 표현할 수 없었다. 그녀는 그녀를 죽인 살인범조차 납득하지 못할 정도로 너무도 이상하게 죽었다.

"저기, 심각한 와중에 분위기 깨서 미안한데."

햄버거가 갑자기 손을 번쩍 쳐들고 입을 열었다. 의아한 낯빛을 띄우기도 잠시, AB는 얼른 말해보라는 듯 한쪽 눈썹을 치켜떴다.

"뭔데요?"

"나 지금 방광이 터져서 죽을 지경이거든. 이거 어떻게 해결해야 할까."

"……그게 다예요?"

"어. 이게 단데. 아니, 비웃지 말고 좀 들어봐. 이것도 나름 심각한 문제 아니냐? 먹고 싸는 것만큼 중요한 게 또 어디 있다고. 우린 살인범이 누군지 찾기 전에 이것부터 먼저 상의했어야 해."

햄버거의 말이 끝나자마자 쿨럭, 하고 누군가가 헛기침을 터뜨렸다. 분위기를 깨다 못해 썰렁하게 얼려버리는 질문에 A도 웃음을 터뜨릴 뻔했다. AB는 고운 미간을 일그러뜨리곤 한심하다는 표정을 지었다.

"그걸 왜 저한테 물어요. 알아서 해결하세요."

"진짜? 그럼 그냥 여기서 싸도 돼? 여기 화장실도 없는 것 같은데."

"화장실이 있어도 그런 꼴로는 무리예요. 종이 젖으니까 저기 구석으로 가서 일 보세요."

"야, 잠깐만. 나도 오줌 마려운데. 나도 저기서 싸고 와도 돼?"

"나도."

햄버거에 이어 만년필과 B까지 칭얼대자 AB는 졌다는 양 고개를 절레절레 흔들었다.

"최대한 빨리 해결하고 와. 대신 가까이 오면 죽는다."

# A7

"어쨌든 확실히 살인인 거네, 이러나저러나."

햄버거가 한결 개운해진 얼굴로 떠들었다. A는 지린내가 풍겨오는 왼쪽 복도 끄트머리를 바라보다가 속으로 한숨을 내쉬었다.

"그럼 살인이지 뭐겠어요. 설마 아직까지도 자살이라고 생각하고 있던 거예요?"

"솔직히 반신반의했지. 묻지 마 살인도 아니고, 사이코패스가 아닌 이상 누가 걔를 죽이려 들겠냐. 그런데 이젠 좀 이해가 되는 것 같아. 이건 백 퍼센트 확률로 살인이야. 살인이 아닌 이상 내가 이 나이 먹고 바지에 오줌 지릴 일은 없을 거라고."

"그것 참 대단히 설득력 있는 추론이네요."

햄버거의 볼멘소리를 한껏 비아냥댄 AB가 이번엔 A와 B를 번갈아 보며 말했다.

"그러고 보니 깜빡 잊고 넘어간 게 있는데. 너희는 왜 서로를 살인범이라고 생각한 거야? 따지고 보면 살인 현장을 목격한 것도 아니고, 확실한 증거가 있는 것도 아니고, 기껏해야 인적 없는 학교에서 상대를 목격한 것뿐이잖아."

"목격자 진술은 증거도 아니냐? 구린 구석이 있는 것 같으니까 저 새끼가 죽였다고 한 거지."

B가 투덜댔다. A는 잠시 B를 노려보다가 벽에 머리를 기대었다. 하루 종일 신경을 곤두세우고 있으려니 여간 피곤한 게 아니다.

"나도 마찬가지야. B가 거짓말을 하니까 살인범인 것 같다고 생각한 거지. 찔리는 게 있으니까 거짓말을 했을 거 아냐."

"까고 있네. 순진한 척 구라치고 있는 건 너잖아, 이 자식아."

"그만, 그만. 둘 다 쓸데없는 걸로 싸우지 마. 어쨌든 네 말의 요지는 이거지? 사과가 추락하는 소리가 들렸을 때 A가 3층에 있었기 때문에 A가 살인범인 것 같다."

"그래. 저 새끼 아니면 죽일 사람이 없다니까. 몇 번을 말해."

"딱히 널 의심하는 건 아니야. 너도 본 게 있으니까 그런 말을 했겠지. 하지만 우리가 네 말을 완전히 믿어주긴 힘들어. 너와 A의 진술은 상충되는 부분이 있거든. 넌 교과서를 교실에 두고 왔다는 걸 깨닫고 다시 교실로 돌아갔다고 했는데, A는 네가 처음부터 교과선지 뭔지 모를 물건을 가지고 나갔다고 하잖아. 둘 중 하나는 거짓말을 하고 있다는 게 확실한데, 증거도 없이 섣불리 믿었다가 애먼 사람이 희생되면 돌이킬 수가 없어."

AB가 특유의 사근사근한 말투로 차분히 설명했다. B는 도끼눈을 뜨고 AB를 노려보다가, 오리처럼 입술을 삐죽 내밀었다. 화는 나지만 상대를 설득할 논리는 없을 때 으레 나오는 버릇이었다.

"그놈의 증거, 증거. 4년이나 지났는데 이제 와서 무슨 증거가 남아 있다고."

"그러니까 서로 무의미한 공격은 그만두자는 뜻이었어. 아, 또 물어보고 싶은 게 있는데. 왜 사과가 죽은 걸 보고도 곧바로 경찰에 신고하지 않은 거야? 자료엔 경찰에 처음 신고한 사람이 학교 경비 아저씨였다고 적혀 있던데."

그 말에 회원들의 시선이 약속이라도 한 것처럼 일제히 A와 B에게로 향했다. 목이 턱 막혀서 침도 숨도 제대로 넘어가지 않았다.

지난 몇 년간 지겹도록 봐왔던 눈들이건만, 심장을 찌르는 이 서슬퍼런 두려움은 무얼까. 꼭 어둠 속에 숨은 짐승들의 눈동자와 마주하고 있는 기분…….

평생을 소심하게만 살아온 A는 막역한 사이라 할지라도 시선에 난도질당하는 일이 잦았다. 물론 이번에도, 입이 딱 붙어서 제대로 된 변명은커녕 숨소리조차 낼 수 없었다.

"왜긴 왜야. 무서워서 그랬다, 왜."

입을 꾹 다물어버린 A 대신 B가 언성을 높였다. 그는 스스로에게 쏟아지는 시선들을 조금도 외면하지 않은 채, 대나무처럼 고개를 빳빳이 쳐들고 변론 아닌 변론을 줄줄 읊었다.

"뭣 모르고 신고했다가 괜히 귀찮은 일에 엮이기라도 하면? 당장 내일이 수능인데 나보고 뭘 어쩌라고? 댁들은 수시로 합격해서 적당히 하던 대로만 하면 됐겠지만, 나한텐 인생이 달린 시험이었단 말이야. 잘 알지도 못하면서 그딴 눈으로 보지 마. 내가 뭐 죽을 죄 지었냐? 이미 죽은 거, 신고 좀 늦게 하면 뭐 어떻다고."

"알았으니까 진정해. 너희를 비난하려는 의도는 없었어. 그냥 궁금해서 물어본 거야."

"의도가 없기는 개뿔. 거울이나 보고 지껄여, 이 역겨운 새끼들아. 그 상황에서 너희는 순순히 신고했을 것 같냐? 왜 나만 쓰레기로 만들어?"

"누가 쓰레기로 만들었다고 그래? 그냥 한 번 물어본 거라니까."

"몰라. 다 나한테서 꺼져. 짜증나니까 말 시키지 마. 살인범을 찾든, 여기서 다 같이 뒈지든 알아서들 해."

B는 흥분해서 악을 쓰다 못해 몸을 굴려 바닥에 벌렁 드러누웠다. 눈도 감고 등도 돌린 걸 보니 화가 나도 아주 단단히 난 모양이었다. 곤란한 얼굴로 B를 응시하던 AB는 말을 걸 것처럼 입을 열었다가 이내 다시 다물었다. 지금 같은 상황에선 말을 걸어봤자 갈등만 심해질 거라고 생각한 모양이었다.

"앗, 차가워. 이건 또 뭐야."

또다시 무거운 침묵이 흐르려던 순간, 멋쩍게 구레나룻을 긁던 햄버거가 불룩한 뱃살을 움츠리며 기겁했다. 무슨 일인가 싶어 쳐다보니, 복도 바닥은 물론 바닥에 늘어놓은 자료들까지 흥건하게 적신 물웅덩이가 햄버거의 엉덩이를 찌르고 있었다. 엎어진 페트병을 일으켜 세운 햄버거가 낮은 목소리로 욕지거리를 내뱉었다. 페트병에 남아 있는 물이라곤 기껏해야 한 모금 정도밖에 되지 않았다.

"씨발, 진짜. 되는 일이 없네. 야, 이거 엎은 사람 누구야? 장난하냐?"

"……."

"뒤지기 싫으면 좋게 말할 때 대답해라. 어떤 정신머리 없는 새끼가 이런 거야? 앙?"

햄버거의 고함에 B도 흘낏 뒤를 돌아보았다. 회원들에게 화가 난 것과는 별개로, 상황이 어떻게 돌아가는 건지 궁금한 모양이었다.

"어쭈. 이것들이 선배가 묻는데 대답을 안 해? 저 새끼 말대로 그냥 다 같이 뒈지자 이거야?"

"죄, 죄송해요. 목이 말라서 물을 좀 마시려다가, 손이 너무 떨려서……."

O가 당황한 기색을 감추지 못하고 우물쭈물 입을 열었다. 비 맞은 생쥐마냥 몸을 벌벌 떨고 있어 원망스럽다기보단 안쓰럽다는 생각이 먼저 들었다.

O는 타고난 수전증 탓에 물건을 멀쩡히 쥐고 있나 싶다가도 금방 바닥에 떨어뜨리기 일쑤인 친구였다. O가 종종 급식실에서 식판을 엎거나 필기를 하는 도중 샤프를 떨어뜨려 심이 박살나는 등의 곤란을 겪는 것을 익히 봐온 A로서는, 그가 이 빌어먹을 수전증 때문에 피아니스트라는 꿈을 포기한 것도 잘 알고 있었다.

물론 햄버거의 눈에는 자료도 날리고 아까운 식수도 모조리 엎어버린 죽일 놈으로밖엔 보이지 않겠지만.

"아니, 물이 마시고 싶으면 우리한테 도와달라고 하든가. 여기 너 손 병신인 거 모르는 사람도 있냐?"

"죄송해요. 그럴 분위기가 아닌 것 같아서……."

"대학은 폼으로 다녀? 그 정도 요령도 없이 앞으로 사회생활은 어떻게 할래? 이거 어쩔 거야, 이거. 우린 저녁까지 뭐 마시면서 버티라고. 내가 살다 살다 이렇게 신박한 엿은 처음 먹어본다, 이 개새끼야. 대가리는 폼으로 달고 다니냐?"

"……죄송합니다."

"씨발, 됐고. 이거 어떻게 책임질 거냐고. 물은 또 얻을 수 있다고 쳐도,

여기 자료도 다 못 쓰게 됐잖아. 진짜 별 거지 같은 짓거리를 다……."

또 시작인가. A는 햄버거가 길길이 날뛰는 모습을 지켜보며 혀를 내둘렀다. 햄버거는 B만큼 화를 자주 내지는 않지만, 한 번 화가 나면 B보다도 더 난폭하게 돌변하는 사람이었다. 슬슬 말려야 하는 게 아닌가 싶을 정도로 욕의 수위가 올라가자 회장과 AB가 이제 그만하라고 한마디씩 보태긴 했지만, 햄버거는 들은 척도 하지 않았다. 두꺼비처럼 부푼 배를 내밀고 침까지 튀겨가며 언성을 높일 뿐이었다.

그때 얌전히 듣고만 있던 O가 갑자기 소름끼치게 낮은 목소리로 햄버거의 말을 끊었다.

"그런데, 선배. 선배는 뭘 믿고 그렇게 당당하세요?"

"뭐? 갑자기 뭔 헛소리야, 그게?"

"아니, 저는 겨우 물이나 좀 엎질렀지만. 선배는 사람 인생을 망쳐놓으셨잖아요. 그래놓고 저한테만 욕을 하시니, 이건 너무 불공평한 것 같아서……."

O가 부자연스럽게 웃어 보였다. 햄버거는 O를 따라 웃지도, O의 말에 대답하지도 않았다. 여드름으로 뒤덮인 통통한 얼굴이 점차 흙빛으로 물들어갔다.

"뭐……? 내가? 언제? 내가 왜 그런 짓을……?"

"모르는 척하지 마세요, 선배. 사과가 선배 때문에 왕따 당한 거 다 알고 있으니까."

이어지는 O의 말은 햄버거를 완전히 침묵시키기에 충분했다.

"선배야말로 진짜 살인범이에요. 역겹게 뒤에서 수작이나 부리는 살인범."

# A8

"아는 사람들은 다 알걸요. 선배가 사과한테 눈치도 없이 계속 들이댔다는 거."

O는 잠깐 말을 멈추고 회원들의 얼굴을 빙 둘러보았다. 자신의 말이 맞지 않느냐고 되묻는 듯했다. A도 O처럼 회원들의 얼굴을 하나씩 찬찬히 뜯어보았다. 눈이 마주친 몇몇이 고개를 푹 숙이거나 시선을 피하는 모습이 시야에 들어왔다.

"하지만 다들 이건 몰랐을 거예요. 6년 전, 선배가 학교 익명 게시판에 사과가 이 남자, 저 남자 만나고 다니며 어장관리를 했다는 소설을 써놓은 거. 여기 있는 사람들도 한 번쯤은 봤을 텐데. 추천 수가 엄청 높았던 글이었으니까. 언뜻 봐선 알 수 없지만, 같은 반 여자애였다면 누구나 다 그게 사과를 저격한 글이라는 걸 알 수 있었을 거예요. 1학년 5반 학생이고, 예쁘장하고, 점심시간만 되면 도서관에 가는 학생이 사과 말고 누가 있냐고요. 그 게시물 하나 때문에 사과는 3년 내내 친구 한 명 사귀지 못했어요. 겨우 선배 한 명 보기 좋게 차버린 대가치곤 너무 가혹했다고요."

"아니, 아니야. 그건 내가 쓴 게 아니야."

햄버거가 다급하게 외쳤다. 하지만 다른 회원들의 반응은 냉랭하기만 했다.

"아, 기억난다. 나도 그 글 봤어. 이건 또 어디서 퍼진 헛소문인가 싶었는데, 설마 그게 사과 이야기였을 줄은……. 그딴 개소리를 싸지른 게 너였냐? 쪽팔리지도 않아?"

"아니라니까. 내가 쓴 거 아니라고!"

"아니긴 뭐가 아니에요. 제가 지나가는 길에 다 봤는데. 사과한테 거절당하고 부실에 혼자 남았을 때 글을 써뒀다가 저녁에 올린 거죠? 그날 밤에 사과한테도 문자로 들었어요. 선배가 거절당해서 화가 많이 난 것 같다고."

"뭐? 걔는 뭔데 그런 얘기를 너한테 해줘?"

"제가 봤다고 했거든요. 선배가 너한테 고백한 거. 애가 많이 무서웠는지, 사람이 완전 돌변해서는 펄펄 뛰며 화를 냈다고 막 하소연하던데……. 사과를 밀어서 떨어뜨린 것도 사실은 선배 아니에요?"

"야, 씨. 그게 무슨 말도 안 되는 소리야. 아니, 내 얘기 좀 들어봐. 진짜 그거 오해라니까? 네가 뭘 잘못 안 거야. 그래, 증거 있어? 내가 그 게시물 올렸다는 증거 있냐고?"

햄버거가 횡설수설하며 변명을 늘어놓을수록 회원들의 시선은 싸늘해져 갔다. 회원들이 아무런 반응도 해주지 않자, 자신은 억울하다는 말만 반복하던 햄버거도 마침내 고개를 떨궜다.

"씨발, 그래. 내가 썼다, 그거. 내가 병신이고 내가 걔 학교생활 다 망쳐놨어. 이제 됐냐?"

"되긴 뭐가 돼, 등신아. 뭘 잘했다고 그렇게 당당해? 지금 상황 파악이 안 되냐?"

회장이 햄버거의 통통한 옆구리를 향해 발길질을 했다. 시원하게 한 대 얻어맞은 햄버거는 넋이 나간 듯한 표정을 짓더니, 이내 어깨를 움츠리며 역정을 냈다.

"잠깐만. 좀 들어봐. 내가 사과 얘기를 한 건 맞아. 맞는데, 막 대놓고 저격하는 뉘앙스로 쓰진 않았다고. 그리고 학교 익명 게시판에 글을 올리지도 않았어. 내 블로그에만 올렸단 말이야."

"얼씨구, 지금 그걸 우리더러 믿으라고?"

"그래. 다 인정한 마당에 내가 왜 이런 구체적인 구라를 치겠냐? 진짜 진심으로, 내 목숨을 걸고 맹세할 수 있어. 제발 믿어줘. 나 진짜 엄청 억울해. 나도 그때 글 올라온 거 보고 놀랐단 말이야. 내가 홧김에 이상한 글을 쓴 건 맞는데, 애 이미지 완전히 나락 보낼 일 만들고 싶진 않았다고. 너희 눈엔 내가 그 정도의 쓰레기로 보이냐?"

햄버거가 속사포처럼 말을 쏟아내자 몇몇 회원들의 얼굴에 동요하는 기색이 어렸다. 이때다 싶었는지, 햄버거가 쐐기를 박듯 단호한 어투로 말을 이었다.

"이건 저 새끼도 모르는 것 같은데. 난 유진이한테 내가 한 짓 다 고백하고 사과까지 확실하게 했어. 진짜 손이 발이 되도록 싹싹 빌어서 겨우 용서 받았단 말이야. 물론 내가 한 짓이 없던 걸로 되진 않겠지만, 본인한테 용서 받았으면 된 거 아니야? 그러니까 나 때문에 유진이가 자살했을 리는 없다고. 내가 걜 창문 너머로 밀어야 할 이유도 없고."

"그거야 모르는 일이죠. 겉으로는 용서해주는 척하고 속으론 선배를 엄청 증오하고 있었을지. 그걸 알아낸 선배가 괘씸함에 못 이겨 확……. 죽여버린 걸 수도 있잖아요."

O가 날카롭게 쏘아붙였다. 자신이 먹은 욕을 죄다 돌려주기라도 하겠다는 양 한껏 빈정대는 말투였다. 당황한 햄버거는 말까지 더듬으며 반론했다.

"무, 무슨 그런 끔찍한 소릴……. 내가? 나, 난 그런 짓 못해. 나한텐 확실한 동기가 없단 말이야. 난 살인범이 아니야. 살인범은 쟤네 둘 중에 있다고."

햄버거가 눈짓으로 A, B를 가리켰다. 그새 화가 풀린 건지 이제는 완전히 회원들 방향으로 돌아누워 있던 B는 난데없이 자신이 지목 당하자 정색하며 얼굴을 찌푸렸다.

"허. 갑자기 내가 왜 튀어나와요? 나도 확실한 동기는 없거든요?"

"없기는 왜 없어. 있는데 모른 척하는 걸 수도 있잖아."

"진짜 없다고요. 난 걔한테 원한 살 일도 하지 않았고, 누구처럼 걜 좋아한 적도 없어요."

"지금 그걸 나더러 믿으라고? 야, 너 쟤네랑 친하잖아. 너 뭐 아는 거 없냐? 사소한 일이라도 괜찮으니까 수상한 점 있으면 얘기 좀 해봐."

햄버거가 이번엔 AB를 보며 말했다. 손등으로 테가 검은 안경의 코다리를 올려 쓴 AB는 별 말 없이 햄버거의 얼굴을 물끄러미 쳐다보더니, 어깨를 으쓱하며 답했다.

"글쎄요. 딱히 짐작 가는 바는 없는데."

"정말 없어? 친하다고 괜히 감싸주는 건 아니고?"

"생존이 달린 문제인데 감쌀 이유가 있겠어요. 제가 아는 한 저 둘도 명확한 살인 동기는 없어요. 선배처럼."

"없으면 없는 거지, 나처럼은 뭐냐. 너 말투가 좀 묘하다?"

햄버거의 눈이 게슴츠레해졌다. AB는 두꺼비 같은 얼굴을 하고 노려보는 햄버거를 꿈쩍도 않고 마주 주시했다. 아무런 감정도 섞여 있지 않아 의도를 알기 힘든 눈빛이었다.

"그럼 좀 더 명확하게 말해드릴게요. 전 선배도 저 두 사람처럼 용의선상에 오를 자격이 있다는 말이 하고 싶었어요."

"뭐, 뭐라고? 내가 왜? 난 유진이한테 사과도 하고 용서도 받았다니까?"

"그건 선배 생각일 뿐이잖아요. 사과가 정말 선배를 용서했는지, 그 일을 깔끔하게 잊었는지 우린 몰라요. 죽은 사람한테 질문을 하지 않는 이상, 살인범을 찾아내려면 선배도 용의자일 수 있다고 가정할 필요가 있어요."

AB의 말이 끝나자 A는 자기도 모르게 고개를 끄덕였다. 햄버거와 눈이 마주친 순간엔 아차 싶었지만, 다행히 햄버거가 A에게 화살을 돌리는 일은 없었다. 그는 A보다는 AB가 좀 더 괘씸했는지, AB를 향해 공격을 퍼붓기 시작했다.

"야, 내가 어딜 봐서 용의자야? 뒤질래?"

"손발이 묶여 있는데 절 어떻게 죽이시게요. 흥분하지 말고 진정하세요."

"내가 지금 진정하게 생겼냐, 어? 야, 넌 너만 깨끗한 줄 알지? 너도 똑같아, 이 자식아. 그렇게 치면 너도 나랑 똑같이 살인 용의자라고. 유진이가 자살한 데는 너도 책임이 있어."

"제가요? 대체 무슨 근거로요?"

AB가 불쾌하다는 양 눈을 치떴다. 햄버거는 그런 AB를 바라보면서 쯧 하고 혀를 찼다.

"그건 네가 제일 잘 알고 있겠지. 사과가 너한테 아무 말도 안 하든? 하긴, 자기가 좋아하는 애한테 무슨 말을 했겠어. 바보 같은 계집애, 이런 놈 뭐가 그리 좋다고 죽자고 목을 맸는지."

# A9

AB는 드물게도 입을 꾹 다물었다. 누가 어떤 공격을 해오든 무던히 받아넘길 수 있을 것 같던 사람이 급격하게 말을 잃자 회원들도 동요하는 눈치였다.

A는 다소 혼란스러운 심정으로 AB의 옆얼굴을 유심히 주시했다. O의 폭로는 A에게 큰 행운으로 다가왔지만, 햄버거의 폭로는 그다지 달갑게 느껴지지 않았다. AB는 A가 가장 좋아하고 신뢰하는 친구였으니까. 설령 자기 자신의 살인이 들통나서 회원들을 해칠 일이 생긴다 한들, AB만큼은 건드리고 싶지 않았다. AB가 범인으로 몰리는 광경을 보고 싶지도 않았다.

"왜 갑자기 꿀 먹은 벙어리가 되셨나. 어디 찔리는 구석이 있긴 한가 보지?"

복잡한 A의 마음을 아는지, 모르는지 햄버거가 AB를 표독스럽게 몰아붙였다. AB는 머리를 한 대 얻어맞은 것 같은 표정을 짓곤 겨우겨우 목소리를 짜냈다.

"……그게 무슨 말이에요? 사과가 절 좋아했다니."

"뭘 되묻고 그래, 너 똑똑한 놈이잖아? 말 그대로야. 사과는 널 좋아했다고."

"누가요? 누가 그랬는데요? 어디서 이상한 헛소문 들은 거 아니에요?"

"참나, 날 대체 뭘로 보는 거냐. 사과한테 차인 날 본인한테 직접 들었어. 자기는 AB를 좋아해서 날 받아줄 수가 없다고. 웃기지 않냐? 사과도 나한테 관심이 있는 것 같으니 고백해보는 건 어떻겠냐고 조언해준 건 너였잖아. 정작 걔는 지한테 관심 가진 것도 모르고."

햄버거가 독 두꺼비 같은 얼굴로 실실 웃었다. 악을 쓰듯 연거푸 질문만 내뱉던 AB는 또다시 말을 잃나 싶더니, 이내 고개를 갸웃거렸다. 크고 맑은 눈동자 위론 검은 안개 같은 의문이 새겨져 있었다.

"제가 선배한테 그런 말을 했다고요? 언제요?"

"기억 안 나는 척하는 거냐, 진짜 까먹은 거냐? 뭐, 6년 전 일이니까 기억이 안 날 법도 하다만……. 네가 7월 달쯤에 그랬잖아. 사과랑 얘기해봤는데 나한테 호감이 아예 없지는 않은 것 같더라고. 난 그거 믿고 고백했다가 완전 망신당했고."

"죄송한데, 진짜 기억이 안 나요. 애초에 제가 선배한테 왜 연애 상담을 해줘요."

"몰라, 이 자식아. 네가 알지, 내가 아냐. 지가 먼저 오지랖 부려놓고는 왜 이제 와서 발뺌이야. 아무튼, 지금 중요한 건 이게 아니라 그거지. 넌 걔가 너를 좋아한 것도 모르고 걔한테 아주 큰 상처를 줬다는 거."

햄버거의 크고 두툼한 손이 AB를 향해 삿대질했다. 상황이 AB에게 불리하게 돌아갈 것 같자, A는 자기도 모르게 따지듯 대화에 끼어들었다.

"상처를 주다니, 무슨 상처를 줬다는 거예요? 좋아하는 마음을 몰라준 게 죄는 아니잖아요."

"내가 바보냐, 그딴 걸로 트집을 잡게. 기억 안 나? 너희가 1학년일 때 9월 말에 부실에서 있었던 일 말이야."

"9월 말……이요?"

"그래. 사과만 빼고 다 같이 부실에 모여 있었을 때. 그때 분위기 완전 조용했는데, 갑자기 사과가 울면서 들어왔었잖아. 이래도 기억 안 나냐?"

햄버거가 AB를 똑바로 쳐다보면서 말했다. 입술을 몇 차례 빼끔거리던 A는 아무런 대답도 하지 못하고 침묵 상태로 들어갔다. 햄버거의 말대로 9월 말에 있었던 자그마한 소동이 아득한 기억 너머에서 되살아났기 때문이다.

가을인 것치곤 딱히 춥지도 덥지도 않던 날, 그날도 회원들은 방과 후 부실에 옹기종기 모여 앉아 극도로 조용한 분위기 속에서 각자 할 일을 해나가던 중이었다. 당시 2학년이었던 회장과 햄버거는 수행평가 준비를, AB를 제외한 1학년들은 단편소설 공모전 준비를. 가장 먼저 작가라는 꿈을 이룬 AB만이 혼자 느긋하게 휴대폰을 만지며 여유를 부리고 있었다. 사과는 동아리 활동 시간임에도 늦게까지 모습을 드러내지 않았지만, 최근에 들어와선 그다지 드문 일은 아니었으므로 회원들 중 사과를 걱정하는 사람은 A 정도밖엔 없었다.

사과가 부실에 찾아온 건 동아리 활동 시간이 거의 다 끝나갈 무렵이었다. 평소와 달리 우렁차게 문을 열어젖혀 정적을 깨고 들어왔다는 점, 그 하얗던 눈가가 불그스름하게 물들어 있었다는 점 때문에 회원들 모두가 당황했던 걸로 기억한다. 그리고 그중에서도 가장 당황스러웠던 건, 악마에 사로잡히기라도 한 듯 증오로 점철된 사과의 눈빛이었다.

"뭐야, 놀랐잖아. 왜 이렇게 늦었어?"

"……."

"낯빛이 좀 안 좋아 보이는데, 무슨 일 있었어?"

"……."

"……너 울어?"

"……."

AB가 놀란 얼굴로 거듭 말을 걸었지만 사과는 대답하지 않았다. 그녀는 단지 회원들이 생전 처음 보는 표독스러운 얼굴을 하곤 가만히 AB를 노려볼 뿐이었다.

"비겁해."

오랜 기다림 끝에 울음 섞인 사과의 목소리가 들려오고, 사과가 AB를 향해 한 발짝 다가섰다. 그 순간 A는 어떠한 말로도 다 표현할 수 없는 불길함을 느꼈지만, 그때까지는 이 불길함의 정체가 무엇인지 알 수 없었다.

"그게 무슨 뜻이야? 비겁하다니?"

"……."

"알아듣게 설명해줘. 혹시 너……."

단조롭게 흐르던 AB의 음성이 뚝 그치고, 경쾌한 마찰음이 울려 퍼졌다. 사과가 느닷없이 AB의 뺨을 후려친 탓이었다. 있는 힘을 다해, 원망 섞인 얼굴로. AB의 고개가 힘없이 꺾이자 속절없는 침묵이 밀물처럼 밀려들어왔다. A는 입을 딱 벌렸고, B는 엉덩이가 의자에 붙은 듯 움직일 기미를 보이지 않았다. O와 회장은 약속이나 한 것처럼 손으로 입을 가렸고, 필기구를 정리하던 햄버거와 만년필은 너무 놀란 나머지 손에 든 필기구를 그대로 땅에 떨어뜨렸다. 부실에 있던 회원들 중 어느 누구도 감히 사과의 행동에 이의를 제기하지 못했고, 귀신에라도 홀린 사람처럼 멍하니 두 사람을 바라보기만 할 뿐이었다.

"비겁해."

사과가 재차 힘주어 말했다. 생각지도 못하게 따귀를 맞은 AB는 퍽 불쾌한 것 같기도, 당황한 것 같기도 한 얼굴로 사과를 물끄러미 쳐다봤다. 그러나 그가 사과에게 무어라 말을 걸기도 전에 사과는 도망치듯 자리를 떠나버렸다.

"기억나요. 그날 있었던 일."

A가 힘없이 중얼거렸다.

"하지만 우리가 나중에 사과한테 물어봤을 때, 사과는 별일 아니었다고 했잖아요. 약간의 오해가 있었고, 금방 화해했다고도 말했고."

"그래. 그런데 우린 그 '약간의 오해'가 뭔지 지금까지도 모르고 있잖아. 혹시 알아? 사과는 여전히 저 새끼한테 앙금이 남아 있을지. 찔리는 구석이 없다면 진작 털어놓았을 텐데, 지금까지도 입 닥치고 있는 거 보면 궁금하지 않아? 대체 무슨 오해가 있었길래 그 착한 애한테 손찌검을 당했나 몰라."

햄버거가 빈정댔다. 하지만 AB는 햄버거의 고약한 공격에도 불구하고 평소처럼 평온한 표정이었다.

"할 수만 있다면 당장에 말해드리고 싶은데, 6년 전 일이라 그런지 기억이 안 나네요."

"까고 있네. 쓸데없이 내숭 떨지 말고 그냥 털어놓는 게 어때? 네가 계속 입 다물고 있겠다면 난 널 살인 용의자로 가정할 수밖에 없을 것 같은데."

"그러시든가요. 저도 선배를 가장 유력한 용의자로 둘 테니까."

"이 새끼가 그런데 끝까지……. 야, 넌 위아래도 없냐? 어딜 선배한테 계속 말대꾸야?"

햄버거가 눈을 부라렸다. 험악한 기류가 흐르자 회장이 질렸다는 표정으로 둘 사이에 끼어들었다.

"아, 진짜 작작 좀 싸워. 지금 우리끼리 싸울 시간 없다고. 둘 다 가슴팍에 빵구 뚫려서 죽고 싶냐?"

"저 새끼가 아까부터 계속 싸가지 없이 굴잖아."

"됐으니까 좀 닥쳐봐. 지금부터 쓸데없이 시비 거는 새끼들은 다 내 손에 뒤진다. 알겠냐? 추리에 도움 되는 얘기만 해, 도움 되는 얘기만."

회장이 호통을 치자 웬일인지 햄버거도 더는 고집 부리지 않았다. AB도 햄버거를 한 번 노려보곤 고개를 돌릴 뿐이었다. 드디어 좀 잠잠한 분위기가 형성되자, 그때까지 조용히 눈치만 살피던 만년필이 조심스레 말을 꺼냈다.

"저, 그럼 한 가지 묻고 싶은 게 있는데요."

"뭔데?"

"일단 지금까지 아무런 얘기도 안 나온 저랑, O랑, 선배는 용의자에서 제외되는 거 맞죠? 우린 정말 사과랑은 어떤 접점도 없었잖아요."

"음. 그런가? 뭐, 그렇다고 볼 수도 있겠네. 어딘가 한 군데씩 구린 구석이 있는 건 저 네 명 뿐인 것 같으니."

회장이 차례로 A, B, AB, 햄버거를 쳐다보며 말했다. AB를 제외한 셋은 하나같이 억울하다는 표정을 지었지만, 딱히 자신이 범인이 아니라는 증거도 없는 탓인지 굳이 소리 내 하소연하지는 않았다.

회장의 말에 반박한 건 의외로 가만히 있던 AB였다.

"아뇨, 선배랑 저 둘도 용의자에 포함시켜야겠는데요. 단순히 한 번도 언급되지 않았다는 이유만으로 용의자에서 제외할 순 없어요. 우리는 모르는 동기가 있을 수도 있는 거니까."

"하지만 나랑 만년필은 사과랑 엄청 친하게 지내지도 않았고, O도 사과랑은 좀 서먹서먹했잖아. 그나마 만년필은 자기 동생이랑 사과랑 친구였다는 접점이라도 있지, 난 사과가 자살할, 아니 살해당했을 당시에 이미 학교를 졸업한 상태였어. 사과랑은 아무런 관계도 없는 사람이었다고. 굳이 사과를 죽일 필요도, 사과를 죽이러 그 먼 곳까지 갈 이유도 없단 말이야. 사과랑 특별히 가까웠던 너희 넷만 용의자로 두는 게 맞지 않아? 우리 모두를 용의자로 뒀다간 시간 낭비가 엄청 심할 거야. 일단은 너희만 용의자로 두고, 나중에 증거를 찾으면 다시……."

"안 돼요. 단언컨대, 용의자는 우리 모두예요. 겉으로 연관이 없어 보인다고 해서 함부로 제외시켰다간 추리가 삼천포로 빠질 거라고요."

너무나 강경한 AB의 태도에 회장도 말을 잃었다. 결국 백기를 들 듯 손을 높이 쳐든 회장은 마지못해 고개를 끄덕였다.

"그래, 알았어. 정 그렇다면 우리 모두가 충분히 사과를 죽일 수 있었다고 치자고."

# A10

"그 전에 한 가지 꼭 검토해봐야 하는 사항이 있는데."

O가 콧잔등을 긁적이며 말했다.

"형사들이 용의자를 선정하기 전에 거치는 단계 있잖아요. 알리바이 확인하기. 다들 사과가 자살한 시간에, 즉 밤 12시 50분에서 1시 사이에 뭘 하고 있었는지 기억나는 대로 말해줬으면 좋겠는데. A랑 B는 이미 말했으니까 빼고."

"4년 전에 있었던 일인데 그딴 거 기억날 리가 없잖아."

"그러니까 기억나는 대로, 라고 했잖아요. 아예 기억이 안 나는 사람은 입 다물고 있어도 좋아요."

O가 말을 마쳤지만 회원들은 서로 눈치만 살필 뿐, 아무도 쉽사리 입을 떼려 들지 않았다. 학창 시절 겪었던 굵직한 사건들 몇몇은 기억할 수 있어도, 세세한 시간대를 기억하는 일은 역시 무리였던 걸까. 기다리다 못한 O가 재차 질문을 던졌지만, 이번에도 회원들은 대답하지 않았다. 실망한 듯 한숨을 내쉬는 O를 보면서 AB가 고개를 설레설레 저었다.

"됐어, 4년 전 새벽에 뭘 했는지 기억하는 사람이 있다고 해도 이제 와서 그 사람의 알리바이를 증명하는 건 불가능해. 무의미한 일이야."

"그래, 이 꼬라지로 묶여 있는데 우리가 뭘 하겠냐. 알리바이고 뭐고 손발이 묶여 있는 사람한테 살인범을 찾아내라고 협박하는 것만큼 의미 없는 짓거리야."

본인 주변을 한 번 둘러본 회장이 개미만 한 목소리로 투덜댔다. 보아하니 아직 도청기를 향한 걱정을 완전히 버리지 못한 것 같았다. O는 회장의 말을 못 들은 척하곤 AB를 똑바로 쳐다보며 말했다.

"그럼 넌 어떤 질문이 유의미할 것 같은데?"

"글쎄. 생각해둔 건 여러 가지 있는데, 이게 우리 추리에 도움이 될지는 잘 모르겠어. 단서가 없어도 너무 없는 것 같거든. 어떤 질문을 해도 범인한테 완전히 농락당하다 끝날 것 같은 기분이라고. 어쩌면 그 남자가 원하는 건 우리끼리 분열을 일으켜 싸우는 모습을 지켜보다가 적당한 때를 봐서 모두를 죽이는 것인지도 몰라. 지금 이 자리에선 서로의 말을 완전히 믿는 게 불가능하니까. ……왜 불가능하냐고 묻고 싶은 표정인데, 하나 예시를 들어볼게. 우리는 사과가 자살하기 전에 학교로 와달라는 문자를 보낸 게 맞는지 A를 심문할 수는 있어도, A의 말이 사실인지 알아낼 수는 없어. A는 이미 휴대폰을 새것으로 바꿨고, 사과의 휴대폰을 확인할 방법도 없으니까. 우리가 어떤 사실을 알아내는 것보다 그게 사실이라는 걸 증명하는 게 몇 배는 더 힘든 일이야."

"음, 듣고 보니 그렇네. 잠깐, 넌 혹시 A가 살인범이라고 생각하고 있는 거야?"

O가 얼빠진 표정으로 중얼거렸다. 예상치 못한 O의 말에 오한이 등

줄기를 스쳐 지나가고, 텅 빈 위장이 더더욱 쓰라려 왔다. A는 자기도 모르게 주먹 쥔 손에 힘을 가했다.

"너 내 말 제대로 듣기는 한 거냐? 난 현재로서는 누구의 진술도 믿을 수 없다는 말을 하고 있는 거라고."

"그럼 굳이 A를 콕 집어서 말한 이유가 뭔데? 사과가 A한테 학교로 와달라는 문자를 보낸 게 맞는지 의심스러워서 아냐?"

"……부정하지는 않을게. 하지만 그 점이 의심스러울 뿐이지, A가 살인범이라고는 생각하지 않았어. 난 그냥 A가 살인범이라고 가정하고 예시를 든 거야."

"나한텐 그 말이 그 말인 것처럼 들리는데."

A는 애써 침착하게 대꾸했다. 표정이 이상하진 않은지, 태도가 너무 부자연스러운 건 아닌지를 신경 쓰느라 자신이 무슨 말을 지껄이는지도 알 수 없었다. AB는 그런 A의 얼굴을 멀겋게 쳐다보더니, 어깨를 한 번 으쓱하곤 입을 열었다.

"그래? 뭐, 기분 나빴으면 사과할게. 너만 특별히 의심하고 있는 건 아니니까 너무 불쾌하게 받아들이진 마."

"됐어, 사과할 필요 없어. 내가 무슨 말을 해도 계속 날 의심할 거면서, 마음에도 없는 사과는 왜 해."

"너무 불쾌하게 받아들이진 말라니까. 굳이 우리끼리 얼굴 붉히면서 다투지 말자고. 너도 알잖아, 싸우면 우리만 손해라는 거."

AB가 B와 햄버거를 흘끔대며 말했다. 너까지 저 두 사람처럼 엇나가면 곤란해진다는 어투였다. 그래도 아직까지는 AB에게 신뢰받고 있다는 느낌이 들어 한편으론 마음이 놓였지만, 또 한편으론 근심을 피할 수 없었다. 결국 A는 AB에게 말이 잘 통하는 친구, 그 이상도 이하도 아닐 것이다. 회원들 중 가장 경계가 심한 AB의 의심을 피하려면 보다 확실하게 혐의에서 벗어나야 한다.

A는 호흡을 가다듬곤 일부러 조금 떨리는 목소리로 열변을 토하기 시작했다.

"나도 내가 의심받을 수밖에 없는 상황이라는 거 알아. 아는데, 이거 하나만 알아줬으면 좋겠다. 난 사과를 괴롭히지도 않았고 왕따 시키지도 않았다는 거. 딱히 증명할 방법은 없지만, 너희도 봐서 알 거 아냐. 난 살면서 누구한테 폐 끼친 적 따위 단 한 번도 없었어. 내가 피해를 받으면 받았지, 다른 사람한테 피해를 입히진 않았다고. 나한테는 살인보다 차라리 자살이 더 쉬운 일일 거야."

여기까지 말한 A는 회원들 몰래 AB의 반응을 살폈다. AB는 난처하다는 양 미간을 일그러뜨리곤 입을 다문 채 손가락만 꼼질거리는 중이었다.

그때 생각지도 못한 훼방꾼이 끼어들어 별안간 A의 가슴을 서늘하게 만들었다.

"살인이 꼭 평소 행실과 관련된 건 아니지. 우발적인 살인이었을 수도 있잖아."

매번 A만 집요하게 공격했던, 특유의 그 비아냥대는 어투다. A를 포함한 모두의 시선이 한곳으로 쏠렸다.

자신 있게 A의 말을 반박한 주인공은 B였다.

"들어봐. 처음부터 살의를 품고 있던 게 아니더라도 살인을 저지를 수 있는 존재가 바로 이 사람이란 동물이라고. 저 녀석이 살인을 저지를 만한 인물이 아니라는 건 인정할게. 하지만 그걸 핑계로 어물쩍 혼자 용의선상에서 빠져나가서도 안 돼. 그날 새벽에 우리가 모르는 어떤 사고가 생겨서 저 녀석이 실수로 사과를 죽였을 수도 있는 거잖아. 내 말이 틀려?"

"그게 무슨 개소리야? 말도 안 되는 소리 집어치우라고."

A가 눈에 띄게 당황한 기색으로 외쳤다. 평정을 되찾아야 한다는 생각이 들었지만, 몸은 이미 흥분할 대로 흥분해서 스스로도 감당이 안 되는 상태였다. 반면 B는 평소 같지 않은 냉정한 얼굴로 계속해서 A를 몰아붙였다.

"말도 안 되는 건 네 거짓말이야. 정 그렇게 억울하면 어디 한 번 설명해보시지. 사과는 왜 자살하기 직전, 하필 너한테 문자를 보낸 걸까? 나 같으면 마지막 순간엔 부모님한테 문자를 보낼 것 같은데."

"그딴 걸 내가 어떻게 알아. 나한테 무슨 할 말이 있었겠지."

"할 말? 예를 들면?"

"반에서 왕따 당하는 것 때문에 너무 힘들다든가, 마지막으로 털어놓고 싶은 비밀이 있었다던가."

"그런 말을 하필이면 너한테 하려고 했다고? 그것도 수능 전날 새벽에?"

"사실이 그런 걸 나보고 뭐 어쩌라고. 증거도 없이 벌써부터 범인 취급하는 거야?"

"그놈의 증거 나부랭이나 찾는 거 보니 위기의식이라도 느끼시나 봐. 증거야 없지. 지금 네 태도도 나름 증거라면 증거겠지만. 마땅한 변명거리도 없는 것 같은데 이만 포기하고 솔직히 털어놓는 게 어때. 그날 새벽에 무슨 일이 있었던 건지."

저 새끼가 약을 처먹었나, 평소엔 멍청한 소리만 하더니 갑자기 왜 저래.

속으로 B에게 욕을 퍼부은 A는 조금의 틈도 없이 어금니를 꽉 물었다. 안 그래도 건조하던 입 안이 침조차 삼키기 힘들 만큼 바싹 말라 있었다. 이대로 논리에서 밀려버리면 안 된다. 지금 밀리면 B에게로 애써 돌려두었던 의심의 화살이 모조리 나에게 쏠릴 것이다. 어떻게든 B를 물고 늘어져야 한다. 물고 늘어질 거리가 없으면 화제라도 돌려놔야 안전하다. 생각하자, 생각. 뭐든 좋으니 제발 빨리 생각나란 말이다……. 그러나 백짓장처럼 하얘진 머리로 B에게 반격을 날리기란 쉬운 일이 아니었다.

"왜 말이 없어? 네가 죽인 거라고 순순히 인정하는 거야?"

"……."

"내 이럴 줄 알았어. 학교에 불 피운 것도 네가 한 짓 맞지?"

"……교과서."

"……뭐? 교과서?"

"그래. 네가 두고 왔다던 교과서는 뭔지, 그것부터 말해봐. 너 정말 학교에 교과서 때문에 갔던 거 맞아?"

A가 B를 노려보며 말했다. 될 대로 되라는 심정으로 내뱉은 말이었건만, 뜻밖에도 의기양양하게 떠들던 B가 금세 조용해졌다. 허를 찔린 듯 사색이 된 B의 표정을 보니, 다행히 A의 공격이 먹혀든 모양이었다.

"무슨……. 갑자기 그 얘기가 왜 나와?"

"말 돌리지 말고 얼른 말해보라고. 말 못할 이유도 없잖아."

"허. 지금 말 돌리고 있는 게 누군데 자꾸……."

"교과서가 아닌 거지? 학교에 두고 온 거. 수능이 무슨 중간고사도 아니고, 굳이 교과서를 가지러 학교에 갈 필요가 있어? 참고서만 있어도 충분하잖아. 넌 그날 뭐 하러 학교에 간 거냐?"

"이런, 씨. 네가 뭘 안다고 떠들어, 이 개새끼야. 내가 교과서를 가지러 가든 참고서를 가지러 가든 네가 뭔 상관인데?"

흥분한 B가 침까지 튀겨 가며 악을 썼다. 분위기가 생각보다 더 험악해지자 이번에도 회장이 나서서 두 사람을 중재했다.

"야, 내가 아까 뭐라 그랬어? 쓸데없이 시비 거는 새끼는 내 손에 뒤진다 그랬지? 알았으니까 둘 다 진정해."

"진정하긴 뭘 진정해요. 또 그놈의 증거 타령 하면서 넘어갈 거예요? 언제까지 증거만 따질 건데요? 그렇게 해서 어느 세월에 살인범을 잡겠다고."

"진정하고 일단 내 말 잘 들어봐. 너희 둘의 의견은 충분히 알았으니까, 각자 범인이 누군지 특정할 시간을 좀 가지자고. 내 말 무슨 뜻인지 알아들었냐?"

"……범인이 누군지 특정할 시간이요?"

B가 눈을 둥그렇게 뜨고 중얼거렸다. A는 별다른 대꾸 없이 회장의 얼굴만 쳐다봤다. 저건 흥분한 회원들을 진정시키고자 하는 말일까, 아니면 정말 범인을 잡아내기 위한 대책인 걸까.

"그래. 솔직히, 어제 오늘 한꺼번에 너무 많은 정보가 들어왔잖아. 다들 혼자 조용히 생각할 시간이 필요할 거야. 이중에 가장 의심스러운 사람이 누구일지 말이야. 너희도 다 동의하지?"

회장이 보채자 회원들도 마지못해 고개를 끄덕였다. 도무지 진정할 겨를이 안 보이던 B도 머리가 조금 식은 듯 차분해졌다. B는 A를 한 번 째려본 뒤, 단단히 화난 황소 같은 얼굴로 으름장을 놨다.

"좋아, 다들 천천히 잘 생각해보라고. 진짜 수상한 쪽이 누군지 말이야."

# A11

창문에 비스듬히 기댄 노을이 온 복도로 길게 드리워졌다. A는 얼굴에 눅진하게 들러붙은 일몰을 느끼며 멍하니 눈앞의 벽을 응시했다. 핏빛으로 물든 공간 속에서 살인이니 뭐니 하는 것들만 떠올리고 있으려니 정신이 서서히 병들어가는 기분이었다.

다른 회원들의 상태도 마찬가지인 듯했다. 폐쇄된 공간에서 지속적으로 스트레스를 받아온 탓인지, 회원들은 하나같이 초점을 잃은 눈으로 허공이나 벽만 쳐다보는 중이었다. 몇 시간 전의 모습과는 대비되게 살인범을 잡으려는 의욕은 물론, 생존에 대한 의욕마저도 잃은 것 같은 눈빛이다.

A는 하염없이 창밖만 바라보고 있는 AB의 옆얼굴로 시선을 돌렸다. 그의 얼굴 역시 살 만큼 다 살아서 죽음만을 기다리는 노인을 닮아 있었다. 사실, 회원들이 이토록 쉽게 무력해졌다는 게 딱히 놀라운 점은 아니다. 이틀 내내 굶은 상태에서 틈만 나면 설전이 벌어져 기력을 낭비하기도 했고, 몸이 결박되어 할 수 있는 게 제한되어 있다는 점도 모두의 희망을 꺾어놓기 충분했을 테니까.

AB가 한 말도 그들을 좌절시키는 데 한몫했을 것이다. A와 B가 언쟁을 벌이느라 묻힌 감이 있지만, 남자의 목적이 회원들 간에 분열을 일으켜 서로 헐뜯는 걸 지켜보다가 결국은 모두를 죽이는 것이라는 AB의 주장은 상당히 일리 있는 말이었다. 실제로 회원들의 행보는 AB의 말과 정확히 일치하지 않았던가. 당시엔 다들 아무렇지 않게 흘려들었지만, 지나고 나서 홀로 곰곰이 생각하다보니 뒤늦게 두려움에 잠식되었을 것이다. A도 그랬으니까.

살인범을 찾아낼 방법도, 살아나갈 도리도 없다는 절망이 모두의 마음에 똬리를 튼 이상 더 이상의 추론은 무의미하다.

이제는 익숙해진 발자국 소리가 뚜벅뚜벅 박자에 맞춰 적막을 깼다. 문 너머로 인기척이 느껴지자 모두의 눈에 잠깐 생기가 돌아왔다. 모습을 드러낸 남자는 처음 봤을 때처럼 옆구리에 총을 끼고 있었다. 생수나 음식을 가져다줄 거라고 기대한 건지, 몇몇 회원들이 실망한 표정을 짓는 게 보였다.

"뭐야, 얼굴들이 다 왜 그래? 누가 보면 불치병 걸린 환자들만 모아놓은 줄 알겠군."

남자가 차갑게 비아냥댔다. 그는 입고 온 패딩 소매로 총구를 문질러 닦나 싶더니, 곧 회원들의 얼굴을 하나씩 찬찬히 살피기 시작했다. 꼭 본인이 직접 회원들 틈에 숨어 있는 살인범을 찾아내려는 것처럼 말이다. 마지막으로 회장의 얼굴까지 꼼꼼히 뜯어본 남자는 이내 기분 나쁜 웃음을 지어 보였다. 앞으로 일어날 끔찍한 일을 암시하기라도 하듯이.

"내가 총으로 너희 콧구멍을 쑤신 것도 아니고, 너무 죽상인 거 아니야? 아니면 뭐, 내가 자리를 비운 사이 나쁜 일이라도 생기셨나?"

"……."

"보니까 너희들끼리 치고받고 아주 난리도 아니던데. 누구 특별히 의심 가는 사람이라도 생긴 거야? 응?"

"……."

"당장은 손 안 댈 테니까 빼지 말고 말해봐. 유진이를 죽인 놈이 누군지, 대충 감을 잡은 거지? 맞지?"

"……."

"……왜 대답을 안 해? 누구 의심 가는 사람이라도 생겼냐니까? 혹시 내 말 안 들려? 귀에 구멍이라도 뚫어줘야 하나?"

남자가 돌연 햄버거의 귀에 총구를 갖다 대며 말했다. 창백해진 햄버거의 입술 틈으로 새된 비명이 튀어나왔다. 다른 회원들이 우물쭈물하며 대답을 미루자, AB가 나서서 입을 열었다.

"용의자는 저희 모두입니다. 특별히 의심 가는 사람은 찾지 못했어요."

"거짓말하지 마. 저 둘이 죽일 듯이 싸우는 거 다 봤어. 저 새끼들이 가장 유력한 용의자인 거지? 그래서 서로 네가 범인이네 뭐네 하면서 다툰 거 아냐?"

남자가 A와 B를 차례로 손가락질했다. 얼굴이 흙빛으로 물든 B가 맹렬하게 고개를 저었지만, 남자가 그를 믿을 리 만무했다.

"완전히 잘못 생각하셨어요. 사소한 오해가 생겨서 다퉜을 뿐이에요."

"내 눈엔 전혀 사소해 보이지 않던데. 정말 오해일 뿐이라면, 어디 한번 말해봐. 무슨 오해를 해서 그렇게 싸운 건지."

"저희한테 그런 것까지 말씀드려야 할 의무는 없는 것 같은데요."

"그럼 내가 지금 만들어주지. 개기지 말고 얼른 말해, 이 새끼야. 이 놈 머리통을 터뜨려 버리기 전에."

남자가 총구를 햄버거의 관자놀이로 옮기며 고함을 쳤다. AB는 코를 심하게 훌쩍이며 바들바들 떠는 햄버거를 한 번 곁눈질하곤, 조금도 기죽지 않고 남자의 눈을 똑바로 마주했다. 남자의 압박이 되레 그의 반항심을 일깨운 걸까. A가 보았던 노인 같은 얼굴은 온데간데없이 모습을 감추고, 눈동자 속에 불꽃이 살아 있던 고등학생 AB의 얼굴이 슬며시 드러났다.

"그 전에, 아저씨도 하나 말씀해주셨으면 하는 게 있는데요."

AB의 당돌한 말에 코웃음을 친 남자는 말해보라는 듯 고개를 까딱했다. 그러나 다음 순간 AB가 꺼낸 말은 남자의 얼굴에서 웃음기를 완전히 지워내기에 충분한 말이었다.

"당신, 정말 사과네 아버지 맞아?"

설원처럼 차분한 목소리가 모두의 고막을 갈랐다. 어찌나 차분했는지, 침묵보다도 더 침묵같이 여겨질 음성이었다. AB가 뱉은 한마디에 남자는 물론 회원들의 얼굴까지도 삽시간에 굳어버렸다. 하지만 AB는 아랑곳하지 않고 계속해서 남자를 몰아붙였다.

"맞아, 아니야? 왜 말을 안 해?"

"……."

"……아니지? 사과는 어떻게 안 거야? 당신 목적이 뭐지?"

"……."

"왜, 대답하기 어려운 질문인가? 당신이랑 우리랑 무슨 악연이 있어서 이러는 건데? 혹시 당신이 사과한테 있었다던 그 스토커인 건……."

묵직한 타격음과 함께 막힘없이 이어지던 AB의 말이 끊겼다. 남자가 총구로 AB의 얼굴을 후려갈긴 것이다. 콧잔등에 걸려 있던 안경이 저만치 나가떨어지고, 중심을 잃은 AB가 바닥에 나뒹굴자 이번엔 AB의 복부를 향해 발길질이 쏟아지기 시작했다. 숨 막히는 정적 속에서 무자비한 폭력이 수 분간 지속되고, 거칠게 숨을 몰아쉬던 남자가 욕지거리를 뇌까렸다.

"뭘 잘했다고 큰 소리야? 이 건방진 애새끼가."

"……."

"듣고 있냐? 응? 야, 이 씹새끼야. 네 할 일이나 똑바로 해. 똥오줌도 제대로 분간 못하면서 어딜 감히……."

밟힌 공벌레처럼 몸을 둥글게 웅크리고 있던 AB는 남자의 발치에 피 섞인 침을 뱉는 것으로 답을 대신했다. 남자는 어이가 없다는 눈빛으로 AB를 내려다보다가, AB의 배를 한 번 더 걷어찼다. AB는 그래도 굴하지 않고 피투성이가 된 얼굴로 남자의 얼굴을 노려보았다. 핏대까지 세워가며 부릅뜬 눈이 꼭 망자의 것처럼 억척스러웠다.

"뭐 볼 게 있어야 제대로 분간을 하든 말든 할 거 아니야. 자료를 줄 거면 좀 제대로 된 걸 주든가, 애들 장난도 아니고……. 다 죽일 생각이면 그냥 지금 죽여. 그러려고 가둬둔 거 아니야?"

"헛소리 하지 마. 유진이를 죽인 놈만 찾으면 너희한텐 더 이상 볼일 없어."

"마음에도 없는 소리 하지 마. 정말 살인범이 누군지 알고 싶었다면 사과가 자살한 현장이 아니라 우리에 대한 조사를 했겠지. 그런데 당신이 준 자료들엔 우릴 조사한 흔적 따위 코빼기도 보이지 않았어. 당신은 이미……."

목소리를 높이던 AB가 입을 다물었다. 남자의 발이 가슴께를 향해 날아들었기 때문이다. AB가 심하게 기침을 해대는 모습을 무심히 내려다보던 남자는 바닥에 가래를 뱉었다.

"그래, 너 잘났다. 이 약삭빠른 새끼야. 사람은 입보단 행동으로 말하는 법이라지만……. 내일 다시 왔을 때도 그딴 소리 하면 진짜 죽여 버린다. 알아들어?"

남자가 딱딱하게 말했다. 짐승의 목울림처럼 낮고 거친 음성이었다. 휘적휘적 문 밖을 나서는 남자의 뒷모습을 주시하던 회원들은 발자국 소리가 완전히 사라지고 난 뒤에야 비로소 안도의 한숨을 내쉬었다.

"야, 너 미쳤냐? 고분고분하게 굴어도 모자랄 판에 대들긴 왜 대들어? 너 때문에 진짜 머리에 빵구 날 뻔했잖아."

햄버거가 코트 소매로 코를 닦으며 우는소리를 냈다. 어지간히 겁을 집어먹은 모양이었다. 회장도 피투성이가 된 AB의 얼굴을 쳐다보며 이해할 수 없다는 듯 쯧쯧 혀를 찼다.

"고맙다, 미친놈아. 네 덕분에 우리 다 같이 사이좋게 뒤지게 생겼어. 굶어 뒤지든 탈수로 뒤지든 배에 구멍이 뚫려서 뒤지든, 아무도 모르게 산에 묻히는 결말이겠지. 네 미친 짓거리 덕분에 말이야, 이 또라이 새끼야."

"아뇨, 우린 아무도 안 죽을 거예요."

AB가 다 죽어가는 사람처럼 쉰 목소리로 중얼거렸다. 그는 어떻게든 혼자 힘으로 몸을 일으키려 했지만, 기껏해야 날개 꺾인 새처럼 고개를 드는 게 전부였다.

"선배 말마따나 미친 짓거리긴 했죠. 그래도 그 미친 짓 덕분에 두 가지는 확실하게 알아냈어요."

"뭐, 넌 병신이고 너 때문에 우리가 다 죽게 생겼다는 거?"

"아뇨. 저 남자는 살인범이 누군지 알고 있고, 우리가 살인범을 찾아내기 전까진 우릴 죽일 생각이 없다는 거. 설령 약속한 일주일이 다 지난다고 해도."

너무도 담담한 AB의 어투에 햄버거가 입을 딱 벌렸다. 한껏 비꼬아주려다 예상치 못한 답이 나와 당황한 눈치였다. A를 포함한 다른 회원들도 햄버거처럼 입을 쩍 벌린 채 AB를 쳐다봤다. 그는 남자의 무엇을 보고 이렇게까지 확신에 차 있는 걸까.

"그, 그게 무슨 개소리야? 살인범이 누군지 이미 알고 있다니?"

만년필이 흥분해서 외쳤다. AB는 한쪽 다리가 완전히 망가져버린 제 안경을 망연하게 쳐다보더니, 고개를 돌려 벽을 응시했다.

"말했잖아, 정말 살인범을 잡고 싶었다면 우리에 대한 조사를 했어야 한다고. 그런데 우리가 본 자료들엔 우리 얘기가 단 한 줄도 적혀 있지 않았어. 사과를 죽인 범인이 우리 중 한 명이라고 확신하는데도 말이야. 그게 뭘 의미하는 거겠어? 저 남자는 누가 범인인지 알고 있기 때문에 조사할 필요가 없었단 뜻이지. 그리고 내가 이 사실을 떠벌리려 했는데도 몇 대 쥐어박기만 하고 날 죽이진 않았잖아. 심지어는 자기 정체를 의심하는 발언까지 했는데 말이야. 우리가 서로를 범인으로 몰아가는 상황을 바라는 거라면, 우리 사이의 신뢰가 완전히 무너져 내리는 상황을 원하는 거라면 자기한테 의심이 쏟아지는 게 달갑지 않았을 텐데. 무슨 이유에서인진 모르겠지만, 저 남자는 본인이 알고 있는 사실을 우리도 알아내길 바라고 있는 것 같아. 그걸 위해서라면 인질들이 적당히 까부는 짓 정도야 봐줄 수 있는 것 같고."

"그러니까 요점은 이거네, 우리가 여기서 살아나갈 확률은 꽤 높다는 거. 어쩌면 약속한 기한이 지나고 나서도 시간을 더 줄 수도 있는 일이고."

A가 혼잣말하듯 중얼거리자 AB가 엷게 미소 지었다.

"하나가 빠졌어. 저 사람은 사과네 아버지가 아니라는 점 말이야."

AB가 회장을 돌아보며 말을 걸었다.

"선배, 선배가 그랬죠? 편의점에서 본 사과 아버지가 선배한테 손을 흔들어줬었다고. 선배가 직접 흉내도 냈었잖아요. 기억나요?"

"어? 어, 응. 그랬지."

회장이 멍청하게 고개를 끄덕였다. AB가 갑작스레 말을 걸어 퍽 당황한 눈치였다.

"그때 선배는 분명 왼손을 흔들었던 것 같은데, 맞아요? 그분이 어느 쪽 손으로 차문을 열었는지도 기억해요?"

"아마……. 왼손이었을 거야. 그래, 분명해. 살면서 왼손잡이를 본 건 그때가 처음이라 기억해."

"그럼 혹시 그분한테 담배 냄새도 났었나요?"

"담배 냄새? 그런 건 안 났는데. 아니, 애초에 난 편의점 안에 있었고 그분은 밖에서 사과가 나오길 기다리고 계셨어. 그래서 담배 냄새 같은 건 맡을 새도 없었다고. 그런데, 뭐. 사과가 자기 가족들은 술도, 담배도 안 한다고 몇 번 말한 적 있었잖아. 아마 안 났을 거야."

"네, 그랬겠죠. ……그런데 아까 그 남자한테서는 났거든요. 제가 복날 개처럼 두들겨 맞고 있을 때, 매캐한 담배 냄새가 났어요. 게다가 총도 줄곧 왼손이 아닌 오른손으로 들었죠. 제 얼굴을 치려고 할 때도 마찬가지였고."

AB의 말에 일순간 긴장감 섞인 침묵이 감돌았다. A도 숨을 죽이고 AB의 다음 말을 기다렸다. 하지만 끓어오르는 부성애를 가진 사람이 아니라면, 누가 이런 미친 짓을 벌일 수 있단 말인가?

AB가 돌연 얼굴을 찌푸리곤 끙 하고 신음을 흘렸다. 잊고 있던 통증이 다시금 신경을 두드리기 시작한 모양이다.

"그건 나중에 알아보는 걸로 하고……. 다들 생각은 해봤지? 우리 중 누가 가장 의심스러운지."

간신히 다시 입을 연 AB가 불퉁한 얼굴로 말했다.

"일단은 각자 돌아가면서 누가 살인범일 것 같은지 말해보자고. 남자가 우릴 살려둘 생각이라고 해도, 하루빨리 집으로 돌아가려면 얼른 범인을 찾아내야 해. 참, 너희 둘은 말할 필요 없어. 보나마나 서로가 범인이라고 생각하고 있을 테니까."

그 말에 방금 막 손을 든 B가 입술을 삐죽거리며 도로 손을 내렸다. 잔뜩 골이 난 표정을 보니 이번에도 A를 범인으로 몰아갈 속셈이었던 것 같다. A는 속으로 콧방귀를 뀌곤 가장 먼저 추론을 시작한 만년필을 향해 고개를 돌렸다.

……그래, 실컷 발악해봐라. 그래봤자 내가 살인범이 될 일은 없을 테니.

# A12

"AB 말대로 서로의 결백을 증명하는 게 불가능한 이상, 우린 그게 불확실한 추론이라고 해도 누구 한 명을 범인으로 내세워서 모두의 목숨을 보전하는 길을 택할 수밖에 없어. 그러려면 가장 가까운 친구를 의심해야 하고……. 나는 최대한 공정하게 상황을 바라보기 위해 이 점을 깊이 파고들어봤어. 우리 중에 가장 도덕성이 결여되어 있는 사람은 누구인가. 몇 년간 동고동락해왔던 친구를 쉬이 살인범으로 고발할 수 있는지, 나의 생존을 위하여 친구를 죽음으로 몰아가는 일에 얼마나 죄책감을 느끼는지 같은 것들. 가장 죄책감을 덜 느끼는 사람이 살인범일 확률이 높을 테니까. ……너희 첫 날 있었던 일 기억나? 그때 우리는 사과한테 무슨 일이 있었는지부터 먼저 알아내고자 했잖아. 누구 괴롭히는 사람은 없었는지, 우리들 중 고민을 털어놓은 적은 없었는지 같은 거 말이야. 그런데 B는 아니었어. 자기가 살인 현장을 직접 목격한 것도 아니었는데, 그리 오래 고민하지도 않고 바로 A가 범인이라고 말했지."

만년필이 B를 곁눈질하며 이야기했다. B는 지렁이처럼 눈썹을 꿈틀대며 만년필의 말에 가만히 귀 기울이고 있었다.

"……물론 그날 A가 학교 3층에 있었다는 말은 사실이었겠지. A도 직접 학교에 갔다고 말했으니까. 하지만 A에게 누명을 씌우려는 목적이 아니었다면, 굳이 A가 사과를 죽였다는 식으로 말할 필요는 없었을 거야. 자기가 진짜 범인이라서 위기의식을 느낀 게 아닌 이상은. 너희도 다 들었잖아, B가 얼마나 확신에 찬 말투로 A를 지목했는지. 유난히 A만 계속 공격하기도 했고."

"씨발, 꼴값 떨고 있네. 개소리를 참 정성스럽게도 한다, 너?"

웬일로 얌전하다 싶더니, 결국 참다 참다 폭발한 B가 만년필의 말에 끼어들었다. 미어캣마냥 말하는 내내 경계 태세를 갖추고 있던 만년필은 B가 끼어들자마자 벼락같이 엉덩이를 뒤로 물려 B와 거리를 벌렸다. 만년필이 저렇게 겁먹을 만도 한 것이, 그는 회원들과의 몸싸움에서 이겨본 적이 없었다.

"왜, 뭐. 내가 어디 틀린 말 했어? 이치에 맞는 얘기잖아."

"지랄. 대체 그게 어딜 봐서 공정하게 바라본 거냐? 넌 논리나 이성에 기대는 게 아니라 네 좋을 대로 상황에 끼워 맞춰서 생각한 거잖아."

"이거 왜 이래. 나름 논리적이고 이성적인 근거도 있다고. 너, 교실에 교과서를 두고 와서 학교에 간 거라고 했지?"

만년필이 교과서를 들먹이며 되묻자 B가 당황한 기색으로 입을 다물었다. 덕분에 한층 의기양양해진 만년필은 어깨를 쭉 편 채 말을 이었다.

"아까 A가 말한 대로, 수능 전날 교과서를 가지러 갔다는 네 말은 좀 수상하단 말이지. 수능이 무슨 중간고사나 기말고사도 아니고, 교과서

한 권 가져오려고 굳이 그 늦은 시간에 학교까지 갈 필요가 있어? 요즘 누가 수능 공부를 교과서로 해, 학원에서 주는 문제집이나 참고서 가지고 하지. 차라리 모의고사 시험지였다면 모를까, 교과서를 가지러 수능 전날 학교까지 갔다는 건 도무지 말이 안 돼."

B는 드물게 침묵을 지켰다. 반박할 의지를 잃은 듯한 풍채였다. 두 사람 사이에서 눈치만 보던 회장도 슬쩍 만년필의 말을 거들었다.

"나도 저 둘 중 범인이 있을 거라고 생각하긴 했는데……. 듣고 보니 네 말이 맞는 것 같기도 하고."

"그렇죠? 생각해보면 이상하잖아요, 혼자 자꾸 시비 거는 것도 그렇고. 사람은 입보단 행동으로 말하는 법이에요. 특히나 비밀을 간직한 사람이라면 더더욱."

동조자가 생기자 자신감을 얻은 양, 만년필이 힘주어 떠들었다. 그런 만년필의 논리에 반론을 펼친 사람은 의외로 B가 아닌 O였다.

"그렇다고 해서 B를 범인으로 몰아세우는 건 너무 섣부른 판단 아니야? 네 말이 그럴듯하지 않은 건 아니지만, 내 생각엔 우리 모두 함정에 빠져 있는 것 같은데."

"함정이라니, 무슨 함정?"

"선입견의 함정. 겉으로 보면 서로를 범인으로 지목한 A와 B가 가장 유력한 용의자 같지만, 둘은 그냥 상황이 상황이다 보니 상대를 범인으로 오해했을 뿐이야. 우리가 진짜 주목해야 할 사람은 따로 있다고. 그 총을 든 남자 말이야."

O가 목소리를 낮춰 말했다. 문 너머로 남자가 듣고 있을까 봐 조심하는 것 같은 태도였다.

"잊은 건 아니지? 그 사람은 지금 우릴 납치한 납치범인데다 살인미수범이기도 하다고. 우리한테 사과 아버지 행세도 했었고."

"그건 그런데, 그게 뭐 어쨌다는 건데?"

"내 말은, 이미 한 번 미친 짓을 해본 사람인데 뭔들 못하겠냐는 거지. 만약 저 사람이 사과의 스토커이고, 사과의 필체를 흉내 내서 일기를 꾸며낸 거라면? 사과가 증오한 사람이 사실 저 남자였다면? 그럼 우리끼리 범인을 찾네 마네 하는 짓도 그냥 애먼 사람만 희생시키는 거 아냐. 우린 저 미친놈한테 완전 놀아나게 되는 거라고."

순간 분위기가 차게 식었지만, 곧바로 햄버거가 나서서 O의 말을 반박했다.

"너 뭔가 크게 착각하고 있는 것 같은데, 만약 그 새끼가 범인이라면 아주 큰 모순이 생기게 돼버린다고. 자기가 범인이면 굳이 4년이나 지난 일을 끄집어내서 우리까지 죽이려 들 필요는 없잖아. 지가 범인인데 이딴 짓을 벌여서 어디다 쓰려고."

"선배처럼 사과를 괴롭힌 사람이 있었다는 걸 알고 질투심에 미쳐버린 걸 수도 있잖아요."

"아, 씨. 여기서 내 얘기가 왜 나와? 난 걔랑 아무런 관련도 없다니까. 아무튼, 그 새끼가 범인이라고 하면 뭔가 앞뒤가 맞지 않는다고. 자, 사과를 죽인 게 네가 말한 스토커라고 치자. 그럼 왜 하필 학교에서 사과를 죽인 걸까? 이딴 재미없는 연극을 벌이는 이유는? 너나 회장은 딱히 걔를 괴롭힌 적도 없었는데, 굳이 우리 모두를 한꺼번에 가둬둔 이유는 뭘까? 너 그거 다 설명할 수 있어?"

햄버거가 기세 좋게 설명을 이어갔다. O는 더 말하고 싶은 게 있는 것처럼 입술을 달싹였지만, 곧 분한 눈치로 입을 꾹 다물어버렸다.

"것 봐, 설명 못하겠지? 넌 그냥 우리한테 살인범 역할을 떠넘겨야 한다는 죄책감 때문에 현실을 부정하고 싶어 하는 거야. 진짜로 그 남자가 의심스럽다고 여긴 게 아니라. 안타깝지만 얼른 받아들이라고, 우리 중 누군가는 죽어 마땅한 놈이라는 걸."

"……그럼 선배는 누가 범인이라고 생각하는데요?"

O가 개미만 한 목소리로 웅얼거렸다. 명확한 발음은 아니었지만, 그 자리에 있는 회원들 모두가 알아들을 수 있을 정도는 되었다. 햄버거는 곰곰 생각하는 체하며 시간을 끌다 겨우 말문을 텄다.

"뭐, 너도 대충 예상가지 않아? 내 덕분에 수면 위로 떠오른 유력한 용의자가 한 명 더 있으시잖아."

"……AB 말하는 거예요?"

"그래, 쟤. 내가 봤을 땐 저 새끼가 범인이야."

햄버거의 말이 미처 다 끝나기도 전에 쓰러진 자세 그대로 누워 있던 AB가 얼굴을 찌푸렸다. '또 시작이냐'고 말하는 듯한 표정이었다. 그러나 그런 면박에 기가 죽을 햄버거가 아니었다. 햄버거는 AB의 반응에 아랑곳하지 않고 계속해서 자기만의 논변을 펼쳐갔다.

"뭐, 네가 그렇게 째려보면 어쩔 건데? 저 새끼 진짜 사과랑 뭐 있다니까. 내가 이런 말까진 안 하려고 했는데, 나 사과가 저 새끼가 쓴 책 찢는 것도 봤어. 지가 좋아하는 애가 선물로 준 책이었는데, 그걸 아주 갈기갈기 찢어놨다니까? 이게 뭘 의미하는 거겠어? 사과가 그렇게 죽이고 싶어 한 놈이 저 새끼였다는 뜻이지. 그래서 저놈이 먼저 선수 쳐서 사과를 죽인 거고."

"비약이 아주 심하시네요. 걔가 책을 찢었다니, 방금 막 지어낸 이야기는 아니고요?"

"넌 좀 닥치고 있어. 어딜 하늘 같은 선배가 말씀하시는데 끼어들어, 끼어들긴."

"제 이야기인데 안 끼어들 수가 있나요."

능수능란하게 햄버거의 공격을 받아친 AB는 햄버거가 다시금 입을 열기 전에 얼른 말을 가로챘다.

"난 지금까지 나온 말들만 놓고는 범인을 특정할 수 없다고 보는 쪽이야. 이런 정황증거들보다 더 확실한 증거를 찾아야 결론을 내리든 말든 할 텐데, 그나마 있던 것도 다 못 쓰게 되었으니……."

AB가 정수기 옆으로 치워둔 자료들을 향해 시선을 돌렸다. O가 엎지른 물로 인해 다 젖어서 잉크가 번져버린 자료는 아직까지도 마를 기미가 보이지 않았다. 자기를 탓하는 걸로 여겼는지 O가 멋쩍게 고개를 숙이고, 회원들 사이에 잠시 우울한 분위기가 내려앉았다.

한동안 말이 없던 AB는 자료로 향해 있던 시선을 도로 거둬들여 복도 끝 창문으로 내던졌다. 어느덧 날이 저물고 어둑어둑한 밤이 찾아와 있었다.

"한 가지 제안할 게 있는데."

AB가 답지 않게 긴장한 기색으로 입을 열었다.

"각자 누구를 범인으로 생각하고 있는지 알았으니, 이걸로 협상을 해볼까 해."

"협상? 협상이라니, 무슨 협상?"

여전히 고개를 숙이고 있는 O가 되물었다. AB는 그런 O를 한 번 쳐다보더니, 어쩐지 씁쓸해 보이는 미소를 지으며 대답했다.

"내일 그 남자가 오면 우리가 한 추리를 들려주는 대신, 결박을 풀어 달라고 할 거야. 식사랑 물도 요청해볼 거고."

"그게 무슨 귀신 씻나락 까먹는 소리야? 그걸로 어떻게 협상을 하려고?"

너무도 당돌한 AB의 태도에 회원들의 입이 떡 벌어졌다. 대표로 큰 소리를 낸 A도 지르고 나서야 그것이 본인의 목소리였음을 깨달았다. AB는 어깨를 으쓱하곤 A를 똑바로 마주보았다. 바위처럼 단단한 그의 얼굴이 꼭 무슨 일이 있어도 자기 뜻대로 하고 말 거라고 외치는 것 같았다.

"할 수 있어. 그 남자는 아직 우리가 필요하니까. 지금쯤 우리가 제대로 추리하고 있나 궁금해 죽을 지경일 거야. 우리도 언제까지나 계속 굶고 있을 수는 없잖아. 혹시 여기 이런 꼴로 계속 바지에 오줌 지리면서 지내고 싶은 사람 있어?"

"그건 그렇지만, 너무 위험하지 않을까. 그러다 진짜 총이라도 맞으면 어떡해? 그리고 그 사람이 도청기로 지금 하는 말을 다 듣고 있으면?"

"쏘면 쏘는 거지. 아까 봤잖아, 내가 그렇게 개겼는데도 그냥 봐준 거. 벌써부터 쫄 필요 없어. 정 안 통한다 싶으면 그때 가서 잘못했다고 싹싹 빌면 돼. 도청기는……. 뭐, 어쩔 수 없는 거고. 그런데 난 도청기가 없을 확률이 더 높다고 봐. 일단 숨길 곳이 없잖아."

"그래도 그건……."

너무 위험한데. A는 말을 다 끝맺지도 못하고 괜스레 코만 훌쩍였다. 그러지 않으면 AB에게 자신이 이토록 간절하게 애원하고 있다는 걸 들킬 것 같았다. 이 자식은 어쩜 이렇게 한결같이 무모하기만 할까. 만일 AB가 남자의 총에 맞아 죽는다면, A는 결코 스스로를 용서하지 못할 것이다. 우리 중 누군가가 죽더라도 그게 AB가 되어서는 안 된다. 다른 놈들이 다 죽고 둘만 살아남게 된다 해도 좋으니, AB의 목숨 하나만큼은 끝까지 보장받고 싶었다. AB야말로 마음을 허락할 수 있는 유일한 친구니까.

"야, 그렇게 미친 짓거리가 하고 싶으면 혼자 실컷 해. 괜히 우리한테 불똥 튀기지 말고. 협상은 네가 하고 뒤지는 건 다른 놈이 하면 어쩌려고 그래? 너 때문에 우리 다 뒤지면 네가 책임질 거냐?"

A가 조용해진 틈을 타 햄버거가 목소리를 높였다. A는 태어나서 처음으로 햄버거가 AB의 기를 좀 더 꺾어줬으면 좋겠다고 생각했지만, AB의 태도가 워낙 굳건해 아무리 햄버거라도 힘들어 보였다.

"그러니까, 죽을 일 없다니까요. ……정 불안하면 제가 인질로 갈게요."

"뭐, 뭐라고? 인질?"

"네. 그 남자 입장에서 불편한 구석이라고는 결박이 풀린 우리가 탈출을 시도하는 것 정도일 텐데, 그것도 저를 인질로 잡아두면 해결되잖아요. 그러니까 겁먹을 필요 없다고요."

AB가 강경하게 대꾸하자 햄버거도 더 토 달지 않았다. 다른 회원들도 AB의 제안에 혹한 표정이었다. A는 어떻게든 AB의 고집을 꺾어보려 입을 열었으나, 불행히도 회장이 상황을 마무리하는 게 더 빨랐다.

"그래. 네 뜻이 그렇다면야, 더 반대하진 않을게. 시도해봐서 나쁠 건 없으니까. 일단 오늘은 이만하고 자자고. 벌써 달이 중천이다, 이 자식들어.”

회장의 말이 기폭제가 된 것인지 회원들의 입에서 하나둘씩 하품이 터져 나왔다. A는 회원들이 차례로 자리에 드러눕는 걸 지켜보다가, 마지막으로 AB의 뒤통수를 한 번 노려보고는 차가운 복도 바닥에 몸을 뉘였다.

남의 속도 모르는 독불장군 같은 자식, 다른 사람 말은 들어주지도 않고 지 좆대로만 사는 불나방 같은 자식. 자다가 감기에나 걸리라지.

생각할수록 속에서 천불이 올라와서 눈을 감아도 통 잠이 오질 않았다. 날이 갈수록 무모해져만 가는 저 친구를 어찌 해야 좋을까. 남의 마음도 몰라주고 세상만사에 무심하게만 구는 저 친구를 어떻게…….

가만 숨을 죽이니 먼 곳에서 산새가 꾸룩꾸룩 우는 소리가 들려왔다. 피리 소리처럼 맑은 가락이 아닌, 무거운 장송곡 같은 운율이었다. 불길한 마음을 애써 잠재운 A는 머리를 비우려 몸을 뒤척였다. 금세 곯아떨어진 회원들의 숨소리에 맞춰 심호흡을 하니, 잠이 올 듯 말 듯 겨우 정신이 희미해져갔다.

마침내 무의식의 경계를 넘어 기나긴 꿈속으로 여정을 떠났을 때, A는 모르고 있었다. 때마침 몸을 일으킨 B가 죽일 듯 A를 노려보고 있었다는 걸.

# B1

그 계집애는 정말 죽어 마땅한 계집애였다.

누구랑 달리 유복한 가정에서 태어나 멀쩡한 부모 밑에서 자라났다는 점과 돈 걱정 없이 집필 활동에 집중할 수 있었다는 점, 혈관에 흐르는 알코올만큼도 상냥하지 않은 아비도 아비랍시고 끼고 사는 B를 자유로워 보인다며 기만한 점, 지옥 같은 집구석에서 겨우 빠져나와 불그스름한 멍을 달고 학교에 왔을 때 피부에 든 노을물이 예쁘다며 쓸데없는 위로를 건넨 점, 허영으로 가득 찬 글을 써내도 주변에서 찬사가 쏟아진다는 점, 그 콧대 높은 AB도 그녀의 문체만은 호평했다는 점, B가 참가하는 공모전마다 끼어들어서 입상을 채간 점 등만 봐도 그랬다.

만일 B가 죽어 살인죄로 지옥문 앞에 끌려가게 된다 해도, B는 사자 앞에서 당당하게 토로할 수 있었다. 그 계집애를 죽인 걸 결코 후회하지 않는다고. B가 아니었더라도 누구든 그 대가리에 꽃밭만 들어찬 년을 죽이고 싶어 안달이 났을 거라고. 그 건방진 년은 내 손에 죽은 걸 감사해야 한다고.

다만 우습게도, 처음부터 죽일 마음이 있었던 건 아니었다. 들쭉날

쭉하던 증오심을 부채질해 들불처럼 번지게 만든 그 사건만 아니었더라면, B는 그저 속으로만 사과를 찔러 죽이고 말았을 것이다. 죽여 마땅한 년이라고 해서 정말 죽이고픈 생각은 없었다. 사과가 하필 그 공모전에 참가하지만 않았어도, 아비란 놈은 종일 술에 절어서 자식새끼도 분간 못하고 주먹을 휘두르고 엄마란 여자는 도망간 지 오래인, 이딴 거지 같은 가정에서 독립하고자 온 정성을 쏟아 부은 원고를 밀어내고 사과가 대상을 타는 일만 없었더라도, B는 사과를 죽이고 싶다는 생각 같은 건 하지 않았을 터였다.

그 망할 계집애는 얼마든지 살아남을 기회가 있었다. 사과가 B의 기회를 앗아갔기에 B도 그녀의 기회를 앗아가고 싶었을 뿐이다. 그 계집애처럼 비겁하게 공모전을 헷갈렸다는 둥, 네가 참가한 걸 알았다면 원고를 내지 않았을 거라는 둥, 많이 노력했을 텐데 아쉽겠다는 둥 변명 따위 하지 않겠다. 언젠가 AB가 보여준 한 소설의 문장대로, 살의는 언제나 당당해야 살의로서 설 자리를 얻는다. 누군가를 향한 살의로 이루어진 사람이라면, 그는 살의를 품은 스스로에게 당당하고 떳떳해야 하는 법이다.

B는 정말 사과를 죽이고 싶었다. 아니, 좀 더 정확히 말하자면 죽을 만큼 괴롭게 만들어주고 싶었다. 사과가 대형 출판사와 가명으로 계약을 맺었다는 소문이 학교에 쫙 퍼졌을 때, B는 신이 그를 위해 기회를 내려준 것임을 깨달았다. 작가로서 성공할 수 있는 기회. 아무도 그를 함부로 대하지 못하게 할 수 있는 기회.

일련의 깨달음이 있던 후로 B가 가장 먼저 한 일은 사과의 휴대폰을 훔치는 것이었다. 문자 메시지 내역을 보니, 사과는 수능이 끝나고 바로 출판사를 방문하기로 되어 있었다. 수능 전날까지 계획을 세워두려면 시간이 조금 빠듯하긴 했지만, B는 결국 해냈다. 그리고 운명의 11월 13일, B는 기어이 사과의 자리를 송두리째 빼앗고 말았다.

수능 전날 오후엔 특히나 볕이 좋았다. 공기는 찼지만, 정수리 위로 와닿는 햇살만큼은 여름 특유의 그 작살 같은 뙤약볕만큼이나 따가웠다. 그러니 오전 내내 교실에 갇혀 공부만 하던 3학년들은 점심시간 종이 울리자마자 밖으로 뛰쳐나갈 수밖엔 없었을 것이다. 교실과 화장실만 지겹도록 오가는 생활에서 점심시간에 잠깐 맛볼 수 있는 푸른 하늘은 가히 솜사탕처럼 달콤했으니까. B도 같은 반 친구들을 따라 당장 밖으로 뛰쳐나가고 싶은 기분이었으나, 배가 아프다는 핑계를 대고 곧장 3반으로 향했다. 점심식사를 마치고 돌아올 사과를 위해 아주 특별한 선물을 준비해줄 작정이었다.

학생들이 한 명도 남지 않은 3반은 쥐 죽은 듯 고요했다. 모두가 빠짐없이 급식실로 간 모양이었다. 텅 빈 교실을 헤매다 힘겹게 사과의 자리를 찾아낸 B는 번갯불에 콩 볶아먹듯 사과의 책가방을 뒤졌다. 사과는 이맘때쯤 항상 목이 건조해진다며 물병에 따뜻한 물을 담아 다녔으니, 이번에도 물병을 가지고 왔을 터였다.

급하게 뒤지느라 아직 미완성인 인형에 꽂혀 있던 바늘에 손가락을 찔릴 뻔하긴 했지만, 얼마 지나지 않아 연분홍색 물병을 찾아낼 수 있었다. 뚜껑을 여니 따끈따끈한 김이 올라와 B의 콧잔등을 간지럽혔다. B는 O처럼 손을 부들부들 떨며 준비해온 비닐봉투에서 시안화칼륨이 든 갈색 병과 2mg 스포이드를 꺼냈다. 과학실에서 미리 훔쳐둔 것이었다. 원래는 전기 도금 실험을 할 때나 사용되는 물건들이지만, 지금부터 B가 시행할 실험은 조금 색다른 종류의 실험이었다.

약병 뚜껑을 열고 스포이드를 푹 찔러 넣어 고무주머니를 쥔 손에 미미한 힘을 가하자 무색의 액체들이 몇 방울씩 유리관을 타고 솟구쳐 올라왔다. B는 얼른 그것들을 물병 속으로 떨어뜨렸다. 평범한 생수와 조금도 다를 바 없어 보이는 이 소량의 독극물은 지금 고요한 수면 위로 떠오른 잔물결이 아니고서야 누구도 그 존재감을 증명해내지 못할 것이었다. 어느 정도 적정량을 채웠다는 생각이 들자 B는 비닐봉투에 도로 약병과 스포이드를 집어넣었다.

B는 연신 교실 밖을 곁눈질하면서 물병을 다시 사과의 가방에 쑤셔 넣었다. 겨우겨우 일을 마치고 3반에서 빠져나올 때까지 심장이 발광을 해 미칠 노릇이었다.

아무 일도 없던 것처럼 1반으로 돌아간 B는 얼른 책상 위로 엎드려 달아오른 얼굴을 식혔다. 미친 듯 겁이 났지만 동시에 묘한 쾌감이 느껴지기도 했다. 이제 아무것도 모르고 독이 든 물을 마신 사과는 응급실에 실려갈 것이고, 위세척을 받은 뒤 병원에 하루 정도 입원해 있어야 할 것이다. 그 계집애는 원체 몸이 약했으니까, 해독 치료만 받고 바로 퇴원할 수 있을 리는 없다. 수능 날엔 어찌어찌 병원에서 나와 얼굴을 비출 수도 있겠지만, 수능이 끝나고 곧장 출판사에 가기까지는 무리일 것이다. 그 집은 딸년을 아껴도 심하게 아끼는 것 같으니, 눈에 불을 켜고 약속을 미루려 할 테니까. 그 틈에 B가 그 계집애 자리를 차지하면 된다. 사과인 척 전화를 걸어 출판사와 계약을 맺고, 어떻게든 사과의 원고를 빼내 출판하면 되는 것이다.

시간이 좀 흘러 이제 모든 게 잘 풀릴 일만 남았다고 생각하니, 두려움도 차차 가시기 시작했다. 그래, 들킬 일도 없는데 무슨 걱정이 필요하겠는가. 교실에 감시카메라를 설치해둔 것도 아니고, B를 목격한 사람도 없었으니 설령 일이 잘못된다고 해도 B가 꾸민 짓이라는 게 들통날 일은 없다. 계획대로 되면 좋은 거고, 안 되더라도 다음 기회에 다시 시도해보면 된다.

딱 하나 불안한 점이 있다면, 시안화칼륨의 양 조절에 실패해서 사과가 죽어버릴 수도 있다는 것 정도이다. 그 경우는 생각보다 일이 더 복잡하게 꼬일 가능성이 있다. 종종 밥을 먹으러 학교에 찾아오는 고양이한테 약을 어느 정도 넣어야 하는지 실험해보긴 했지만, 사람한테라면 결과가 다를 수도 있을 테니까.

그러나 B가 이런 초조한 마음으로 5교시와 6교시를 흘려보낸 일이 무색하게, 사과에겐 아무런 일도 일어나지 않았다. 학교에 구급차가 왔다는 소식도, 3반에서 누군가가 쓰러졌다는 소식도 들을 수 없었다. 7교시가 끝나갈 무렵까지도 말이다.

다급해진 B는 사과를 찾으려 무작정 복도로 나왔다. 마침 복도에 설치된 정수기 앞에서 사과를 발견했다. 바느질을 하다 다친 건지, 사과는 오른손 검지에 반창고를 붙이고 있는 것 빼곤 평소와 다를 바 없어 보였다. 너무도 평온한 사과의 얼굴에 부아가 치밀어 오른 B는 자기도 모르게 사과에게 말을 걸었다. 정확히 뭐라고 말을 걸었는지는 기억나지 않지만, 아마 환절기엔 물을 자주 마셔야 한다는 둥 시답잖은 소리를 지껄였을 것이다.

다만 사과가 했던 대답만큼은 지금까지도 똑똑히 기억났다.

"응, 그런데 물병을 잃어버려서. 점심시간 빼곤 한 모금도 못 마신 거 있지."

사과의 입에서 그 말이 튀어나왔을 때, B는 피가 거꾸로 솟는 듯한 느낌을 받았다. 이 거지 같은 년은 대체 정신을 어디다 두고 다닌단 말인가. 별 대꾸 없이 교실로 돌아온 B는 이를 갈며 모든 수업이 끝나길 기다렸다.

B는 9교시가 끝나자마자 밖으로 튀어나가 문구점에서 못을 샀다. 못에 약을 발라두고, 사과의 책상 서랍에 붙여놓을 작정이었다. 사과는 바늘에 찔려 피가 날 때마다 습관적으로 손을 입에 가져가곤 했으니까. 그러나 3반에 막 발을 들였을 때, 복도 밖에서 친구들이 B를 찾아대는 소리가 들렸다. B는 어쩔 수 없이 출판사에 보여줄 원고만 훔쳐 교실로 돌아왔지만, 끊임없이 시간을 주시하며 기회를 살폈다. 야간자율학습을 마치고 집으로 돌아갈 시간이 올 때까지도 말이다. 지치고 두려운 마음도 들었지만, 이제 와서 포기하면 그 계집애한테 완전히 지는 거라는 생각에 사로잡혀 그만둘 수도 없었다. 집념이 어느덧 집착으로 변질되어 가는 것도 깨닫지 못한 채로.

아비란 놈한테 발목이 잡히긴 했지만, 평소보다 더 강도 높은 폭력 속에서도 B의 내면에서 타오르는 불길이 사그라드는 일은 없었다. 겨우겨우 집에서 벗어난 B는 손에 목장갑을 낀 채 못과 시안화칼륨, 테이프, 사과의 휴대폰, 그리고 자신의 글 원고까지 챙겨들고 학교로 향했다. 바람이 따귀를 마구 때려 눈을 똑바로 뜨기도 버거웠지만, 묘한 두근거림 탓에 추위마저도 상쾌하게 다가왔다.

B는 마지막으로 계획을 한 번 더 점검했다. 우선 자신의 책상 서랍에 원고를 넣어두고, 그곳에 시안화칼륨을 듬뿍 바른 못을 설치해둔

다. 그런 다음 사과에게 전화를 걸어 전에 공모전에서 떨어졌던 원고를 검토해보고 싶다며 연락해 온 출판사가 있다고 거짓말한다. 내일까지 수정해야 할 부분이 있는데 자신은 사정이 있어 학교에 가지 못하게 됐으니, 대신 가져다줄 수 있겠냐는 식으로. 그러면 순진한 사과는 흔쾌히 학교로 가서 B의 책상 서랍에 손을 넣어줄 것이다. 그다음은 상처 부위나 입으로 침투한 독이 알아서 해줄 것이다.

지금 다시 돌이켜보면 터무니없는 계획이었으나, 인간은 종종 중요한 순간에 멍청해지는 종이지 않은가. '이번이 아니면 안 된다'는 생각에 사로잡혀 있던 당시의 B는 논리적인 사고를 할 수 있는 상황이 아니었다. 그는 누군가가 다치게 하려던 대상은 자신이었지만, 사과가 억울하게 당한 거라고 변명할 수 있을 거라고, 그리고 사과같이 물러터진 아이는 결코 자신을 의심할 수 없을 거라고 예상했다.

학교에 도착한 B는 곧장 3학년 1반 교실로 직진했다. 창가 책상에 자신의 글 원고를 넣어놓고 못에 약을 바르는 과정에서, 심장은 미친 듯 뛸지언정 손에서만큼은 일말의 떨림도 느껴지지 않았다. 그가 하려는 짓을 알아챈 교실 전등마저도 깜빡깜빡 부산스럽게 몸을 뒤챘건만, B의 손길은 이상하리만큼 느긋했다. 벌써 살의에 익숙해진 걸까. 하지만 그렇다면 심장이 이렇게 세차게 뛸 수는 없을 텐데.

만약의 경우를 대비해 서랍에 약간의 시안화칼륨을 발라두는 동안에도, 테이프를 이용해 책상 서랍에 못을 붙여두는 동안에도 마찬가지였다. 일생일대의 기회를 잡았다는 희열과 함께 자리에 주저앉아 어린 아이처럼 엉엉 울고 싶은 서러움이 몰려들어와 당황스러울 만치 묘한 기분이었다.

작업을 마치자 불이 완전히 꺼졌다. 그새 전등의 수명이 다한 모양이었다. B의 눈엔 그것이 무언가 불길한 일을 암시하는 알레고리처럼 보였다.

B는 서둘러 공중전화 부스로 달려갔다. 그때가 밤 12시 50분이었다. B는 초조한 심정으로 전화에 동전을 집어넣고 사과의 집 전화번호를 눌렀다. 몇 차례 신호음이 이어지기도 잠시, 얼마 지나지 않아 딸깍 소리와 함께 누군가의 목소리가 들려왔다.

"여보세요."

사과의 부모님이 받으리라고 예상하던 참이었건만, 수화기 너머로 들려온 건 생전 처음 들어보는 목소리였다. 성조도 없고 특색도 없는, 기계로 찍어낸 듯한 괴상한 목소리. B는 잠시 당황했지만 금방 정신을 차리고 말문을 열었다.

"여보세요. 거기 사과네 집 아닌가요?"

"……."

"……여보세요? 제 말 안 들리세요? 여보세요?"

B가 거듭 되물었지만 상대는 묵묵부답이었다. 송화구로 거친 숨소리만 불어넣을 뿐. 영문을 모르는 B가 어리둥절해하고 있던 찰나, 갑자기 송화구 근처를 긁어내리는 듯한 소리와 함께 B가 기다려온 그 목소리가 귓가로 꽂혀 들어왔다.

"여보세요. 너 B야?"

사과였다. 그 순간 목구멍까지 차올랐던 불안감이 순식간에 눈 녹듯 사라졌다.

"뭐야, 방금 전화 받은 사람은 누구야? 너희 부모님이셔?"

"아니. 두 분은 출장 가셨어. 왜 전화했어? 나도 지금 학교에 갈 예정이라."

사과가 묘하게 달뜬 목소리로 속삭였다. 그녀의 말을 들은 B는 순간 준비해둔 핑계를 까맣게 잊고 말았다. 어쩌면 일이 이렇게 잘 풀릴 수 있을까 하는 기쁨보다도 의아함이 더 컸다.

학교라니, 지금 이 시간에? 갑자기 무슨 바람이 불어서?

"학교는 왜? 무슨 일 있어?"

"……."

"뭐야, 왜 답이 없어? 학교 어디로 가려는 건데? 3반?"

B가 캐물었지만 사과는 대답하지 않았다. 그때 또다시 송화구를 긁는 듯한 소리가 들려옴과 동시에 예의 그 정체를 알 수 없는 누군가의 목소리가 들려왔다.

"……그놈이 밖에…… 서둘러야……."

어디서 많이 들어본 것 같은 말투였다. 하지만 목소리의 주인을 특정할 수 있을 만큼 귀에 익은 음성은 아니다. B는 지금 옆에 있는 게 대체 누구냐고 따질 요량으로 입을 열었으나, 그보다 사과가 전화를 끊는 게 더 빨랐다.

멍하니 통화가 끊겼다는 신호음만 듣고 있던 B는 허둥지둥 전화 부스를 빠져나왔다. 방금 전 겪은 기묘한 일은 둘째치더라도, 사과가 제 발로 학교에 오다니. 이런 건 계획에 없었다. 사과의 목적이 무엇인지는 알 수 없지만, 어떻게든 그녀보다 먼저 학교에 도착해서 교실로 끌어들이지 않으면 그동안의 모든 노력이 수포로 돌아갈 것이다. 그것만큼은 막아야 한다. 우선 학교에서 사과를 찾아낸 뒤에 뭐든 해보자. 일이 조금 틀어지긴 했지만, 아직까지는 바로잡을 기회가 있다.

어둠 속에서 학교가 그 실루엣을 드러내자 뻐근한 통증이 가슴 부근으로 번져갔다. 이토록 전력을 다해 뛰어본 것도 약 1년 만의 일이었으니, 심장이 과로할 만도 했다. 학교 옥상에서 희끄무레한 용오름 같은 연기가 보였지만, 그딴 건 하나도 신경 쓰이지 않았다. B는 심지어 폭죽 소리마저도 제대로 듣지 못했다. 남들 눈에 띄지 않게 뒤쪽으로 담을 넘어 학교에 진입하는 동안, B의 머릿속엔 오로지 사과를 찾아야 한다는 생각뿐이었다. 그 외에 다른 건 생각할 겨를도, 가치도 없었다.

계단을 올라 3층에 도착하자 통증이 점차 하릴없는 떨림으로 변해갔다. 이유는 모르겠지만, 무언가가 크게 잘못된 것 같다는 직감이 들었기 때문이다. B는 터질 것 같은 심장을 부여잡고 1반을 제외한 나머지 반부터 차례차례 살펴봤다.

없다. 아무도.

이제 남은 건 3학년 1반뿐이다.

B는 심호흡을 한 번 하고 조심스럽게 교실 뒷문을 열어젖혔다. 그때 문득 시안화수소는 휘발성이 커서 지금쯤이면 벌써 증발되었을 거라는 생각이 뒤늦게 뇌리를 스쳤다. 공기 중에 떠도는 시안화이온은 수용액과의 화합물보다도 더 치명적이다. B는 허둥지둥 옷소매로 입을 가로막아 숨을 참았지만, 이내 그럴 필요가 없다는 사실을 깨달았다. 어쩐 일인지 창문이 죄다 열려 있어 교실 내부는 냉장고와 다름없는 상태였다. B가 교실을 나서기 전까지만 해도 창문은 모두 닫혀 있었는데 말이다.

B는 커피포트처럼 입김을 뿜어대며 천천히 창가로 다가가기 시작했

다. 사과의 모습은 교실 어느 곳에서도 보이지 않았다. 창가 밑에 자리 잡은 사과의 신발만이 그녀가 교실에 머물렀다는 사실을 대변해줄 뿐이었다.

불쾌한 기시감이 귓불을 간질여왔다. B는 자기도 모르게 창밖의 풍경을 향해 시선을 옮겼다. 고개를 숙이니 끝이 보이지 않는 어둠 너머로 거뭇한 형체가 모습을 드러냈다.

지난 3년간 꾸준히 보아온, B가 마음속으로 수십 번 찔러 죽인 바로 그 형체였다.

B는 창문 너머로 상체를 기울여 눈이 빠져라 바닥을 내려다보았다. 이렇게 높은 곳에서 떨어졌으니 저항다운 저항도 해보지 못하고 죽었겠지만, 죽지 않고 살아남았다고 해도 얼마 못 가 죽을 운명일 게 뻔했다. 저 가벼운 몸이 중력가속도를 버텨낼 재간은 없을 테니까.

멍하니 바닥만 내려다보던 B는 이내 책상 서랍을 뒤져 못과 원고를 주섬주섬 회수했다. 피 묻은 못에 손가락을 찔리지 않게 조심하면서. B로서는 전혀 예상치 못한 결과였지만, 그게 다였다. 사과가 고통에 몸부림치다 운 나쁘게 창밖으로 떨어져 죽었든, 자신과 비슷한 처지에 놓여 있는 또 다른 누군가가 와서 사과를 밀었든, 상관없는 일이다. 결국 B가 사과를 죽였다는 사실은 변하지 않을 테니, 과정이 다 무슨 소용이란 말인가.

복도로 나온 B는 3반에 들러 사과의 책상에 휴대폰을 넣어놓고, 증거 인멸을 위해 1층에 위치한 학교 쓰레기장으로 향했다. 산더미처럼 쌓여 있는 박스와 종량제 봉투, 큼지막한 쓰레기통 셋이 B를 맞아주었다. 퀴퀴한 쓰레기 냄새가 코끝을 스쳐 정신이 혼미해진 탓에, 못만 테이프로 포장하듯 감싸 쓰레기통에 버리고 서둘러 빠져나왔다. 그 이상 오래 머물렀다간 뭉근한 악취가 머리털 한 올 한 올마다 달라붙어 모두에게 의심을 살 것 같았다. B는 먼지를 털듯 온 몸을 마구 털어대며 계단을 지나 복도로 접어들었다. 그때 누군가가 쿵쿵 계단을 뛰어내려오는 소리가 들려왔다.

B는 침착하세 1층 남자 화장실에 몸을 숨기고 고개만 빠끔 내밀었다. 창밖에서 새어 들어온 가로등 불빛이 다급하게 계단을 내려온 그림자의 얼굴을 비춰주었다. 익숙한 체형과 익숙한 차림새, 익숙한 뒤통수가 고스란히 시야에 들어왔다. A는 B가 지켜보고 있는 줄도 모르고 헐레벌떡 복도를 내달려 모습을 감췄다. 꼴을 보니 시체라도 본 것처럼 공포에 질린 모양새였다.

다시 생각해봐도 A가 왜 거기 있었는지는 이해할 수 없다. 사과의 휴대폰은 B가 가지고 있었으니, A가 사과한테 문자를 받았다는 건 틀림없는 거짓말이었다. 어쩌면 정말로 사과가 누군가의 휴대폰을 빌려 학교로 와달라는 문자를 보냈을 수도 있겠지만, B가 생각지도 못한 공격을 가해서 홧김에 거짓 변명을 해버린 걸까. 그것도 아니라면, 설마……. 그날 사과가 전화를 받을 때 함께 있던 놈이 A라서? A는 그 사실이 밝혀질까 봐 두려워하는 걸까?

아니, 잠깐. 상황을 다시 한번 정리해보자. 그날 밤 사과와 함께 있던 놈은 A가 아니다. 만약 전화를 받은 놈이 A였다면 B는 바로 목소리의 주인을 알아봤을 것이다. 중학교 때부터 질리도록 들어온 목소리인데, A가 일부러 목소리를 바꾼 게 아닌 이상 B가 그를 못 알아봤을 리는 없다. 더구나 B는 A가 그런 식으로 목소리를 바꿔 말하는 걸 한 번도 본 적이 없었다. 그 흔한 성대모사 장난도 칠 줄 모르는 놈이었으니, 그가 다른 누군가를 흉내 낸다는 건 생각할 수 없는 일이었다.

……그럼 만약 A가 사과의 스토커였다면?

그러면 A가 거짓 변론을 한 이유도 납득할 수 있다. 그날 밤 사과가 왜 다른 누군가와 함께 있었는지, 왜 갑자기 학교로 간 건지도.

그날은 사과의 부모님이 출장을 갔다고 했으니, 혼자 집에 있기 무서웠던 사과는 믿을 만한 사람을 불러서 하루만 같이 있어 달라고 부탁했을 것이다. 그러던 와중 A가 집 안에 침입하려고 했든 뭘 했든 사과를 겁주는 행동을 취했고, 그녀는 결국 집을 나와 학교로 피신했다. 사과와 함께 있던 놈이 그 후 어디로 갔는지는 알 수 없지만, 그건 그리 중요한 부분이 아니다. 중요한 건 A도 사과를 뒤쫓아 학교로 왔다는 점이고, 그는 그때 하필 교실에 찾아온 B를 목격했을 것이다.

그렇게 가정하면 A를 방패막이로 삼아 자기 자신을 용의자에서 제외시킨다는 B의 전략은 정말 최악 중에 최악의 선택이었다. 설마 A가 B를 목격했을 줄은 꿈에도 몰랐으니 말이다. 괜히 가만히 있던 벌집을 건드려 화를 자처한 꼴이니, 너무도 성급하게 판단한 과거의 자신을 흠씬 패주고 싶었다. 얌전히 앉아 시간만 죽이고 있어도 충분히 의심받는 시기를 늦출 수 있었을 텐데.

어쩔 수 없다. 이미 엎질러진 물이다. 지금은 어떻게 이 거지 같은 건물에서 탈출해야 할지를 생각해야 한다. 다행히 B에겐 살인 계획을 세우는 것보다, 생존을 위한 계획을 세우는 일이 더 익숙했다. 아비란 이름의 악마 같은 작자의 손길에서도 살아남았으니, 이번에도 살아남을 수 있을 것이다. 아니, 꼭 살아남아야만 한다.

어떻게 빼앗아온 기회인데. 이대로 순순히 죽임당할 순 없다. 필요하다면 다른 회원들을 희생시켜서라도 살아남을 것이다.

……우선 A를 범인으로 만들고 난 뒤에.

# 세 번째 날

# B2

"내가 뭘 잘못 들은 것 같은데, 다시 한번 말해보지 그래."

남자가 실소 섞인 어조로 중얼거렸다. 언제나와 같이 옆구리에 총을 끼고, 검은 복면을 뒤집어쓴 채로 말이다. AB는 남자의 얼굴을 물끄러미 쳐다보며 또박또박 말을 이었다.

"뭐든 좋으니 음식을 좀 가져다줬으면 좋겠는데. 배고파서 추리고 뭐고 아무것도 못하겠어."

"허. 너 지금 네가 어떤 상황에 처해 있는지 잘 모르는 것 같은데, 너랑 저 새끼들은 여기 인질로 잡혀온 거야. 누구한테 명령할 수 있는 처지가 아니라고."

남자가 총구로 AB의 이마를 툭툭 밀며 말했다. B를 포함한 다른 회원들은 눈앞에서 사람 머리가 터지는 광경을 목격하는 불상사가 일어날까 싶어 저마다 시선을 내리깔고 숨을 죽였지만, 이번에도 역시 AB만큼은 달랐다. 그는 쏴볼 테면 쏴보라는 양 눈 하나 깜짝하지 않고 총구를 똑바로 마주했다.

"명령이 아니라 부탁이야. 못 들어줄 이유도 없잖아."

"참나. 손발이 꽁꽁 묶여 있는데 식사는 어떻게 하시게?"

"당연한 거 아냐? 당신이 결박을 풀어줘야지."

"까고 있네, 미친 새끼가……. 야, 너 지금 나랑 장난하냐?"

흥분한 남자가 금방이라도 AB의 얼굴을 후려갈길 것처럼 엽총을 높이 쳐들었다. 그래도 순순히 얻어맞기는 싫었는지, 눈썹을 움찔거린 AB가 얼른 남자를 멈춰 세웠다.

"잠깐, 끝까지 들어보라고. 결박을 전부 다 풀어달라는 게 아니야. 손만 풀어주면 돼. 다리는 그냥 묶어둬도 상관없어. 그래도 정 불안하거든 날 인질로 데려가. 그럼 남은 인질들이 탈출하려고 수작부릴 걱정도 없고, 당신도 우릴 감시하기 한결 편해질 거 아냐."

"그걸 지금 말이라고 하는 거냐? 결국 너희한테만 좋은 일 하라는 거 아냐. 이게 지금 누굴 등신으로 알고."

"이게 왜 우리한테만 좋은 일이지? 범인이 누군지 알아내기 전에 우리가 굶어 죽어버리면 당신도 곤란해질 텐데. 그렇게 되기 전에 수를 써달라는 거잖아. 그리고 공짜로 풀어달라는 것도 아니야. 인질도 하나 주고, 우리가 추론해낸 내용도 알려줄게. 이 정도면 괜찮은 조건 아닌가?"

"어디서 되도 않는 소리로 장난질이야, 이 새끼야. 곤란해질 일은 전혀 없을 테니 신경 꺼. 사람은 그렇게 쉽게 죽는 동물이 아니거든. 일주일 정도 굶는다고 해도 몸에 큰 지장은 없을 거야. 죽을 만큼 배가 고플 수는 있겠지만."

"이 추운 날씨에 담요도 없이 차가운 복도 바닥에서 내리 잠을 재우면서, 식사도 물도 주지 않겠다고? 당장 죽지는 않겠지만 곧 죽어도 이상하지 않을 만큼 상태가 안 좋아질 수는 있어. 대단한 걸 바라는 게 아니잖아. 우리가 머리를 굴리기 위해선 적절한 수분과 당분이 필요하다고."

한 치의 양보도 없이 팽팽하게 맞서던 두 사람은 약속이나 한 듯 동시에 입을 다물고 서로를 노려보았다. 맹수가 상대를 탐색하는 눈빛과 별 다를 바 없는 눈빛이었다.

숨 막히는 순간이 여러 차례 지나고, 남자가 먼저 한숨을 깊게 내쉬었다. 애써 끓어오르는 화를 삭이는 모양새였다.

"좋아, 네 말대로 해주지. 대신 조건이 하나 있어."

거친 음성이 남자의 입술 틈새를 비집고 튀어나왔다.

"조건이라니, 무슨 조건?"

"내가 인질로 데려갈 놈은 네가 아니라, 저놈으로 하는 걸로. 어때?"

남자의 발이 고개를 푹 숙이고 있던 만년필의 무릎을 건드렸다. 깜짝 놀라 고개를 든 만년필의 얼굴이 망측하게 일그러졌다.

"예? 저, 저요?"

"그래. 너. 저놈은 데려가봤자 쓸데없이 대가리만 굴리고, 별 재미도 없을 거 아냐. 네가 저놈 대신 가줘야겠다. 너희도 불만 없지?"

남자가 회원들을 둘러보며 씩 웃었다. 만년필이 무언가 호소하는 눈빛으로 회원들의 얼굴을 차례차례 쳐다봤지만, 처절한 애원에도 불구하고 남자의 말에 토를 다는 사람은 없었다. AB의 낯빛도 덩달아 어두워졌다.

"자, 그럼 인질은 정해진 것 같고. 이제 너희가 추려낸 용의자가 누군지 말할 차례인가?"

"아니. 그 전에 이것부터 풀어줬으면 좋겠는데."

AB가 손을 앞으로 내밀며 대꾸했다. 남자는 어이가 없다는 표정으로 AB를 내려다보더니, 의외로 순순히 AB의 요구를 들어주었다. 그는 바닥에 쪼그려 앉아 검고 투박한 손으로 밧줄의 매듭을 하나씩 풀어나가기 시작했다. 어째 매듭을 푸는 모양새가 영 서툴러 보였지만, 5분쯤 지나자 밧줄이 AB의 손목에서 뱀 허물처럼 힘없이 흘러내렸다.

"이제 됐냐? 이 건방진 자식아. 나머지 놈들은 네가 알아서 풀어주라고. 발목까지 풀어줬다간 다들 사이좋게 저승행일 줄 알아. 쭉 지켜보고 있을 테니까."

"걱정 마, 누구 좋으라고 그런 짓을 하겠어."

남자가 으름장을 놓자 AB가 자유를 되찾은 손목을 돌리며 중얼거렸다. 사흘 정도 묶여 있던 탓인지 그의 손목은 보기보다 더 뻣뻣하게 굳어버린 듯했다.

"이제 진짜 너희 차례야. 유진이를 죽인 놈이 누구지?"

"진정하고 가만히 들어보라고. 아직 확실하게 정해진 건 아무것도 없으니까."

차분한 얼굴로 쏘아붙인 AB는 전날 회원들이 했던 추론을 조금 각색해서 들려주었다. O가 한 이야기는 쏙 빼고, A와 B, 그리고 본인이 가장 유력한 용의자라는 투로 말이다. 남자는 때때로 고개를 끄덕이기도 하면서 AB의 말에 유심히 귀 기울였다. 복잡 미묘한 표정을 짓고 있는 그는 터무니없는 소리를 들어 당혹스러워하는 것 같기도 하고, 허점을 찔려 곤란해하는 것처럼 보이기도 했다.

AB의 이야기가 끝나자 남자는 별다른 반응도 없이 몇 마디만 남기고 자리를 떴다.

"저녁에 다시 오도록 하지. 먹을 것도 좀 가지고 말이야. 그때까진 편히들 쉬고 있으라고."

비꼬는 게 아닌, 다소 기세가 누그러진 말투였다.

남자가 몸을 돌려 문 밖으로 모습을 감추자마자 입을 꾹 다물고 있던 만년필이 기다렸다는 양 벌컥 화를 냈다.

"야, 이거 어쩔 거야? 인질로 가는 긴 니라며? 걱정할 필요 없다며?"

"뭣 때문에 그러는 건진 알겠는데, 진정 좀 해. 그렇게 화내봤자 에너지만 낭비된다고."

"내가 지금 진정하게 생겼냐? 아, 씨. 저 새끼 말을 믿은 내가 등신이지. 하고 많은 사람들 중에 왜 하필 나야, 왜. 네가 좀 더 적극적으로 말했어야 할 거 아냐, 이 새끼야. 네가 우리 대신 가겠다고 더 열심히 어필했어야지."

"그래, 내가 미안해. 그런데 이건 나도 어쩔 수가……."

"그럼 그냥 얌전히 닥치고 있던가. 왜 가만히 있으면 될 걸 굳이 일을 키우고 난리야? 넌 세상에 잘난 놈이 너 하나밖에 없는 줄 알지, 아주? 그래서 전부터 계속 혼자 잘난 척 나대고 다니는 거지? 응?"

이성을 잃은 만년필은 급기야 입에 거품까지 물며 바락바락 악을 써댔다. 시커먼 사내놈이 울고 불며 어거지로 떼쓰는 걸 보고 있자니, 그 다혈질인 B마저도 영 못 봐주겠다 싶었다.

AB 또한 B와 비슷한 심정이었던 것 같다. 초연히 만년필의 생떼를 듣기만 하던 AB는 어느 순간 미간을 찌푸리더니, 도저히 못 봐주겠다는 양 목소리를 높였다.

"씨발, 좀. 별 것도 아닌 걸로 떽떽거리지 말고 닥치고 있어. 네가 제일 잘 알 거 아냐? 황문교가 자기 독자를 쏴죽일 만큼 냉혈한은 아니라는 걸. 네가 인질로 잡혀가도 그 점 하나만 기억하고 있으면 틀림없이 무사할 수 있을 거라고."

황문교. AB의 입에서 그 이름이 튀어나온 순간, 장내가 완전히 얼어붙었다.

만년필의 입에서 딸꾹질이 튀어나왔다. 고장 난 장난감처럼 움직일 기미 없이 굳어버린 그의 얼굴은 흡혈귀한테 피를 다 빨린 사람처럼 하얗게 질려 있었다.

"그, 그게 무슨 소리야? 갑자기 황문교가 왜 나와?"

"이해 못한 척하지 마. 너는 저 남자가 황문교라는 걸 알고 있었어. 그래서 우릴 납치한 놈인데도 감싸준 거고. 내 말이 틀려?"

"개소리하지 마. 애먼 사람 함부로 의심하지 말라고. 내가 그걸 어떻게 알았다는 거야? ……그래, 증거. 내가 그거 알고 있었다는 증거 있어?"

만년필이 최후의 보루인 증거 타령까지 끌어냈지만, AB는 아랑곳하지 않았다. 그는 그저 한심해 죽겠다는 표정을 짓곤 만년필의 허술한 논리를 송곳같이 파고들 뿐이었다.

"증거? 물론 있지. 네가 네 입으로 친히 떠벌려줬잖아. 그러니까 씨발, 흥분하지 말고 목소리 좀 낮추라고. 내 손에 먼저 뒤지기 싫으면."

# B3

"'사람은 입보단 행동으로 말하는 법이지. 비밀을 간직한 사람이라면 더더욱.' ……이 대사 기억하지? 네가 B를 범인으로 몰아가면서 했던 대사인데. 아니, 더 정확히는 황문교의 《폭풍》 중 2장 270쪽에서 범인이 읊은 대사지. 자기가 살인범이라는 사실을 모두의 앞에서 고백하면서 말이야."

AB가 만년필을 똑바로 쳐다보면서 말했다. 만년필은 꿀 먹은 벙어리가 된 채 눈만 부라리고 있을 뿐, 이렇다 할 반박을 내놓지 않았다. 더 발악해봤자 제 꼴만 우스워진다는 걸 깨달은 듯했다.

"그리고 그 남자도 이렇게 말했지. 사람은 입보단 행동으로 말하는 법이라고. 이건 일종의 항복 신호임과 동시에 힌트였어. 자기 책을 읽은 독자라면 도저히 모를 수가 없는 큰 힌트. 이중에 나랑 만년필 말고도 《폭풍》을 읽어본 사람이 있었다면 누구든 저 남자가 황문교 작가였다는 걸 알아낼 수 있었을 거야. 대사를 들은 직후부터 말이야."

AB가 회원들의 얼굴을 빙 둘러보며 말을 이었지만, B는 어쩐지 그를 실컷 비웃어주고 싶은 심정이 들었다. 너는 완전히 잘못 생각하고 있고, 그런 걸 알아낼 수 있는 사람은 너뿐이라고 말이다. 그의 말대로라면 《폭풍》을 읽어본 A와 B에게도 복면을 쓴 남자가 황문교 작가라는 걸 알아낼 기회가 있었을 것이다. 하지만 어느 누가 예전에 읽은 책의 구절을 하나하나 기억하고 있단 말인가? 아무리 감명 깊게 읽은 책이라 한들 시간이 흐를수록 그 감동도 차차 퇴색되기 마련이다. 시대를 풍미할 거장이 아닌 이상 영원불멸의 문장 같은 것은 존재하지 않는다. 베스트셀러는커녕 그리 화제가 된 것도 아닌 책의 문장을 여태 마음속에 품고 있는 AB가 별종인 것이다.

"단순한 우연이라고 우길 생각은 하지 마. 담배를 피우고, 사격이 취미고, 경찰에서 자료를 제공해줄 정도의 위신과 영향력을 가지고 있고, 아무리 우연이라고 하더라도 황문교가 쓴 책의 대사를 하나하나 기억하는 사람은 황문교 본인뿐일 테니까."

"그래, 듣고 보니 그렇네. 넌 왜 말도 안 하고 가만히 있었던 거야? 너도 저놈이랑 같은 편이라서 그랬던 거냐, 엉?"

홍분한 햄버거가 AB의 말을 잘랐다. 만년필은 그래도 입을 다물고 있다가, 햄버거의 묵직한 발길질이 날아든 후에야 겨우 답을 내놓았다.

"아니, 그런 건 아니에요. 나도 여기 똑같이 납치된 거라고요."

"그럼 왜 우리한테 말을 안 한 건데? 무슨 이유로 납치범에 살인미수범인 놈을 감싸줘?"

"작가님이 그랬을 리 없으니까요. 이건 뭔가……. 뭔가 심하게 잘못됐어요. 분명 뭔가 오해가 있었을 거라고요. 작가님은 진짜 납치범한테 협박당해서 납치범 행세를 하고 있는 게 틀림없어요. 그렇지 않고서야 이런 일을 벌일 이유가 없잖아요. 너도 그렇게 생각하지, 응? 내가 팬미팅에서 봤는데, 네 말대로 사람을 무자비하게 쏴죽이거나 할 냉혈한은 아니었단 말이야."

만년필이 매달리듯 AB에게 달려들었다. 그래봤자 아직 손발이 다 묶여 있어 애벌레가 난동을 부리는 꼴밖엔 되지 않았지만. AB는 안쓰러운 눈길로 만년필을 쳐다보곤 고개를 설레설레 내저었다.

"네 말도 일리는 있어. 하지만 사과를 스토킹하고 우릴 납치한 사람이 황문교가 아니라면, 대체 누구란 말이야? 너도 알고 있잖아. 납치범의 정체가 황문교라서 네가 그렇게 기를 쓰고 부정하려 한다는 거."

"아니야. 그분이 그럴 리가 없단 말이야. 그리고 스토킹이라니? 너 설마 사과를 쫓아다닌다던 스토커가 작가님이라고 말하고 싶은 거야?"

만년필이 목에 핏대를 세우고 고함을 쳤다. 내심 A가 스토커일 거라고 믿고 있던 B도 놀라서 AB를 쳐다봤다. 그는 눈도 깜짝하지 않고 무뚝뚝한 얼굴로 조곤조곤 설명을 이어갔다.

"충분히 가능성 있는 얘기잖아. 황문교와 우리를 이어주는 연결고리는 그것밖에 없어. 황문교가 사과의 스토커였기에 사과의 죽음에 계속 집착한 거고, 사과를 살해한 용의자들인 우릴 납치한 거야."

"아니라고. 그딴 허무맹랑한 얘길 누가 들어줄 것 같아? 다들 뭐라고 말 좀 해봐. 이 자식이 지금 애먼 사람을 변태로 몰아가고 있잖아."

퍽이나 애먼 사람이겠다. B는 침까지 튀겨가며 변론하는 만년필을 보고 혀를 내둘렀다. 시인이나 작가란 직업이 대개 사람을 말로서 홀리는 직업이라고는 하나, 황문교가 쓰는 문장은 하나같이 역설적이고 지나치게 유려했기에 어지간히 자극적인 소재가 아닌 이상 통 마음이 동하지 않는 B로서는 그를 광적으로 치켜세우는 만년필을 이해하기 어려웠다. 저 자식도 죽도록 두들겨 맞다가 실신하듯 잠에 빠지는 하루를 겪어보면, 황문교가 그려낸 가상의 지옥이 얼마나 허황된 것인지를 깨달을 텐데.

다른 회원들의 생각도 B와 별반 다르지 않은 모양이었다. 만년필의 말을 거들어주는 회원은 아무도 없었으니 말이다.

"그럼 우리만 이렇게 잡혀 있는 건 불공평한 일이잖아. 소름끼치게 어린애 뒤꽁무니나 쫓아다닌 주제에 사람들 앞에선 존경 받는 작가인 척이나 하고. 무슨 자격으로 살인범을 단죄한다는 거야?"

O가 날 선 말투로 투덜거리자 햄버거와 AB도 고개를 끄덕였다. 듣고 보니 그럴듯한 말이다. 사과의 유족을 사칭한 사람에게 사과를 죽인 살인범을 처단할 자격을 쥐여줄 수는 없는 일 아니겠는가.

"그 새끼가 저녁에 오겠다고 했지? 총만 뺏으면 어떻게 해볼 만한 것 같은데. 그때 한꺼번에 덮칠까? 살인범이 누구든 간에 우리가 스토커 따위한테 잡혀 있을 이유는 없잖아."

"그래. 변태 스토커 주제에, 지가 뭔데 우릴 여기 잡아두겠다는 거야. 완전 말도 안 되는 소리야."

"제발 진정들 좀 해. 그러다 누구 한 명이 총에 맞기라도 하면 어떡하려고?"

"총을 쏘기는커녕 우리한테 조준할 겨를도 없을 텐데, 뭘. 동시에 덮쳐서 총부터 빼앗으면 돼."

격분한 O를 따라 회원들의 의견이 차차 한곳으로 모이기 시작했다. 시체처럼 무기력하게 늘어져 있을 때는 언제고, 다들 그새 의욕을 되찾은 듯했다. 납치범의 정체가 밝혀진 것도 모자라 몸의 일부가 자유를 되찾을 기회까지 얻었으니, 그동안 받아온 온갖 스트레스가 폭발하는 건 당연지사다. 얼굴이 흙빛으로 변한 만년필만 제외하고.

"그럼 이렇게 하는 게 어때? 저녁에 음식을 가지고 온댔으니 틈을 봐서 그때 다 같이 덮치기로."

AB가 제안했지만 O가 곧바로 고개를 가로저었다.

"그것도 좋긴 한데, 일단 배부터 채우고 기회를 노리는 게 어때. 지금 우리 체력으로는 다 같이 덮쳐도 제압할 수 있을랑 말랑한 것 같은데."

"배부터 채우고 나서, 언제? 다음 날 낮에? 그때쯤이면 황문교가 인질을 데리고 갔을 텐데."

"그래도 굳이 서두를 필요는 없잖아. 인질이라고 해봤자 어디 가둬두는 게 전부일 텐데, 그 새끼부터 제압한 다음에 구출해도 충분하다고. 납치범이 누군지 알아차렸으면서도 입을 꾹 다물고 있던 인질이라면 말이야. 안 그래?"

O가 만년필을 노려보며 말했다. 만년필은 회원들의 눈총을 피해 자라처럼 목을 웅크린 상태였다. 두 사람을 번갈아 본 AB는 어깨를 으쓱했다.

"……뭐, 그럼 그렇게 하고. 남는 게 시간일 테니."

"그런데 그 전에 이것부터 얼른 풀어주면 안 되냐? 이러다 손목 끊어지겠다."

O가 손을 내밀자 AB가 머쓱한 듯 뺨을 긁적였다. 황문교 얘기에 심취해 회원들의 결박을 풀어주는 것도 깜빡한 것이다. 허둥지둥 매듭에 달려드는 AB를 보며 O가 여유롭게 미소 지었다.

"천천히 해도 돼. 어차피 남는 게 시간일 텐데, 뭐."

# B4

어둑어둑한 저녁에 찾아온 황문교는 뜨거운 물을 부은 컵라면과 쌀밥, 참치 캔, 그리고 생수 한 통을 차례대로 회원들에게 날라다주었다. 변함없이 옆구리에 엽총을 낀 채로. 사흘을 내리 굶겨놓고 내온 식사치곤 다소 조촐한 감이 없지 않아 있었지만, 저녁 메뉴에 불평을 늘어놓는 회원은 없었다. 짐승처럼 닥치는 대로 입 안에 넣고, 그 와중에도 남의 몫을 보며 군침 흘릴 뿐. 이성이라곤 털끝만큼도 존재하지 않는, 그야말로 본능에 의한 식사였다.

10분도 채 되지 않아 모든 음식을 먹어치우고 물을 들이키는 회원들을 지켜보던 황문교가 헛웃음을 흘렸다. 이게 짐승인지 사람인지 구분이 안 된다는 투였다.

"누가 보면 돼지우리인 줄 알겠군."

황문교가 혼잣말을 했다. 회원들 모두가 그의 말을 들었지만, 동시에 그의 말을 듣지 못한 척했다. 틀린 말도 아니었지만 딱히 사실이라고 인정하고 싶지도 않았다. B는 황문교와 눈이 마주치지 않게 고개를 돌린 채 허한 배를 생수로 달랬다. 여전히 굶주린 느낌이었으나 전처럼 위장이 텅 빈 것 같지는 않다.

"이제 다 드셨나?"

잠자코 서 있던 황문교가 바지 주머니에서 작은 칼을 꺼내들며 물었다. 순간 만년필이 눈썹을 움찔거렸지만, 회원들은 아랑곳 않고 고개를 끄덕였다.

"좋아. 그럼 이놈은 내가 데려가지. 이봐, 발 좀 이리 대봐."

"자, 잠깐. 잠깐만요. 갑자기 칼은 왜……."

황문교가 칼을 들고 다가오자 만년필이 딸꾹질을 해댔다. 그는 새된 비명을 지르곤 엉금엉금 구석으로 기어가려 했지만, 황문교가 만년필의 발을 붙잡는 게 더 빨랐다.

"가만히 좀 있어봐. 이상한 짓 하려는 거 아니니까."

겁에 질린 만년필이 발버둥치자 황문교가 사납게 일갈했다. 곧이어 큼직한 손이 만년필의 발을 묶은 밧줄의 매듭을 칼로 자르기 시작했다.

"움직이지 말고 얌전히 있어."

매듭을 절반쯤 자른 황문교가 다시 한번 으름장을 놨다. 잔뜩 겁을 집어먹은 만년필이 고개를 끄덕이자, 황문교는 이번엔 입고 있던 패딩의 지퍼를 내려 품에서 밧줄을 꺼냈다. 회원들의 손발을 묶었던 밧줄보다 조금 더 얇고, 긴 밧줄이었다.

품에서 꺼낸 밧줄로 AB가 풀어준 만년필의 손목을 다시금 묶은 황문교는 매듭을 마저 잘라내 다리 결박을 풀어주었다. 이제 만년필은 손이 자유롭고 발이 묶인 회원들과 달리 발이 자유롭고 손이 묶인 처지가 됐다. 황문교가 매듭에서 길게 삐져나온 줄을 잡아끌자 만년필의 몸도 황문교 쪽으로 질질 끌려갔다. 꼭 포승줄에 묶여 끌려가는 죄인 같은 행색이었다.

"유감스럽게도 준비해둔 음식이 그리 많지는 않아서 말이야. 최대한 빨리 범인을 알아내는 게 좋을걸. 그럼 내일 아침 식사 시간에 또 보자고. 아, 이 친구는 빼고 우리끼리만."

황문교가 특유의 빈정대는 투로 말했다. 만년필은 곤죽이 된 얼굴로 회원들을 애절하게 쳐다보더니, 이내 황문교의 손에 이끌려 문 너머로 모습을 감췄다. 발목이 완전히 굳어버렸는지 비틀비틀 허수아비가 걷는 듯한 모양새로. 처음엔 황문교의 정체를 알면서도 모른 척했다는 생각에 괘씸하단 감만 들었지만, 핏기 없는 낯짝을 보니 저놈도 어지간히 불쌍하다는 생각이 뇌리를 스쳐 지나갔다.

물론 동정은 아주 찰나일 뿐, 다음 순간 B는 만년필이고 뭐고 머릿속에서 깨끗하게 지워낸 다음 대자로 벌렁 드러누웠다. 속절없이 쏟아지는 졸음 탓에 도저히 안 눕고는 못 배길 것 같았다. 다른 회원들도 하나둘씩 바닥에 드러누우며 기분 좋게 자기 배를 두드렸다.

"아, 이게 얼마 만에 먹는 밥이냐. 라면에 밥 말아먹는 거 진짜 그리웠어."

회장이 코를 훌쩍거리며 중얼거렸다. 이렇다 할 동의를 표하는 사람은 없었지만, 회장도 알고 있을 것이다. 이 순간 회원들 모두가 그와 같은 생각을 하고 있다는 걸.

회장의 말을 끝으로 기나긴 정적이 찾아왔다. 배도 채웠고, 갈증도 해결했으니 이제는 슬슬 단잠에 빠질 차례였다. 회원들의 숨소리와 코 고는 소리를 자장가 삼아 B도 눈을 감았다. 이게 얼마 만에 맛보는 잠다운 잠일까……. 얼마 지나지 않아 무의식과 의식의 경계가 점차 희미해지고 달콤한 어둠이 찾아왔다. 처음 이곳에 잡혀온 날부터 지금까지, B가 간절히 원하고 원했던 바로 그 어둠이 말이다.

잠의 노예로 전락하여 꿈나라로 망명할 때까지, B는 굳게 믿고 있었다. 지금부턴 모든 일이 잘 풀릴 거라고. 이 거지 같은 곳에서 나가기만 한다면, 아무 일도 없었던 것처럼 다시 지겨운 일상 속으로 되돌아갈 수 있을 거라고…….

하지만 언제나 그랬듯, 인생이 그렇게 쉽게 뜻대로 되지는 않는 법이다. 특히 꼬일 대로 꼬인 B의 인생이라면 더더욱. 다음 날 자신이 어떤 참상을 목격하게 될지 꿈에도 상상하지 못한 채, B는 아주 편안히 잠들었다.

그날 밤이 B가 그렇게 편안하게 잠들 수 있는 마지막이었다.

# B5

회원들은 눈을 뜨자마자 황문교를 맞이할 준비에 들어갔다. 우선 어제 저녁 광란의 식사를 벌였던 흔적들을 한쪽 구석으로 옮겨놓고, 거사에 앞서 돌아가며 볼일을 봤다. 다음으론 호신용 무기가 있으면 좋을 것 같단 AB의 말에 참치 캔 뚜껑을 떼어내 각자 하나씩 지니고 있기로 했다. 최대한 카메라에 캔 뚜껑이 보이지 않도록 조심하면서 후드 주머니에 뚜껑을 숨기고 있으려니, 문방구에서 몰래 사탕을 한 움큼씩 집어갈 때처럼 심장이 쿵쿵 두방망이질해댔다. 그 옛날 독립을 준비하던 열사들의 심정이 이런 심정이었을까. 막연한 불안감에 흥분과 설렘이 녹아들어 기름을 만난 물처럼 상반된 감정들이 뇌리를 둥둥 떠다니는 느낌.

B를 포함한 회원들은 AB의 지시대로 평소처럼 무언가 논의하는 척하며 얌전히 황문교를 기다렸다. 묘한 긴장감 속에서, 이곳을 탈출하면 무얼 해야 하고 어디로 가야 할지 등을 이야기하며.

하지만 어쩐 일인지 황문교는 통 모습을 드러내지 않았다. 해가 서산으로 기울 때까지도.

"아씨, 아침에 오겠단 사람이 왜 이렇게 안 와? 우리 계획 다 들킨 거 아냐?"

회장이 참다못해 투덜거렸다. 초조하게 문과 창문을 번갈아 보던 햄버거도 분통을 터뜨렸다.

"씨발, 내가 그 새끼가 순순히 밥 준다고 했을 때부터 알아봤다. 이제 우리 어쩌냐. 꼼짝없이 다 죽은 것 같은데."

"설마요. 준비해둔 음식이 모자라서 구하러 간 거 아닐까요?"

"아무리 그래도 그렇지, 이 시간까지 안 오는 건 말이 안 되잖아."

햄버거가 애꿎은 O에게 고함을 쳤다. 굳이 햄버거처럼 대놓고 짜증을 내진 않았지만, 다른 회원들도 햄버거와 같은 심정이었을 것이다. 당장 B부터도 답답해서 소리를 지르고 싶은 마음이었으니까. 생각할 수 있는 가장 최악의 경우는 회원들의 계획이 들켜서 황문교가 무슨 수작을 부리고 있다는 것인데, 정말 그런 거라면 몇 대 쥐어박히는 게 아니라 팔이나 다리에 바람구멍이 생길 수도 있었다.

더는 안 되겠다 싶었는지, 초조하게 문 너머만 바라보고 있던 AB가 갑자기 발목의 결박을 풀기 시작했다. 깜짝 놀란 회원들이 곁에서 그를 만류했지만, AB의 태도는 늘 그랬듯 굳건했다.

"이대로 마냥 손 놓고 지켜볼 수는 없어. 혹시 모르잖아, 지금이 가장 탈출하기 좋은 기회일지."

AB가 비장하게 읊었다. 능숙하게 결박을 풀어낸 AB는 어차피 잠겨 있을 텐데 무슨 소용이 있냐는 햄버거의 빈정거림을 뒤로 하고, 곧장 정면의 출입문으로 향했다. 거침없이 문고리에 손을 댄 AB의 얼굴에 당황한 기색이 어렸다.

"문이 열려 있는데?"

AB가 멍하니 중얼거렸다. 그 말에 눈이 휘둥그레진 햄버거가 허둥지둥 문 쪽으로 기어갔다.

"거짓말하지 마. 문이 왜 열려 있어."

"진짜예요. 한 번 보세요."

AB가 힘주어 문을 밀었다. 입을 떡 벌린 햄버거와 회원들의 눈앞에서, 문이 삐걱 소리를 내며 밖으로 밀려났다. 회원들이 잡혀온 날 이래로 내내 닫혀 있던 바로 그 문이.

세상이 거꾸로 뒤집힌 듯한 충격이 B의 뇌리를 강타했다.

분명 황문교가 잠그고 갔을 문이 왜 열려 있단 말인가?

"야, 씨. 이게 왜 열려 있냐. 그 새끼가 까먹고 안 잠그고 갔나? 빨랑 이거 좀 풀어봐."

"안 그래도 풀어드리려고 했어요. 가만히 있어봐요."

AB는 흥분해서 버둥거리는 햄버거의 다리를 붙잡아 침착하게 결박을 풀어나갔다. 그 모습을 멍하니 지켜보던 회원들도 하나둘씩 결박을 풀어헤치기 시작했다. 황문교가 이 모습을 지켜보고 있었다면 당장 제재가 들어왔을 테지만, 그는 인질들이 탈출을 시도하는 이 순간까지도 감감 무소식이었다. 황문교한테 무슨 일이 일어난 건진 알 수 없어도 이것 하나만큼은 분명했다.

AB의 말대로 지금이 가장 탈출하기 좋은 기회라는 것.

총알같이 튀어나간 햄버거를 필두로 회장도 밖으로 뛰쳐나갔다. 걱정스럽게 그들의 뒷모습을 쳐다보고 있던 AB도 두 사람을 따라 계단을 내려갔다. 그런데 A, B, O가 막 결박을 풀어낸 찰나, 돌연 벼락같은 비명소리가 들려왔다. 놀란 세 사람이 비틀거리며 일어서자 눈물로 번들

거리는 얼굴을 한 회장이 뛰어 들어왔다.

"왜 그래요? 밖에 무슨 일 있어요?"

B가 물었지만 회장은 입을 뻐끔거리기만 할 뿐 쉽사리 대답하지 못했다. 슬픔에 빠진 눈동자가 갈 곳을 잃고 흔들리는 모습을 보자, 근거 없는 불길함이 B의 온 신경을 덮쳤다.

"선배, 뭐라고 말 좀 해봐요. 밖에 무슨 일 있냐니까요?"

"……."

"……선배? 괜찮아요? 선배 안색이 너무 안 좋은……."

"주, 죽었어."

해골 같은 몰골을 한 회장이 더듬더듬 B의 말을 끊었다. 세 사람이 그의 말을 이해하지 못하고 고개만 갸웃대는 와중, 회장이 다시 한번 힘주어 말했다.

"우, 우릴 납치한 사람. 황문교. 그 사람이 죽었어."

# B6

회원들이 갇혀 있던 곳은 산장의 3층인 듯했다. 문을 나서자마자 옥상으로 향하는 계단, 시멘트벽에 큼지막하게 박힌 3F라는 글자가 회원들을 맞아주었기 때문이다. A, B, O는 회장의 짤막한 목격담을 들으며 천천히 계단을 내려가기 시작했다. 그러나 정신없이 계단을 뛰어 내려가던 와중 2층 계단에 쓰러져 있던 황문교를 발견했다는 대목을 거듭 되짚어 보아도, 세 사람은 통 그의 죽음을 납득할 수 없었다.

총과 칼로 무장을 하고 있던 사람이 어떻게 하루아침에 변사체로 발견될 수 있단 말인가? 회원들은 발이 꽁꽁 묶여 있었는데.

2층에 다다르자 무언가를 내려다보고 있는 햄버거와 AB의 모습이 보였다. 회장 일행을 목격한 두 사람이 한 걸음 뒤로 물러난 순간, 맨 앞에서 걷던 O가 헉 하고 헛숨을 들이켰다. O의 어깨 너머로 네 사람이 목도했던 참상이 B의 눈에도 들어왔다. 벽에 머리를 기댄 채, 계단에 앉아 눈을 감고 있는 황문교의 모습이.

의외로 시체는 흉측하지도 않았고, 징그럽지도 않았다. 죽은 황문교의 몸에선 고통에 몸부림친 흔적도, 반항의 흔적도 찾아볼 수 없었다. 복면을 쓰지 않은 그의 맨 얼굴은 그야말로 평온함 그 자체였다. 왠지 모를 불쾌함에 미간을 좁힌 B는 눈을 부릅뜬 채 시체를 살폈다. 시체의 발치엔 담배꽁초가 하나 떨어져 있었고, 하늘을 향해 있는 오른손의 검지엔 상처가 나 있었다. 꼭 바늘에 손가락을 찔린 것처럼……. 그 외에 다른 눈에 띄는 외상은 보이지 않는다.

이것이 진정 살인 현장이란 말인가. B는 자기도 모르게 손으로 입을 틀어막았다. 사람이 죽은 현장이라 함은 차마 눈 뜨고 보기 힘든 끔찍함이 동반되어야 할 터인데, 끔찍함이라곤 조금도 느껴지지 않은 까닭이었다. 언뜻 보면 계단에 앉아 쉬는 것처럼도 보이는 황문교의 모습에 욕지기가 치밀어 올랐다. 왜 시체에 거부감이 들지 않는 걸까. 우릴 협박하고 괴롭힌 사람이라서? 마음 한구석으론 황문교가 사과처럼 죽어버리기를 간절히 바라고 있어서? 아니면……. 황문교의 손에 사과의 손가락에 있던 것과 똑같은 상처가 나 있어서?

"혹시 몰라서 생사 확인도 했고, 몸수색도 해봤어. 이것 말고는 딱히 건질 만한 게 없더라."

AB가 주먹 쥔 손을 펴 은빛 열쇠를 보여주었다. 황문교가 출입문을 잠글 때 사용했던 바로 그 열쇠였다.

"몸수색을 했다고?"

"그래. 어두워지기 전에 산을 내려가는 건 무리일 테고, 구조 요청을 할 만한 휴대폰이라도 찾을 수 있을까 싶어서 해봤지. 그런데 찾아낸 건 이거랑 담뱃갑 하나랑 라이터뿐이야. 칼이랑 총은 어디다 두고 온 건지 안 보여."

"어쩌면 밖에다 두고 왔을 수도 있겠지. 너희도 산장 밖에 나가본 건 아니잖아."

멀찍이 서 있던 A가 혼잣말하듯 웅얼거렸다.

"그런데 황문교가 어떻게 죽은 거지? 이 사람이 왜 이런 곳에 죽어 있는 거야?"

"몰라, 나도. 우리 중 그걸 아는 사람은 아무도 없을걸."

"아니, 딱 한 명 있을걸. 그리고 그놈은 누가 사과를 죽였는지도 알고 있을 거야."

"……황문교가 그놈한테 살해당했다는 소릴 하고 싶은 거야?"

"그럼 살인이 아니고 뭔데? 이 사람이 갑자기 자살할 이유가 있다고 생각해? 너도 사실 우리 중 누군가가 죽인 거라고 생각하고 있잖아."

"그럼 어떻게 죽였다는 건데? 우린 전부 발이 묶여 있었고, 그건 만년필도 마찬가지였는데. 너도 알고 있잖아, 우리 중 아무도 황문교를 죽일 수 없었다는 거."

A와 AB의 목소리가 동시에 커졌다. 두 사람 모두 평소답지 않게 필요 이상으로 흥분한 모습이었다.

날선 눈빛이 허공에서 맞부딪히고, 거북한 침묵이 흘렀다. 두 사람은 서로를 책망하듯 노려보았지만, 그것은 상대를 공격하기 위해서가 아니라 공포로 인한 본능적인 자기방어에서 비롯된 행동이었기에 그리 오래 가진 않았다.

"만년필은 어디 있는 거지?"

먼저 기세를 누그러뜨린 AB가 헝클어진 머리카락을 쓸어 넘기며 중얼거렸다. 발이 땅에 붙은 듯 가만히 서 있던 회원들은 너 나 할 것 없이 우르르 계단을 내려갔다. 그 황문교도 이 지경이 됐으니, 맨몸으로 붙잡혀 있던 만년필의 생사 역시 장담할 수 없다는 생각에서였다.

먼저 2층을 수색하려 했지만, 2층 역시 출입문이 잠겨 있었다. 황문교가 가지고 있던 열쇠로도 문이 열리지 않아 별 수 없이 2층은 그냥 지나칠 수밖엔 없었다.

1층은 호텔 로비와 같은 구조였는데, 화려한 모양의 샹들리에가 인상적이었다. 비록 먼지와 거미줄을 뒤집어쓴 상태긴 했지만 말이다. 층계참을 사이에 둔 양 벽면엔 다양한 계절의 풍경화가 서너 점씩 걸려 있고, 막 계단을 내려온 회원들 기준으로 왼쪽엔 화장실이, 오른쪽엔 원목으로 만든 프런트가 자리 잡고 있었다. 먼지가 수북한 프런트 책상의 가장자리를 각종 필기구와 가위, 커터칼 등이 꽂힌 원통 하나가 차지하고 있고 그 외에 다른 장식품은 보이지 않는다.

정면에 선 유리문을 통해 차오른 석양이 책상, 원통, 화장실, 로비 가득 차올라 넘실댔다. 그러나 1층 어느 곳에서도 만년필의 모습은 보이지 않았다.

다음은 회원들이 그토록 갈구하던 바깥세상을 둘러볼 차례였다. 드디어 밖으로 나간다고 생각하니 가슴이 풍선처럼 부풀어 올랐지만, 막상 출입문을 나서니 납덩이를 인 듯 머리가 무거워졌다. 이런 식으로 나오게 되리라곤 꿈에도 예상치 못한 탓일까. 근 사흘 만에 마셔보는 바깥 공기는 더할 나위 없이 상쾌했지만, 오랜만에 밟아보는 흙바닥과 넓은 터 주위를 빽빽하게 메운 나무들은 B에게 근원 모를 절망감을 선사해주었다.

이건 짜릿한 탈출이 아니었다. 회원들은 모두 불시에 유기당한 갓난아이 처지에 불과한 것이다.

"황문교는 저기서 우릴 지켜보고 있던 것 같은데."

회장이 산장 근처 주차장에 자리한 직사각형 모양의 컨테이너를 손가락질했다. 아니, 더 정확히 말하면 컨테이너를 사용해 만든 창고였다. 쇠창살을 두른 손바닥만 한 창문과 활짝 열린 문을 단 창고. 창고를 보자마자 B의 직감이 요란하게 아우성쳤다.

저기다. 저곳에 만년필이 있다.

회원들은 홀린 듯 열린 문으로 향했다. 문 너머로 들여다보이는 풍경이라곤 죄다 어둑어둑한 실루엣들뿐이었는데, 들어가서 천장을 올려다보니 전등은 없고 거미줄만이 그득했다. 가운데에 유독 거미줄도 없고 깨끗한 원 모양의 자리가 있는 걸 보니 불과 얼마 전에 전등을 떼어낸 것 같았다.

창고 내부는 생각보다 넓었지만 책상, 노트북, 책, 즉석 밥, 레토르트 음식, 전자레인지, 달력, 표지가 다 헤진 공책 등등 온갖 잡동사니가 그득 쌓여 있어서 회원들까지 들어가니 빈공간이 완전히 없어졌다. 잡동사니들 중에서도 가장 많은 공간을 차지하고 있는 물건은 창고 가운데에 놓인 물체였는데, B는 한참을 관찰한 후에야 그것이 담요를 덮은 수술대라는 걸 깨달았다. 수술대 하면 떠오르는 평평한 안마매트 같은 생김새와 대비되게 환자가 눕는 부분을 비스듬하게 세워놓은 탓에 금방 알아보지 못한 것이다.

지금은 천장과 30cm 정도의 거리를 사이에 두고 있지만, 매트를 원래대로 눕혀놓으면 수술대의 높이는 회원들의 배꼽에나 겨우 닿을 것 같았다.

"이것 봐. 이걸로 높이를 조절할 수 있나 봐."

햄버거가 수술대 매트 밑에 달린 레버를 가리키자 회장이 혀를 찼다.

"그것보다 이게 왜 여기 있는 건지 궁금하단 생각은 안 드냐? 틀림없이 황문교가 갖다 놓았을 텐데."

"몰라, 그딴 거 알 게 뭐야. 우릴 여기다 눕혀놓고 해부라도 할 작정이었나 보지, 뭐."

"재수 없는 소리 좀 하지 마."

회장이 기겁을 하며 수술대를 걷어찼다. 그러자 수술대의 몸체가 들썩거리고, 덮어놓은 담요가 툭 떨어졌다. 위태롭게 매달려 있던 낙엽이 떨어지듯이 지극히 자연스럽고 예측 가능한 현상이었지만, 이어서 드러난 광경은 마치 사람의 목이 떨어지는 장면을 눈앞에서 목도한 것과도 같은 충격을 가져다주었다. 회원들에게 수술대의 용도가 무엇인지 단박에 깨우쳐줄, 그런 충격을.

"아."

B가 외마디 탄식을 내질렀다. 허둥지둥 담요를 줍던 회장도 눈을 동그랗게 뜨곤, 탄식 아닌 탄식을 뱉었다. 그는 감전이라도 당한 사람처럼 황급히 담요를 내던지더니, 엉덩방아를 찧고 어린애처럼 울기 시작했다.

"아, 아아……. 아아아아아아아……."

회장의 목에서 신음이 흘러나왔다. 누군가가 목을 조르는 통에 나오던 비명도 도로 목구멍으로 역류하는 듯한 소리였다. 가죽 벨트로 수술대에 꽁꽁 묶인 만년필이 꺽꺽거리며 우는 회장을 멀겋게 내려다보았다. 그도 회장처럼 울음을 터뜨릴 것 같은 표정이었으나, 머리에 벽돌과 결합된 대못이 박힌 데다 무언가로 얻어맞은 듯 이마가 깨져버린 탓에 아무런 소리도 내지 못했다. 그저 말없이 관자놀이에서 피를 쏟아낼 뿐이다.

수술대는 해부용이 아니었다. 만년필의 사형을 집행하는 용도였던 것이다.

"뭔가 이상한데."

비명과 울음소리가 난무하는 와중, 홀로 초연한 표정인 AB가 말했다. 회장의 곁에서 주먹을 꽉 쥐고 구토를 참던 햄버거도 겨우 입을 열었다.

"맞아. 총으로 쏴 죽이면 될 걸, 굳이 이런 벽돌을 쓴 건 이상해. 완전 질 나쁜 짓이야."

"그것도 그렇지만……."

AB가 말을 끊고 만년필의 얼굴을 노려봤다. 무언가 하고 싶은 말이 있는데 애써 참고 있는 듯했다. 이윽고 그는 혼자서 창고 여기저기를 쏘다니더니, 잡동사니들 틈에서 소음기가 달린 엽총을 찾아냈다. 탄창이 있어야 할 곳이 텅텅 빈 엽총을.

"봐요, 이건 진짜 이상한 일이에요."

AB가 회원들의 눈앞에서 총을 흔들어대며 말했다. 그러곤 이것뿐만이 아니라는 듯, 누구도 관심 가지지 않았던 노트북을 향해 성큼성큼 다가가 전원 버튼을 눌렀다.

"너 지금 뭐 하는 거야?"

"기다려보세요. 황문교가 우릴 계속 감시하고 있었다면, 이 노트북이 감시 카메라를 연결해놓은 유일한 수단일 거예요. 시체는 휴대폰은 가지고 있지 않았고 여기에도 휴대폰 같은 건 안 보이니까. 그런데 그 황문교는 죽었고, 노트북은 지금 꺼져 있죠. 어쩌면……."

AB가 말을 흐렸다. 그러는 와중에도 노트북의 화면은 여전히 암전 상태였다. AB가 다시 전원 버튼을 눌러도 보고, 모니터를 쾅쾅 두드려도 봤지만 소용없었다. 완전히 고장나버린 것 같았다.

"……봐요, 진짜 이상한 일투성이죠? 누가 노트북을 고장 낸 걸까요? 제 생각엔 황문교가 한 짓은 아닌 것 같은데."

애써 분노를 참아내는 것처럼 한 음절 한 음절 꾹꾹 힘을 준 말투에 햄버거는 입을 다물었다. 다른 회원들도 마찬가지였다.

침묵만 흐르던 와중 빗방울이 툭툭 지면을 두드리는 소리가 들려오고, B는 심장이 멎어버리지 않도록 가슴을 세게 움켜잡았다.

우리가. 우리 중에. 또 다른 살인범이. ……내가 아닌.

"일단 돌아갈까요. 여긴 우산도 없는 것 같은데."

과장되게 명랑한 AB의 목소리가 B의 공상을 깨뜨렸다. 딱히 B에게만 한 말은 아니었지만, B는 본능적으로 고개를 끄덕였다.

# B7

어둑어둑해진 하늘이 폭우를 마구 흩뿌렸다. 늦가을치곤 이렇게 쏟아지는 날이 없었는데, 며칠 내로 폭풍우가 북상할 예정이라던 황문교의 말이 허풍은 아니었나 보다. 창밖으로 진녹색 머리칼을 길게 드리운 나무들이 스스스스 곡소리를 내고, 고왔던 모래가 진흙이 되어 녹아내리는 으스스한 풍경을 내다보던 B는 문득 어깨를 부르르 떨었다. 창가에 서 있기만 해도 밖의 한기가 고스란히 손끝에 전해져오는 느낌이 든 탓이다.

짧은 시간 동안 시체를 둘이나 마주해 기가 허해진 걸까. 비 구경에 질린 것은 둘째치고, 시체가 발목을 잡아채는 끔찍한 상상이 떠올라 덜컥 겁이 난 B는 창가에서 떨어져 둥그렇게 모여 앉은 회원들 틈으로 파고들어가 앉았다. 평소 같았으면 시체보다 네 얼굴이 더 무섭다고 놀렸을 회원들이지만, 지금은 아무도 우스갯소리를 내지 않았다. 그도 그럴 것이, 비를 피해 다시 산장 3층으로 돌아온 회원들은 하나같이 혼이 쏙 빠진 낯을 하고 있었다. 누굴 놀려주기는커녕 제정신을 유지하는 것조차 벅차다고 토로하는 얼굴들이다.

남다른 생존 욕구로 버티고는 있지만, 막막한 심정인 건 B도 마찬가지였다. 눈을 떠보니 웬 괴한한테 납치당했고, 자살한 줄 알았던 사과가 알고 보니 동아리 회원들 중 누군가한테 살해당한 거라는 사실을 알게 됐고, 어찌어찌 탈출할 기회가 생겼는데 납치범과 만년필이 죽은 걸로도 모자라, 이젠 비까지 내린다. 그야말로 도저히 이해할 수 없는 일들의 연속이었다. 그나마 AB가 침착하게 머리를 굴리는 중이긴 하나, 상황은 꽤 심각하다. AB를 제외한 다른 회원들은 완전한 패닉 상태였다.

“그래도 섣불리 하산하지 않고 만년필부터 찾아다닌 게 불행 중 다행이야. 하마터면 우리까지 싹 다 죽을 뻔했어.”

AB가 조심스럽게 정적을 깼다. 회원들의 기운을 북돋아주려는 양, 평소보다 몇 배는 더 부드러운 어조였다. 몇몇 회원들이 AB의 얼굴로 시선을 돌리자 AB는 더더욱 상냥한 투로 말을 이었다.

“다들 많이 놀랐겠지만, 이럴 때일수록 냉정하게 생각해야 해. 남은 사람들은 살아야지. 물론 나라고 해서 만년필이 죽은 게 슬프지 않은 건 아니야. 하지만 언제까지나 슬퍼하고 있을 수만은 없잖아. 손 놓고 있다 우리까지 허무하게 죽임을 당할 순 없어. 그건 죽은 사람한테도 실례인 일이라고.”

“참나, 우리가 죽을 일이 뭐가 있겠어. 그 둘을 죽인 살인범은 이미 죽어버렸는데.”

누군가의 날카로운 대꾸에 AB가 눈을 가늘게 떴다. 심기가 불편해질 때마다 나오는 버릇이었다. 이윽고 AB를 포함한 모두의 눈이 O에게로 향했다. 코를 한 번 훌쩍인 O는 뭘 그리 놀라느냐고 말하듯 어깨를 으쓱했다.

"뭐? 너 그게 무슨 뜻이야?"

"무슨 뜻이긴. 말 그대로야. 두 사람을 죽인 살인범은 이미 죽었는데, 우리가 죽을 일이 뭐가 있겠냐고."

"살인범이 죽었다니? 지금 만년필이 살인범이라고 말하고 싶은 거야?"

"아니. 그쪽이 아니야. 내가 처음부터 계속 말했잖아, 우리가 주목해야 할 건 총을 든 남자라고."

"……황문교? 그 사람이 만년필을 죽인 거라고?"

O가 고개를 끄덕임과 동시에 AB가 헛웃음을 터뜨렸다. 기가 차서 웃음만 나온다는 투였다.

"그러니까 네 말은, 그 사람이 만년필의 머리에 못을 박아 넣어 죽이고, 자기 몸엔 아무런 외상도 내지 않고 자살한 거라고?"

"그래. 뭐, 무슨 문제라도 있어?"

"많지. 그 사람은 끽해봐야 일개 스토커일 뿐, 살인범이 될 수는 없어. 황문교한텐 인질을 죽일 만한 동기가 없잖아."

"동기가 왜 없어. 인질이 사과를 죽인 살인범이라서 그놈을 죽이고 자기도 자살한 걸 수도 있잖아. 애초에 황문교는 범인이 누군지 이미 알고 있었다며? 그래서 네가 아니라 만년필을 인질로 데려간 걸 수도 있지. 아무도 모르게 죽여버리려고."

"아니, 아니야. 만년필은 사과를 죽일 만한 동기도 뭣도 없는 놈이었어. 게다가 네 말대로 만년필이 사과를 죽인 살인범이었다고 쳐도 문제가 생기는 건 매한가지라고. 황문교가 정말 만년필을 죽이고 자살한 거라면 저런 형태로, 굳이 계단에서 죽지는 않았을 거야. 창고에서 만년필을 죽인 다음 총구를 물고 바로 방아쇠를 당기면 그만이니까. 그런데 아까 너도 봤다시피 총에 들어 있던 탄창은 사라져 있었어. 황문교가 빼내서 버렸을 리는 없고, 황문교를 죽인 누군가가 가져갔다고 하는 게 더 자연스럽지. 그리고 자살이라면 목을 매든 손목을 긋든 눈에 띄는 외상이 하나쯤은 있어야 하는데, 황문교의 몸에 난 상처라고는 손가락을 찔린 자국밖엔 없었잖아. 그마저도 죽은 후에 찔렸을걸. 핏방울이 흐른 자국이 없었으니까, 사후 피가 굳어갈 때쯤 찔린 게 분명해. ……넌 여전히 철없는 현실 부정이나 하고 있는 거야. 이곳에 살인범이 둘이나 있다는 사실을 믿고 싶지 않아서."

"잠깐, 살인범이 둘이라니? 왜 두 명인데?"

조용히 듣고만 있던 햄버거가 얼빠진 얼굴로 끼어들었다. AB는 잠시 햄버거를 쳐다보더니, 머리 나쁜 아이에게 설명해주듯 차분한 어조로 대답했다.

"4년 전에 사과를 죽인 살인범이 하나, 만년필과 황문교를 죽인 살인범이 하나 있으니 둘이죠."

"그 둘이 동일인물일 가능성도 있는 거잖아."

"아뇨. 사과를 죽인 범인은 사과한테 원한이 있었지, 우리한테 원한이 있던 게 아니라고요. 그러니 그놈이 황문교랑 만년필을 죽였다는 건 부자연스럽죠. 자기를 납치한 황문교를 죽일 수는 있어도, 만년필까지 죽일 필요는 없어요. 그러니 살인범은 둘이라고 보는 게 맞아요."

"……그러니까 네 말은, 우리 중에 황문교랑 만년필을 죽인 사람이 있다는 거야? 게다가 사과를 죽인 사람까지도."

"맞아요. 이제 좀 이해가 되시나 보네. 다른 사람들도 다 이해했어?"

AB가 회원들을 둘러보며 미소 지었다. B는 여전히 머리가 터질 듯 혼란스러웠지만, 대충 알아들은 척 고개를 끄덕였다.

"그런데 우리 중에 살인범이 있을 수가 있나? 손 결박이 풀려 있었다곤 해도, 황문교가 문을 열어두고 갔다는 사실을 아는 사람은……. 없었잖아."

A가 AB에게 설명을 요구하는 듯한 눈빛을 던졌다. 씩 곤란한 표정을 짓기도 잠시, AB는 곧 시원스레 답을 내놓았다.

"처음부터 황문교와 짜고 우릴 감금해둔 거라면 가능하지. 우리 사이에 황문교의 공범이 하나 숨어 있는 거야. 생각해 봐, 우린 납치당할 당시의 상황을 전혀 기억하지 못하잖아. 그놈이 우릴 납치할 수 있게 수를 써둔 게 아닐까. 술에 약이라도 탔다던가."

"고, 공범? 왜 그런 짓을 하는 건데?"

"……글쎄. 나야 모르지. 난 공범이 아니니까. 그래도 굳이 그 사람의 목표를 추측해보자면……. 아마도 여기 있는 사람들을 전부 죽이려는 것 같은데."

AB의 말이 끝나자마자 회원들이 입을 떡 벌렸다. B도 경악한 채 아무렇지도 않은 낯으로 충격적인 말을 내뱉은 AB의 입을 빤히 응시했다.

여기 있는 사람들 전부를 죽인다니. 황문교까지 죽어버린 마당에 혼자서 그게 가당키나 한 일인가.

"씨, 불길한 소리 하지 마. 괜히 겁주지 말라고."

O가 정색하며 어깨를 떨었다. AB는 왜 자기한테 큰소리냐는 양 눈을 치떴다.

"불길한 소리가 아니야. 머리가 잘 안 돌아가나 본데, 지금 우리가 처한 상황은 최악 중에서도 최악의 경우라고. 범인은 왜 황문교를 죽인 걸까? 자기 공범까지 죽인 걸 보면 제정신이 아니거나, 황문교랑 의견이 맞지 않았거나 둘 중 하나일 텐데. 내 눈엔 어느 쪽이든 둘 다 위험해 보이거든. 우린 그 위험한 놈이랑 한 곳에 갇혀 있는 거고."

AB가 낮은 목소리로 읊조렸다.

갇혔다. 그 단어 하나만이 B의 머릿속을 거듭 맴돌았다. 확실히 회원들에겐 저 폭우를 뚫고 갈 수 있는 우산도, 차가운 빗방울로부터 몸을 보호해줄 우비도 없다. 밤중에 산을 내려가게끔 도와줄 손전등이나 등산 도구 같은 물건도 없다. AB의 말처럼 회원들은 살인범과 함께 산장에 갇혀버린 것이다.

무거운 침묵이 회원들의 어깨를 짓눌렀다. 심상치 않은 분위기에 AB도 입을 다물고, 복도 끝 창문으로 시선을 돌렸다. 회원들에게 저마다 경악할 시간이 필요하다는 걸 아는 것처럼.

B는 눈을 감고 이를 악 물었다. 이젠 A에게 살인 누명을 씌우는 게 문제가 아니다. 까딱하면 만년필 다음은 자신이 될 수도 있으니까.

# B8

"난 저 방으로 할래."

햄버거가 2층 복도 가운데에 자리한 방을 가리켰다. 문의 크기를 보니 다른 방들보다 좀 더 크고, 넓은 방 같았다. 커다란 엉덩이를 실룩거리며 방을 향해 내달리는 햄버거의 뒷모습을 지켜보던 O가 팔꿈치로 AB의 옆구리를 쿡 찔렀다.

"너 이 자식, 2층 열쇠는 또 언제 찾아낸 거냐? 기특해, 아주."

"총 찾으려고 여기저기 둘러볼 때 발견한 거지, 원래는 찾을 생각 없었어. 운이 좋았지."

AB가 미간을 찌푸리며 제 옆구리를 매만졌다. 그러거나 말거나 O는 아주 만족스러운 기색이었다. 오랜 시간 결박되어 있던 탓인지 활동 범위가 넓어졌다는 사실만으로도 기분이 좋아진 모양이다.

"아무튼 잘됐어. 납치범도 죽었겠다, 이제 이 건물은 전부 우리 차지인 거 아냐."

"그렇다고 해서 여기 쭉 눌러앉을 생각인 건 아니지?"

"당연히 아니지. 그래도 입 돌아가서 죽을 일은 없을 테니까 다행이다. 오늘은 간만에 이불 덮고 자보겠네."

"뭐, 얼어 죽을 일은 없겠지. 다른 이유로 죽을 수는 있겠지만."

터덜터덜 돌아오는 햄버거를 본 AB가 묘한 표정으로 말을 흐렸다. 이번만큼은 O의 얼굴도 어두워졌다. 회장이 '이번에도 마찬가지냐'고 묻는 듯한 눈빛을 보내자 햄버거가 고개를 끄덕였다. B를 포함한 다른 회원들도 실망감을 감추지 못하고 한숨을 푹 내쉬었다.

"씨발, 뭐 이런 곳이 다 있냐. 수도도 멀쩡하고 냉장고도 있고 속옷도 있는데 왜 방마다 그 빌어먹을 잠금장치만 없는 거냐고. 좆같네, 진짜."

"진정해. 그래도 전기 코드 같은 걸로 문을 막아놓을 순 있을 것 같았어. 아무리 살인범이라고 해도 막힌 문을 뚫고 들어오진 못할 거야."

"그런 식으로 말하지 마. 살인이 또 일어날 거라고 단정 지어놓은 뉘앙스잖아. 이미 한 놈 뒤졌는데, 우리 중에 또 누가 뒤져야 한다는 거야? 이런 곳에서 정체도 모르는 미친놈 손에 죽는 건 절대 사양이야."

회장이 짜증스럽게 쏘아붙였다. 그는 습관적으로 바지 주머니를 뒤져 담배를 찾았지만, 손에 잡히는 게 아무것도 없자 눈을 부라렸다.

"야, 그거 말고 다른 건 뭐 없어? 다른 방이랑 비교했을 때 특별히 더 눈에 띄는 점."

"그런 건 없고 공통점은 하나 있는데. 저 방도 안 쓰는 전선 같은 게 널려 있더라. 텔레비전 선이나 청소기 선 같은 거. 베개 커버랑 베개랑 크기가 안 맞는 것도 똑같고, 먼지도 좀 많아."

"에이, 씨. 그럴 줄 알았어. 괜히 기대했네."

"아무튼 이걸로 방은 다 정한 거지? 나랑 얘가 2층이고, 나머지 애들은 다 3층 방이었나?"

햄버거가 머리를 긁적이며 묻자 A가 고개를 끄덕였다.

"맞아요. 그런데 버려진 산장치곤 나름 구색을 다 갖춰놨네요. 방마다 룸웨어랑 속옷도 있고, 냉장고에 음식도 들어 있고. 우릴 계속 복도에 묶어놓을 셈이었다면 이렇게 정성들여 준비해둘 필요는 없었을 텐데."

"이것도 다 계획의 일부인 거겠지. 내가 먼저 나서긴 했지만, 공범은 처음부터 황문교와 협상하는 척하며 우리 결박을 풀게 만들 속셈이었을 거야. 그래야 자기도 움직이기 편해지니까."

AB가 중얼거렸다. 입 밖으로 소리를 내진 않았지만, B도 그의 생각에 동의했다. 어쩌면 그 공범이란 녀석은 태풍이 올 시기마저 적절하게 계산해놓고 회원들을 옴짝달싹 못하는 처지로 만들어놓은 건지도 모른다. 비현실적인 가정이긴 하지만, 지금까지 겪은 일들 역시도 충분히 비현실적이지 않던가. 4년간 치밀하게 살인만을 준비해온 놈이라면 어떤 미친 짓을 저지른다 해도 이상하지 않을 것이다.

"할 일 더 없으면 오늘은 이만 쉬는 게 어때. 생각을 너무 많이 했더니 머리 아파."

엄지로 관자놀이를 문지르려던 회장이 어설프게 손을 내리며 말했다. 머리에 못이 박혀 죽은 만년필의 시체가 떠오른 모양이었다. 햄버거도 입이 찢어져라 하품을 하며 회장을 거들었다.

"맞아. 배도 고프고, 오줌 지린내 때문에 기분 나빠. 빨리 들어가서 씻고 싶어."

"그럼 오늘은 각자 맡아놓은 방에서 푹 쉬는 걸로 하죠. 비가 금방 그칠 것 같지도 않으니까."

AB가 썩 내키지 않은 얼굴로 말했다. 보아하니 황문교와 만년필을 죽인 사람에 대해 토론하고 싶어 하는 기색이었으나, 피로에 전 회원들을 보고 마지못해 한 수 접어준 모양이다.

회장은 참으로 오랜만에 편안해 보이는 표정으로 손을 내저었다.

“자, 얘기 다 끝났으면 이제 해산! 다들 간만에 푹 쉬라고.”

보일러도 작동이 되는 건지, 샤워기에선 냉수뿐만 아니라 펄펄 끓는 온수도 흘러나왔다. 오줌으로 축축해진 속옷과 바지를 벗어던지고 뜨끈한 물을 몸에 끼얹으니 살인범이고 뭐고 온몸의 긴장이 눈 녹듯 녹아내리는 것 같다. 기분 좋게 샤워를 마친 B는 콧노래를 흥얼거리며 샤워가운을 걸쳤다. 뽀송뽀송한 가운의 감촉이 새 이불을 두른 것처럼 포근하게 느껴졌다.

욕실을 나선 B는 냉장고에서 맥주를 꺼내 유통기한도 살피지 않고 벌컥벌컥 들이켰다. 짜릿한 알코올이 목으로 넘어가자 텅 빈 위장이 후끈해졌다. 목을 축였으니 이젠 배도 채워야 할 시간이다. 냉장고를 뒤져보니 김밥, 핫바, 죽, 통조림 등의 음식이 즐비했다. 잠깐 고심하던 B는 김밥을 꺼낸 뒤 냉장고 문을 닫았다. 찬장을 빽빽이 채운 컵라면과 같이 먹을 요령이었다.

뜨거운 물을 받으러 복도에 있는 정수기로 향하려던 순간, 어떤 물체가 B의 눈길을 사로잡았다. 새하얀 침대 위에 놓인 어떤 새카만 물체가. 이불 틈에 파묻혀 있어서 잘 보이진 않았지만, 욕실에 들어가기 전까지만 해도 보이지 않던 물건이었다.

손에 든 김밥도 떨어뜨린 채, B는 천천히 침대 곁으로 다가갔다. 물건의 형체가 점차 또렷해질수록 호흡이 가빠지고 세상이 온통 노랗게 물들어가는 기분이었다.

물건의 정체는 못이었다. 녹이 슬고 피로 범벅이 된 못.

# A13

누가 이런 질 나쁜 장난을 친 거지?

A는 침대 위에 놓인 벽돌을 허망하게 응시했다. 절대로 그럴 리는 없겠지만, 모서리에 점점이 피가 묻어 있는 벽돌은 틀림없이 4년 전의 바로 그 적벽돌이었다. 욕실에 들어가기 전까지만 해도 저런 물건은 없었는데, 대체 저게 어디서 튀어나온 걸까. 회원들 중 한 명이 가져다 놓은 걸까. 하지만 누가, 어디서 이런 벽돌을 구했단 말인가.

순간 만년필의 머리에 박혀 있던 벽돌이 떠올라 먹은 걸 전부 게워내고 싶은 충동이 들었다. 다급히 입을 틀어막은 A는 방문이 빈틈없이 잘 닫혀 있는지 확인하고, 문고리와 침대 다리를 연결한 전선의 매듭을 더 단단히 묶었다. 얼굴에서 식은땀이 비 오듯 쏟아지기 시작했다.

혹시 창고에 있던 그건…… 내 범행을 암시하는 물건이었던 건가. 공범은 A에게 경고하기 위해 만년필을 죽이고, 예고 차 벽돌을 가져다 놓은 걸까? 본인은 4년 전에 A가 한 일을 알고 있고, 사과에게 했던 짓을 똑같이 대갚음해주겠다는 뜻으로. 그렇다면 만년필에 이어 수술대 위에 눕게 될 사람은 머지않아 A가 될지도 모른다. 그 미친놈의 살인은 아직 끝나지 않았다. 적어도 A가 죽기 전까지는 끝나지 않을 것이다.

가엾은 만년필……. 살인범을 대신해서 살해당하다니. 그는 사과와는 정말 아무런 접점도 없는 친구였는데. 황문교한테 선택 당했다는 이유 하나만으로 억울하게 죽고 말았다. 다만 그가 인질로 잡혀가지 않았더라면 AB가 대신 살해당했을 거라는 생각이 들자 한편으론 마음이 놓이기도 했다. A는 물론 다른 회원들에게도 냉철한 AB보단 만년필이 죽는 게 더 이득이었다. 궁지에 몰린 상황에선 침착하게 리더 역할을 수행해줄 사람이 필요한 법이니까.

……아니, 지금 무슨 망측한 생각을 하고 있단 말인가? 사람의 목숨을 저울질하다니.

A는 자신의 양 뺨을 짝 소리 나게 두어 번 쳤다. 정신 차리자. 그 어떤 극한 상황에 처한다 해도 인간으로서의 존엄성을 잃어서는 안 된다. 이러면 정말 살인범과 다를 바 없지 않은가. 그날 있었던 일은 명백히 사고였고, A는 동아리 친구를 죽인 극악무도한 살인자 따위가 아니었다. 적어도 지금은 그렇게 믿고 싶었다.

"야, 너 뭐 해? 화장실에 있냐?"

방문 너머로 햄버거의 우렁찬 고함소리가 들려왔다. 소스라치게 놀란 A는 황급히 문으로 시선을 돌렸다. 무슨 연유에서인지, 밖에서 햄버거가 방문을 쾅쾅 두드리고 있었다.

A는 급한 대로 벽돌을 침대 아래로 밀어 넣고, 묶인 전선을 푼 뒤 문을 열었다. 그러자 미심쩍은 눈빛을 한 햄버거가 양 손에 휴대폰을 가득 든 채 서 있는 모습이 보였다.

"똥 쌌냐? 뭐 하다가 이제 열어줘?"

"알 거 없잖아요. 그런데 그거 우리 휴대폰 아니에요? 이거 다 어디서 났어요?"

A가 다소 황당한 투로 묻자 햄버거가 어깨를 으쓱했다. 그는 검은 색 케이스의 휴대폰을 골라 A에게 내밀었다. 어딘가에 부딪히기라도 한 건지 액정 화면에 금이 가 있고, 이유 모를 악취가 스멀스멀 코를 찔렀다.

"내 방 침대 밑에 놓여 있던데. 나도 얘네가 왜 거기 있었는지 모르겠다. 아무튼 이게 네 거 맞지?"

"맞기는 한데, 이거 상태가 왜 이래요? 전원이 안 켜지잖아요."

"낸들 아냐. 누구누구 씨가 망가뜨렸나 보지, 뭐. 아무튼 내 촉에 고마워해라. 내가 그 방 안 골랐으면 평생 네 폰 못 찾았을 테니까. 아니, 나보단 O한테 더 고마워해야겠네. 그놈이 침대 밑에 뭐가 있다고 말 안 해줬으면 나도 몰랐을 테니까."

"다른 사람들 것도 다 이런 상태예요?"

"어. 내 것도 전원이 안 켜져. 볼래?"

햄버거가 햄버거 모양의 케이스를 끼운 휴대폰을 흔들어 보였다. 통통한 손가락이 전원 버튼을 눌렀지만, 화면에 불은 들어오지 않았다.

"정말이네. 배터리가 다 됐나?"

"그럼 정말이지, 거짓말이겠냐. 아무튼 나중에라도 전원 켜지면 알려줘. 난 얘네 주인 찾아주러 가봐야 해서. 잘 자라."

햄버거가 손을 흔들었다.

불청객이 떠나자마자 도로 문을 막은 A는 혹시나 싶어 여러 차례 전원 버튼을 눌러보았지만 휴대폰은 켜지지 않았다.

"에이, 씨. 좋다 말았네."

A는 실망감을 감추지 못하고 휴대폰을 바닥에 내던졌다. 1년간 함께 해온 정든 친구였지만, 고장 난 이상 아무런 쓸모도 없었다. 저런 납작한 물건은 호신용으로도 쓸 수가 없다. 맥이 빠져 침대 위로 드러누운 A는 멍하니 천장을 올려다봤다. 그러자 잠시 가동을 멈췄던 사고회로가 자연스레 침대 밑에 숨겨둔 벽돌의 출처로 향하기 시작했다.

누가 A의 방에 침입해 벽돌을 두고 간 걸까? 죽은 만년필과 황문교는 자연스럽게 용의자에서 제외되고, 남은 건 회장, 햄버거, B, O, AB다. 이 다섯 명 중에서 A가 했던 짓을 알아차릴 수 있는 사람은 B밖엔 없다. 그래……. 범인은 B일 것이다. B는 유독 A만 집요하게 의심하고 있었으니까. 황문교의 공범 노릇을 한 것도 그놈이 틀림없다. 그놈이 4년 전 A가 한 짓을 전부 알아차린 것이다.

이런 교활한 새끼를 봤나, 그렇다면 그 새끼는 그날 A가 교실에 숨어서 B를 지켜보고 있던 것도 알고 있었을 것이다. A가 사과를 창문 밖으로 밀어버렸다는 사실도 알고 있었을 것이다. 알면서도 그렇게 태연하게 모르는 척하며 빠져나갔던 거다. 그놈은 직접 A한테서 《폭풍》을 빌려가기도 했으니까, 벽돌을 이용한 트릭까지도 전부 다 알고 있었을 거다. 이제야 퍼즐이 맞춰진다.

이런 쳐 죽일 놈의 새끼, 이 새끼를 어떻게 조져줘야 하지? A는 자기도 모르게 어금니를 빠드득 갈았다. 다 알았으면 평범하게 경찰에 신고나 할 것이지, 왜 이딴 살인극을 벌인단 말인가. 차라리 경찰서에 붙잡혀 갔더라면 A도 군말 없이 자신의 죄목에 수긍했을 텐데. 내가 뭘 그렇게 잘못했다고 저 새끼 손에 비참하게 뒤져야 하는 거지? 생각할수록 납득이 되지 않았다. B의 방식은 선을 넘어도 단단히 넘었다. 하긴,

그러니까 미친 살인귀 역할을 자처한 거겠지.

이대로는 안 된다. AB의 말대로, 손 놓고 있다 저 새끼한테 허무하게 죽을 수는 없는 노릇이다. 이럴 때일수록 더더욱 냉정하게 생각해야 한다. 아직 B가 공범이라는 사실을 알고 있는 사람은 A밖에 없을 것이다. 살아남으려면 다른 회원들에게 B가 공범이라는 걸 알려야 한다. 우리 중 공범이 될 수 있는 사람은 지 새끼뿐이라는 합당한 증거를 찾아서. 증거도 없이 무작정 달려들었다간 되레 A가 의심받을 수 있다. 기회는 딱 한 번밖엔 주어지지 않는다. 살아남으려면 최대한 빨리, 한 번에 저 미친놈의 실체를 낱낱이 까발려야 한다.

하지만 어떻게, 무슨 수로?

끝도 없는 절벽을 내려다볼 때와 같은 막막함에 한숨이 절로 나왔다. 증거, 지금으로선 B의 살인을 밝혀내려면 A의 살인도 고백하지 않을 수 없었다. 최악의 경우엔 그런 동귀어진[1]도 노려볼 만하겠으나, 당장은 썩 내키지 않았다. A의 입에서 끙 하고 앓는 소리가 새어나왔다.

저 새끼 때문에 되는 일이 하나도 없어.

1 同歸於盡. 파멸로 함께 돌아간다는 뜻으로, 다른 사람과 같이 죽음으로써 끝장을 냄을 이르는 말.

# 네 번째 날

# B9

책상에 앉아 차가운 김밥을 씹고 있으려니 더할 나위 없이 우울한 기분이 들었다. 잿빛 하늘엔 여전히 구멍이 뚫려 있었다. 창문 너머로 거센 빗줄기를 지켜보며 기계처럼 턱 근육을 움직이던 B는 생각에 잠겼다. 어젯밤 허공에서 툭 튀어나온 녹슨 못에 대하여. 누가 볼까 싶어 화장대 서랍에 꼭꼭 숨겨두긴 했지만, 언제까지나 들키지 않으리란 보장은 없다. 못은 물론 B의 살인까지 들키기 전에 최대한 빨리 이곳에서 탈출해야 한다. 아니면 회원들 앞에서 황문교의 공범의 정체를 밝혀내던가.

공범, 바로 그 공범이 문제였다. 그놈이 이런 장난을 친 건 확실한데, 그놈의 정체에 대해선 확신이 들지 않는다. A 말고는 B의 방에 못을 가져다 놓을 놈도 없지만, 과연 이게 A의 계략인지는 쉽사리 확신할 수 없었다. 만약 A가 만년필과 황문교를 살해한 살인자라면 그 신중한 성격에 못을 두고 갔을 리는 없다. 그놈은 서로가 서로를 범인으로 지목한 마당에 굳이 희생양이 경계할 틈을 줄 필요는 없다고 생각할 테니까.

하지만 A가 아니라면 누가 공범일까. 누가 또 B의 살인을 알고 있단 말인가?

벌레 씹은 얼굴로 김밥을 삼킨 B는 종이컵에 생수를 따라 마셨다. 아침 식사도 다 마쳤으니 슬슬 1층 로비로 내려갈 시간이었다.

계단을 내려가니 다른 회원들은 이미 로비에 모여 있었다. O를 제외한 모두가 B처럼 하의만 룸웨어로 갈아입은 상태였다. 가장 마지막으로 내려온 B는 조금 머쓱하게 원 모양으로 둘러선 회원들 곁으로 다가갔다. O와 귓속말을 나누던 햄버거가 있지도 않은 손목시계를 내려다보는 척하며 농담을 던졌다.

"늦었잖아. 지금 시간이 몇 신데."

"그것 참 미안하게 됐네요."

"됐어, 우리도 온 지 얼마 안 됐으니까. 다들 모였으면 황문교의 공범, 즉 만년필과 황문교를 살해할 수 있었던 사람이 누구였는지 얘기해 보자고. 뭐 짐작 가는 거 있는 사람?"

AB가 회원들의 얼굴을 둘러보자 회장이 얼빠진 표정을 지었다.

"뭐야, 우리 그거 얘기하려고 모인 거였어? 이제부터 뭘 어떻게 해야 할지 앞으로의 계획을 세우는 게 아니라?"

"그게 이 얘기잖아요. 앞으로 뭘 할지에 대한 계획이나 어떻게 공범을 알아낼지에 대한 계획이나. 다를 게 뭐 있어요."

"아니, 아니지. 둘은 완전 달라. 솔직히, 여기서 나가기만 하면 공범이고 뭐고 신경 쓸 필요 없잖아. 그런 건 탈출한 다음에 경찰한테 맡기면 돼. 사과를 죽인 범인도 마찬가지야. 애초에 우리 직업은 작가지, 탐정이 아니란 말이야. 우리 힘만으로 살인범을 찾아내는 건 불가능하다고. 쓸데없이 힘 빼지 말고 그냥 비가 그칠 때까지 기다리는 게 어때.

그 편이 더 효율적일걸."

햄버거가 대화에 끼어들었다. AB는 노골적으로 싫다는 티를 냈다.

"그건 위험이 커요. 애초에 누가 공범인지도 모르면서 안심하고 탈출할 수 있겠어요? 그놈이 또 우릴 납치하지 않을 거란 확신이 있냐고요?"

"그래서 뭐, 우리더러 뭘 어쩌란 건데. 우리가 무슨 셜록 홈즈도 아니고, 우리끼리 살인 사건을 감당할 수 있다고 생각해? 애처럼 굴지 말고 현실적으로 생각해보라고. 남은 사람들은 살아야 할 거 아냐."

"살기만 하면 다인가요. 게다가 우리한텐 사과를 죽인 사람과 만년필을 죽인 사람의 정체를 밝혀내야 할 의무가 있어요."

"미친 살인귀가 활개치고 다니는 산장에서 말이냐? 그렇게 살인범을 찾고 싶으면 너 혼자 실컷 찾아. 괜히 애먼 사람들까지 끌어들이지 말고."

날카로운 대꾸에 AB는 입을 다물었다. 반박할 의지를 완전히 잃은 것 같았다. B를 포함한 다른 회원들이 햄버거의 의견 쪽으로 마음이 기울었다는 걸 눈치 챈 걸까. 한참을 말이 없던 그는 이윽고 고운 미간을 찌푸렸다.

"그래요. 마음대로 하세요. 범인은 저 혼자 찾을 테니까."

"잠깐, 기다려. 선배 말도 틀린 건 아니잖아. 그냥 우리 같이……."

A가 뒤늦게 AB를 불렀지만 AB는 들은 척도 하지 않았다. 홱 돌아선 AB는 일말의 미련도 없이 성큼성큼 계단을 올라가버렸다. 회장이 그의 뒷모습을 쳐다보며 쯧쯧 혀를 찼다.

"저 자식도 은근히 성깔 있단 말이지. 친구가 부르는데 뒤도 안 돌아보고 가는 것 좀 봐라."

"제가 가서 데려올까요?"

"됐어, 내버려 둬. 자기 혼자 범인을 찾을 거라잖아. 우린 여기 쓸 만한 물건이라도 있나 뒤져보자고. 어쩌면 이 산의 등산로를 그려놓은 약도 같은 게 있을지도 몰라."

햄버거가 간만에 긍정적인 투로 말했다. 그래도 A는 여전히 AB가 신경 쓰이는 듯 계단을 곁눈질했다. 중학생 때부터 유난히 AB랑 친했던 놈이었으니 딱히 이상한 일은 아니었다. 그런데 왜일까, A의 시선에 다른 의도가 숨어 있는 것 같은 건……. 혹시 자기가 한 짓을 AB가 알아챌까 봐 마음을 쓰는 건 아닐까. AB를 시야에 두려는 것도 그의 추리를 방해하기 위해서라면? 저놈은 그런 식으로 머리를 굴릴 법도 했다.

그런 의도라면 내가 좀 도와줘야지. B는 냉큼 발표하듯 손을 들었다.

"아뇨, 제가 가볼게요. 혼자 보내는 건 좀 위험하잖아요. 미친 살인귀가 활개치고 다니는 곳인데."

뜻밖의 발언에 회장이 한쪽 눈썹을 치켜 올렸다. B가 남을 걱정하는 일은 흔치 않았으니, 저런 반응을 보이는 것도 무리는 아니다. 평소보다 몇 배는 더 커진 A의 눈이 B를 향해 험악한 빛을 쏘아 보냈다. B는 묘한 승리감을 느끼며 저도 모르게 입꼬리를 올렸다.

네가 그렇게 보면 뭐 어쩔 건데, 등신아.

"어, 그럴래? 생각해보니 그놈 혼자 두는 건 좀 위험할 수도 있겠네."

"그래, 그럼 네가 가봐라. 가서 이상한 짓 못하게 잘 감시해. 걔가 공범일 수도 있잖아."

햄버거가 파리를 쫓듯 손을 흔들었다. B는 A의 얼굴을 똑바로 쳐다보며 말했다.

"네, 그럴게요."

햄버거의 걱정과 달리 AB는 자기 방 책상에 얌전히 앉아 있었다. 그는 어디서 났는지 책상 위에 종이를 펼쳐두고, 연필로 그림을 그리는 중이었다.

"뭐야, 그건?"

B가 가까이 다가오자 AB가 고개를 돌렸다.

"보면 몰라? 창고잖아."

"이것만 보고 어떻게 알아. 너 글은 몰라도 그림엔 소질이 없구나."

"시비 걸러 온 거면 꺼져. 나 지금 바빠."

"시비 걸러 온 거 아니야. 뭐 하고 있나 보러 온 거지."

"네가? 무슨 바람이 들어서?"

콧방귀를 뀐 AB는 금방 입을 다물었다. 무언가를 곰곰이 생각하는 듯했다. B는 AB가 다시 입을 열 때까지 참을성 있게 기다려주었다. 함부로 침묵을 깼다간 성질을 내며 쫓아낼 게 뻔했으니까.

다행히 AB는 B의 인내심이 바닥나기 전에 다시 입을 열었다.

"자다 일어나서 A가 그랬지? 아무 소리도 안 들렸다고."

"A가? 언제?"

"둘째 날 선배가 깨웠을 때 그랬잖아. 그렇게 고함을 쳤는데 아무 소리도 안 들렸다니, 이상하지 않아? 우리가 처음 눈을 떴을 때 두통이 있었던 것도 이상하고……."

"그게 왜 이상해? 술 마신 다음 깼으니까 당연히 두통이 있었겠지."

"아니, 아니야. 난 그날 내 주량의 반밖엔 안 마셨다고. 겨우 그 정도 마시고 머리가 아플 리 없단 말이야."

"그럼 뭐, 황문교가 우리한테 약이라도 먹였다는 거야?"

"더 정확히는 수면제일 거라고 생각해. 아마 우리가 마신 생수에도 수면제가 들어 있었을 거야. 생각해보면 이상하잖아, 목숨을 위협받고 있는 상황인데 잠이 안 와서 밤을 꼬박 새운 사람이 아무도 없다는 게. 시간이 지나며 차차 상황에 익숙해졌다고 쳐도 첫날엔 잠을 설칠 법도 했는데 말이야."

AB가 멍이 진 뺨을 긁으며 중얼거렸다. 황문교에게 얻어맞은 탓에 생긴 피멍이 그의 뺨 전체를 뒤덮고 있었다.

듣고 보니 그럴듯하긴 했지만, 수면제라니. 그건 너무 억측이 아닌가. B는 반신반의하는 심정으로 아랫입술을 베어 물었다.

"그런 것치곤 그렇게 졸리지도 않았는데. 우리가 수면제를 먹었다면 하루 종일 졸려서 정신도 못 차려야 정상 아닐까?"

"수면제가 무슨 마약인 줄 알아? 아니, 마약을 먹어도 그렇게는 안 돼. 우리가 알아채지 못하게 양을 적절히 조절했겠지. 적당히 반항하지 못할 정도로만. 어쩌면 복도에 있는 정수기 물에도 수면제를 녹여놨을지 몰라. 그리고 또 한 가지 신경 쓰이는 점이 있어."

"뭔데?"

"황문교의 시체 말이야. 이상하지 않아? 손가락에 상처만 있고, 다른 외상은 아예 없잖아. 그 사람은 대체 어떤 방식으로 죽은 걸까."

AB의 입에서 손가락의 상처 얘기가 튀어나오자 B는 급격히 말을 잃었다.

이 자식, 왜 쓸데없이 그런 점을 파고드는 거지.

"글쎄. 뒤통수를 얻어맞았다던가."

"그 사람 머리를 살펴봤는데 그런 흔적은 없었어. 상처라고는 손가락에 있던 상처가 다야. 내 생각엔 아마……. 독살인 것 같은데. 외상을 남기지 않고 죽일 방법은 그게 다니까."

"정말 상처가 그것밖에 없던 기 맞아? 네가 못 본 걸 수도 있잖아."

"내가 안경이 망가지긴 했어도 눈이 완전히 멀어버린 건 아니거든. 정말 그것밖에 없었다니까."

B의 초조한 마음을 아는지 모르는지, AB가 힘주어 말했다.

"범인이 독을 발라둔 무언가로 찔렀거나, 독살한 다음 손가락을 찔러 상처를 냈거나. 둘 중 하나야."

# B10

"그럼 네가 생각하는 범인은 누군데?"

B는 최대한 가벼운 어투로 물었다. 누굴 범인으로 지목하든 아무 상관없다는 투로. AB는 선불리 대답하지 못하고 입만 벙긋거리다 B에게서 고개를 돌렸다.

"몰라, 아직은."

"정말? 특별히 수상하다고 생각하는 사람도 없어?"

"없어. 석연치 않은 점은 있지만……."

그 말을 끝으로 AB는 입을 다물었다. 딱딱하게 굳은 얼굴을 보니 이미 B 따위는 안중에도 없이 자기만의 세계에 빠져든 듯했다. B는 한동안 AB의 옆얼굴을 쳐다보다가 말없이 방을 나왔다. 이 이상 머물러봤자 별 보람도 없을 것 같고, 소기의 목표를 이뤘으니 AB를 더 지켜볼 이유는 없었다. 무엇보다 B는 한 자리에 가만히 앉아 있는 걸 죽기보다 싫어했다. 회원들이 왜 혼자 있느냐고 물으면 AB가 추리하는 데 방해될까 봐 나왔다고 대충 둘러대야지.

B는 한결 홀가분하게 자기 방으로 돌아왔다. 손가락의 상처 얘기를 해서 혹시나 싶었는데, AB가 특별히 B만 의심하는 것 같지는 않으니

말이다.

이제 이것만 어떻게 해결하면 좋겠는데. 한숨을 푹 쉰 B는 화장대 서랍을 열었다. 홀로 서랍을 지키던 피 묻은 못이 B를 맞아주었다. 못을 숨기는 건 둘째치더라도, 이걸 가져다 놓은 놈은 어떻게 처리해야 할까. 놈은 틀림없이 B를 죽이러 올 테지만, B에게는 놈을 제압할 수 있는 어떠한 수단도 존재하지 않았다. 이런 녹슨 못으로는 놈에게 치명상을 입히기도 힘들 텐데…….

물가에 어린 핏덩어리만 홀로 두고 온 것처럼 가슴이 조마조마했다. 거칠게 서랍을 닫은 B는 초조함에 머리칼을 마구 헤집었다.

언제가 될진 모르겠지만, 누구든지 오기만 해봐라. 목을 물어뜯어버릴 테니까. 내가 어떤 심정으로 그년한테 살의를 품었는지도 모르면서, 어떤 호로새끼가 나를 단죄하려 든단 말인가. 최악의 경우엔 있는 힘껏 도망쳐 회원들을 방패막이로 삼으리라.

거울에 비친 사내가 산발을 하고 이를 가는 모습이 눈에 들어왔다. 울분에 젖어 번들거리는 눈이 꼭 독사의 눈빛을 닮아 있었다.

바로 그때, 아무런 기척도 없이 불이 꺼졌다. 난데없는 암전에 당황할 틈도 없이 정체불명의 소음이 저 복도 너머로부터 B의 방까지 전해져왔다.

삑삑, 삑삑삑…….

일정하게 폐부를 찌르는 날카로운 소리에 깜짝 놀란 B는 더듬더듬 벽을 짚어 문고리를 꼭 붙들었다. 전선으로 문고리를 묶어둘 틈은 없었으니 이렇게라도 혹시 모를 침입자의 위협에 대비해야 했다.

갑자기 이게 다 무슨 난리지. 설마 지금인가? 지금 나를 죽이려는 건가? 한 치 앞도 보이지 않는 어둠과, 알 수 없는 소음까지, 아무도 몰래 살인을 하기엔 최적의 환경인데…….

누군가가 웅성거리는 소리, 비명을 지르는 소리, 흐느끼듯 절규하는 소리가 소음과 한데 뒤섞여 아득하게 들려왔다. 무언가 불길한 일이 일어나고 있는 건 확실한데, 비장하게 다짐한 일이 무색하게도 밖으로 나가 그놈을 마주할 엄두는 나지 않았다. 살인범의 희생양으로 낙인찍혀 있는 주제에 밖에서 무슨 일이 벌어지는 줄 알고 선불리 모습을 드러내겠는가. 온통 어둠뿐인 방속에 혼자 덩그러니 남아 있자니 소음은 차츰 귓가에서 멀어지고, 스스로의 숨소리만이 적막을 메우고 있는 느낌이 들었다.

정전이 된 지도 꽤 된 것 같은데, 왜 아무도 이 사태를 해결해주지 않는 걸까? 대체 이 빌어먹을 순간은 언제 끝난단 말인가?

한참을 그렇게 문고리만 붙들고 있던 와중, B는 어느 순간 밖이 잠잠해졌다는 사실을 깨달았다. 웅성거림도, 비명도, 절규도, 그 외 각종 소음도 전부 언제부터인가 완전히 멎은 상태였다. B가 어리둥절한 얼굴로 조심스레 문고리에서 손을 떼자 어두컴컴한 방도 불빛을 되찾았다. B는 반사적으로 눈을 감은 채 미간을 잔뜩 찌푸렸다. 아무 일 없이 무사히 위기를 넘겼다는 안도감도 잠시, 머릿속에 뭉근한 의문이 피어올랐다.

누가 이런 소동을 벌인 걸까. 단순한 정전이었나? 태풍이 와서 두꺼비집에 잠시 문제가 생겼던 걸까?

"B, 거기 있어?"

갑작스런 노크 소리에 새된 비명이 튀어나왔다. 몸을 크게 움찔한 B

는 얼른 욕실로 도망치려다가, 문 너머로 들려온 목소리의 주인이 AB임을 뒤늦게 깨닫고는 그 자리에 멈춰 섰다.

"어, 왜? 무슨 일이야?"

"문 좀 열어봐. 할 얘기가 있어."

"무슨 할 얘기? 그냥 거기서 해. 별것도 아닌 것 같은데."

"……."

"뭐야, 왜 대답이 없어? 거기서 말해보라니까?"

B가 재촉했지만 AB는 여전히 말이 없었다. AB가 아닌 정체를 알 수 없는 괴한이 문 앞에 칼을 들고 서 있는 등의 불길한 상상 따위가 뇌리를 스쳤을 무렵, 마침내 AB가 입을 열었다.

"선배가 죽었어. 햄버거 선배 말이야."

# B11

"뭐? 누가 죽었다고?"

B는 그게 무슨 헛소리냐고 따질 요령으로 방문을 박차고 나왔지만, 막상 초췌한 낯을 한 AB를 보니 할 말을 잃었다. 파랗게 질린 AB의 안색은 결코 연기 따위가 아니었다.

햄버거는 정전이 일어났던 그 순간에 정말 죽은 것이다.

"……그럼 시체는 어디 있는데?"

"따라와. 다들 거기 모여 있으니까. 아, 가는 길에 O도 찾아서 데리고 가야 해."

"O? 걔는 또 어디 있는데?"

"글쎄. 선배 말로는 걔가 3층을 수색하기로 했다던데, 어쩌면 걔도……."

AB는 말을 하다 말고 한숨을 푹 내쉬었다. 어쩌면 O도 B처럼 겁을 집어먹고 어딘가로 꼭꼭 숨어버린 걸지도 모른다, AB가 삼켜낸 말은 대략 이런 것이리라.

몸을 홱 돌린 AB는 복도 곳곳을 돌아다니며 방문을 하나씩 열어 보기 시작했다. B도 AB를 따라 방 구석구석을 살피며 O의 행적을 찾왔다.

마지막으로 가장 구석진 곳에 자리하고 있는 O의 방문 앞에 다다랐을 때, 문고리를 잡은 AB의 얼굴이 당혹으로 일그러졌다.

"O, 너 거기 있는 거지? 네가 문을 막아놓은 거지?"

AB가 물었지만 답은 돌아오지 않았다. 그새 참을성이 바닥난 B는 발로 방문을 세게 걷어찼다.

"야, 문 열어. 쫄아서 우리 목소리도 까먹었냐?"

"그렇게 말하면 잘도 열어주겠다. 문 좀 열어봐, O. 할 말이 있어. 지금 아주 비상사태라고. 햄버거 선배가 살해당했단 말이야."

그래도 돌아오는 답은 없었다. B가 다시 한번 문을 걷어차려던 순간, 드르륵 하는 소리와 함께 문이 약간 열렸다. 열린 문틈으로 O가 눈을 부라렸다.

"너희가 죽여놓고 거짓말하는 건 아니지?"

"그래. 바보도 아니고, 어떤 멍청이가 살인이 일어났다는 말로 겁먹은 사람을 꾀어내려고 하겠냐."

"그럼 선배는 지금 어디 있는데? 어디서 어떻게 죽은 거야?"

"몰라. 나도 방금 들은 얘기라."

O와 B의 시선이 동시에 AB에게로 향했다. AB는 어깨를 으쓱하곤 앞장섰다.

"시체는 1층에 있어. 따라와, 이 겁쟁이들아."

목에 깊은 상흔을 간직한 햄버거는 1층 계단 앞에 쓰러져 있었다. 햄버거 패티처럼 두툼한 목에서 흘러나온 피가 웅덩이를 이루고 있는 모습을 보자 먹은 걸 다 토해내고 싶은 충동이 솟구쳤다. B는 손으로 입을 틀어막은 채 죽은 햄버거가 새우같이 몸을 둥글게 말고 옆으로 누워 있는 광경을 지켜보았다. 부릅뜬 눈은 충격과 공포로 얼룩져 사선 너머를 거니는 중이었다.

세 사람은 피바다가 된 바닥을 밟지 않게 조심조심 시체를 건너뛰었다. 살인을 마친 범인이 실수로 피 웅덩이를 밟은 건지, 시체 주변에서부터 두꺼비집이 있는 벽까지 붉은 발자국이 어지러이 찍혀 있었다.

안색이 하얗게 질린 O는 로비에 발을 딛자마자 더는 못 참겠다는 양 화장실로 뛰어 들어갔다. 나름 비위가 강한 편인 B도 간신히 버티는 중이었으니 저리 혼비백산하는 게 무리도 아니었다. 죽은 사과를 찍은 사진보다 잔혹함은 덜했지만, 햄버거의 시체는 눈앞에 놓인 실물이라는 점에서 훨씬 더 충격으로 다가왔다. 햄버거로부터 몇 발짝 떨어진 곳에서 애꿎은 벽만 쳐다보고 있는 다른 회원들만 봐도 알 수 있었다. 사진 따위를 봤을 때와는 비교도 할 수 없을 만큼 회원들이 동요하고 있다는 걸.

"그러고 보니 넌 아직 모르고 있겠네. 밖에서 무슨 일이 일어났는지."

AB가 시체를 한 번 곁눈질하곤 말했다. 마치 별일 아니라는 것처럼.

"너는 계속 방에 숨어 있느라 못 들었을 수도 있겠지만, 정전이 됐을 때 이상한 삑삑거리는 소리가 들렸었거든. 정확히는 블루투스 스피커에서 나는 알람 소리였지. 2층 비상구 계단에 있던 스피커를 회장이 발견하고 껐어. 스피커는 저기 프런트 책상 밑에 갖다놨고."

"잠깐, 잠깐. 그게 무슨 말이야? 비상구라니? 이 건물에 비상구가 있었어?"

"응, 황문교가 그랬잖아. 기억 안 나? 문이랑 비상구를 다 막아놨다고. 정작 막혀 있던 문은 3층 출입문 하나뿐이긴 했지만……. 비상구 표시도 없고 다른 방문이랑 똑같이 생겨서 그렇지, 복도 맨 끝에 하나 있더라고. 비상구니까 아마 각 층마다 하나씩 있을 거야. 뭐 하러 비상구 문을 다른 방문이랑 똑같이 꾸며둔 건진 모르겠지만."

AB가 입가에 씁쓸한 미소를 머금었다. 모르겠다고 말하긴 했지만, 그도 이미 알고 있을 것이다. 범인이 회원들에게 비상구의 위치를 숨기고자 꾸민 짓이라는 걸.

"그리고 우리가 소리의 정체를 알아내기 위해 고군분투하는 동안, 1층에서 살인이 일어났지. 스피커를 찾아내서 끄기까지 걸린 시간은 약 10분에서 20분 정도였으니 살인을 하고 몸을 숨기기는 충분한 시간이었을 거야. 선배는 목을 날카로운 물건으로 찔려서 과다출혈로 죽었어. 아니면 자기 피에 질식해서 죽었거나. 여기서 두 가지 의문점이 생기는데, 첫째는 범인이 어떻게 불빛도 없는 어둠 속에서 살인을 할 수 있었는가, 둘째는 흉기는 지금 어디에 있는가. 아, 미리 말해두는데 프런트 책상 위에 있는 가위나 커터칼은 흉기가 아니야. 제일 먼저 살펴봤지만 피도 묻어 있지 않았고 피를 닦아낸 흔적도 없었어."

"첫째는 내가 해결해줄 수 있을 것 같은데. 불빛도 없는 어둠 속이 아니었어. 불빛이 딱 하나 있었지."

회장이 발표하듯 슬그머니 손을 들었다. 그는 바지 뒷주머니에서 본인의 휴대폰을 꺼냈다.

"바로 이거야. 처음 햄버거한테 휴대폰 받았을 때, 기억나? 왠지 모르게 매니큐어 냄새랑 비슷한 역한 냄새가 났었잖아. 아까 정전이 일어났을 때 봤는데, 내 휴대폰에서 빛이 나더라고. 범인이 여기에 야광 페인트 같은 걸 발라놓은 것 같아. 그래서 불이 꺼져도 햄버거의 정확한 위치를 알 수 있었던 거지."

"하지만 선배가 고장 난 휴대폰을 굳이 몸에 지니고 다닐 이유가 있었을까요?"

"범인이 미리 언질을 줬겠지. 자기가 휴대폰을 고쳐줄 테니 꼭 가지고 있으라는 식으로. 햄버거가 굳이 혼자 1층을 수색하겠다고 나선 것도 범인이 꼬드겨서 그런 거 아닐까?"

"……그 말은 선배가 혼자 있었다는 뜻인가요? 다 같이 수색을 한 게 아니라?"

AB가 어이가 없다는 투로 따져 물었다. 회원들이 고개를 끄덕이자, 그는 겨우겨우 화를 억누르는 양 손톱이 하얗게 변색될 만큼 주먹을 세게 쥐었다.

"어떻게 그럴 수가 있죠? 우리 중 누군가는 사람을 죽인 살인범이라는 사실을 알고 있었으면서, 어떻게 그렇게 조심성이 없을 수가 있어요? 무슨 일이 있든 다 같이 움직였어야죠."

"우리라고 이런 일이 일어날 줄 알았겠냐. 정전은 정말 꿈에도 생각 못했다고. 그리고 본인이 혼자 가겠다는데 뭘 어떡해."

"예, 참 잘하셨네요. 두 명, 아니, 근처에 딱 한 명만 더 있었어도 선배는 죽지 않았을 거예요. 살인을 막을 수 있었을 거라고요."

회장은 말없이 고개를 숙였다. 햄버거의 죽음에 책임이 있다는 사실을 인정하는 것처럼. 다른 회원들도 AB와 눈이 마주치지 않게 시선을 피했다. AB가 누구 하나를 잡아먹기라도 할 것 같은 얼굴로 씩씩대고 있는 탓이다.

분에 못 이겨 이리저리 주변을 맴돌던 AB는 애꿎은 프런트 책상을 걷어찼다. AB가 특유의 차분함을 되찾은 건 몇 분이 더 지난 후였다.

"우리가 같은 수법에 또 당할 멍청이들은 아니지만, 혹시 모르니까 두꺼비집에 파우더를 바른 테이프라도 붙여놓는 게 어때. 다른 방엔 있을지 없을지 모르겠는데, 내 방 화장대 서랍엔 베이비파우더가 들어 있었거든. 그걸 이용하면 누가 두꺼비집에 손을 대서 정전이 되더라도 지문이 남을 테니, 이곳을 나가기만 한다면 그 지문을 가지고 범인이 누구인지 금방 추려낼 수 있을 거야. 그리고 당분간은 다들 휴대폰을 가지고 다니지 않는 게 좋을 것 같아. 범인이 페인트를 발라둔 것 외에 다른 공작을 해놓았을지도 몰라."

"그래, 내가 파우더를 가져올게."

AB의 눈치를 살피던 A가 기다렸다는 양 계단을 뛰어올라갔다. 정말이지 예나 지금이나 남 비위 맞춰주는 것 하나는 끝내주게 잘하는 녀석이라고, B는 생각했다.

베이비파우더와 스카치테이프를 들고 돌아온 A는 곧장 프런트 근처 벽면에 붙어 있는 두꺼비집으로 다가가 작업을 개시했다. A가 공범을 향한 덫을 놓는 동안, AB는 정전이 됐을 당시 회원들의 위치를 특정하기 시작했다. 때마침 1층 화장실에 틀어박혀 있던 O도 돌아왔다. 놀란 O의 시선이 바쁘게 프런트와 회원들을 오갔다.

"뭐야, 이 썰렁한 분위기는? 너희 싸웠어?"

O가 눈을 둥그렇게 뜨고 물었다. AB는 '여태 뭘 하다가 이제 온 거냐'고 꾸중하는 눈빛으로 O를 쳐다봤다.

“다행히 늦지는 않았네, 아주 중요한 얘기를 하려던 참이었는데. 지금부터 정전을 일으킬 수 있었던 사람이 누구였는지 추려낼 거야. 그러려면 각자 정전이 일어나기 전까지 뭘 했는지에 대한 설명이 필요해. 우선 나는 정전이 일어나기 전부터 쭉 3층에 있었어. 내 방에 처박혀서 누가 만년필을 죽였을지, 만년필의 죽음에 다른 수상한 점은 없는지 생각하는 중이었지. B도 그 모습을 보긴 했지만 처음부터 끝까지 지켜본 게 아니라 내가 확실히 내 방에만 머물러 있었다는 사실을 증명해줄 수 있는 건 아니야. 다른 용건이 있었는지 금방 어디론가 가버렸거든.”

“용건이 있던 게 아니라 잠깐 내 방 화장실에 갔던 거야. 배가 너무 아파서. 볼일만 다 보고 다시 가려고 했어.”

B가 변명하듯 말했다. 사실 볼일을 보러 간 게 아니라 못을 처리할 방법을 생각하고 있었지만, 사실대로 털어놓을 수는 없었다.

“볼일을 보던 와중에 정전이 됐다는 소리야?”

“그런 셈이지. 갑자기 어두워져서 얼마나 놀랐는데.”

“그럼 너도 확실한 알리바이가 있는 건 아니네. 볼일을 보러 간다곤 했지만 실상은 1층으로 내려가서 선배를 죽였을 수도 있는 거고.”

“무슨 말을 그따위로 하냐.”

B가 투덜댔지만 AB는 이를 무시했다. AB의 시선이 이번엔 O에게로 향했다.

“넌? 너도 정전이 됐을 때 네 방에 있었잖아. 전부터 쭉 거기 있었던 거야?”

“아니, 너처럼 방에 처박혀 있던 건 아니고. 난 혼자 3층을 수색하기로 했거든. 방 여기저기 둘러보다가 갑자기 불이 다 꺼지는 걸 보고 무서워서 내 방으로 도망친 거야."

"난 네가 돌아다니는 소리 따위 못 들었는데."

"복도 바닥에 카펫이 깔려 있었으니까 당연히 못 들었겠지. 너희도 봤잖아, 그 빨간 러그 같은 거."

O가 다소 퉁명스런 어조로 대꾸했다. 자기 말을 못 믿겠냐는 투였다.

O의 말은 사실이었다. 푹신푹신한 양탄자 덕분에 침구 없이 바닥에서 잠을 청했어도 감기에 걸리는 불상사만은 면할 수 있었으니.

"우리는 둘 다 2층에 있었어. 따로 방을 뒤지다가 정전이 됐고."

회장이 A를 턱짓하며 말했다. 열심히 테이프를 붙이던 A도 냉큼 고개를 끄덕였다.

"A는 뭘 하고 있었는지 모르겠는데, 난 어둠 속에서 소리가 나는 곳을 계속 찾아다녔지. 그러다가 비상구랑 스피커를 발견한 거고. 거기도 어두컴컴한 건 마찬가지였지만, 그래도 스피커의 버튼을 누르는 데는 별 문제 없었어. 삑삑거리는 소리가 없어진 다음엔 좀 마음이 진정돼서 두꺼비집을 보러 1층으로 내려갔어."

"그렇게 안 봤는데 되게 용감하시네요. 살인범이랑 마주칠 수도 있다는 생각은 안 들었어요?"

낯빛이 하얘진 A가 끼어들었다. A는 테이프를 다 붙였는지 어느 샌가 AB의 옆자리를 차지하고 있었다.

"무서워도 어쩌겠냐. 그 자리에서 가만히 떨고 있을 수만은 없잖아. 뭐라도 해봐야지."

"그래서, 선배가 불을 켠 거예요? 범인이 살인을 한 다음 다시 켜놓은 게 아니라?"

AB가 팔짱을 낀 채 질문했다. 회장은 당시의 상황이 떠올랐는지 곤죽이 된 낯으로 어깨를 부르르 떨었다.

"어. 범인이 아니라 내가 켠 거야. 아씨, 다시 생각해도 소름 돋네. 뭐에 발이 걸려서 넘어질 뻔했는데, 불을 켜고 보니 시체였더라고. 내가 그때 어찌나 놀랐는지."

회장이 발을 로비 바닥에 문지르는 시늉을 했다. 아무래도 시체 주변에 생긴 발자국의 주인은 살인범이 아니라 회장인 모양이다.

"그동안 A가 뭘 했는지는 전혀 모르고요?"

"몰라. 저 새낀 숨소리도 안 나더라. 왜, 나도 확실한 알리바이는 없다는 소리가 하고 싶어서?"

"꼭 그런 건 아니고. 둘이 같은 층에 있었는데 뭘 했는지 모른다는 게 말이 되나 싶어서요."

"그럴 수도 있어. 난 너무 놀라서 불이 켜질 때까지 그 자리에 가만히 서 있기만 했거든."

조용히 듣고만 있던 A가 대화에 끼어들었다. 그러자 AB의 미간이 보기 좋게 일그러졌다.

"복도에 가만히 서 있었다고? 불이 다시 켜질 때까지?"

"그래. 너도 알잖아, 나 겁 많은 거."

"그래도 그건 말이 안 되는데. 가만히 있는 게 더 위험할 수도 있다는 생각은 안 들었어?"

AB가 A의 말투를 흉내 냈다. A는 굳은 얼굴로 고개를 가로저었다.

"그럴 정신도 없었지. 도망쳐야겠다는 생각조차 안 들었단 말이야."

"허. 아무튼 너도 알리바이는 없는 거네."

"그래. 너도 마찬가지고. 우리 중 확실한 알리바이가 있는 사람은 없어. 모두가 살인 용의자야."

A가 힘주어 말하자 O가 손을 들고 나섰다.

"저기, 3층에 있던 사람들은 용의자에서 제외할 수 있지 않을까? 우린 두꺼비집이 있는 1층이랑 가장 멀리 떨어진 곳에 있던 사람들이라고. 우리가 정전을 일으킨 다음 살인을 하기는 조금 힘들지 않나 싶은데. 계단을 오르내리는 데 걸리는 시간도 있고, 햄버거 선배를 찾는 시간도 있고, 흉기로 목을 찔러 죽이는 시간도 있고, 여러모로 촉박하잖아."

B는 자기도 모르게 고개를 끄덕였다. 어느 면에서 보나 자기변론으로밖엔 들리지 않는 주장이지만, 논리 자체는 꽤 그럴듯해 보였다. 그러나 3층에 있던 사람들 중 하나인 AB가 바로 반박을 늘어놓았다.

"아니, 우리도 얼마든지 용의자가 될 수 있어. 계단 좀 오르내리는 데 5분이 넘게 걸리는 것도 아니잖아. 물론 발소리가 들리지 않게 조심해서 걷는다면 시간이 꽤 걸리겠지만, 신발을 벗고 맨발로 다니면 그 문제도 해결할 수 있어. 신발 밑창이 바닥과 부딪히는 소리가 아예 없어지니까. 3층 복도엔 카펫이 깔려 있어서 굳이 발소리를 죽일 필요도 없고……. 아무튼, 어지간히 발을 구르는 게 아닌 이상은 발소리가 들리지 않겠지. 그러라고 스피커를 틀어놓았을 테니."

"하지만……. 스피커는 중간에 회장이 껐잖아."

"그래, 정전이 된 지 한참이 지난 뒤에야 껐지. 그 시점에 선배는 이미 죽어 있었을걸. 사람 목을 긋는 데는 3초도 안 걸리니까."

AB가 심드렁하게 대꾸했다. 그는 화제를 바꾸려는 양 회원들을 보며 박수를 서너 번 쳤다.

"어쩌다 보니 말이 좀 샜는데, 알리바이는 이쯤 해두고 슬슬 두 번째 문제로 넘어가자고."

"두 번째 문제?"

"그래. 내가 아까 두 가지 의문점이 있다고 했잖아. 첫 번째 문제는 범인이 어떻게 어둠 속에서 살인을 할 수 있었느냐였고 두 번째 문제는 살인에 이용된 흉기가 어디에 있는가, 즉 살인 후 흉기의 행방이야. 살인 현장에 흉기가 보이지 않는 경우라면 범인이 흉기를 숨겨놓았거나, 흉기가 범행 후 사라지도록 만들어놓았거나 둘 중 하나겠지."

"그럼 우선 전자라고 생각하고 몸수색을 해보는 건 어때? 우리 중 누군가가 몸에 흉기를 지니고 있다면 그것만큼 확실한 증거도 없을 테니까."

회장의 제안에 회원들의 얼굴이 절로 썩어 들어갔다. B 역시 본능적으로 벌레 씹은 표정을 지었다. 이젠 하다하다 시커먼 사내놈들끼리 벌거벗은 광경도 눈에 담아야 하나. 벗겨보지 않아도 눈에 선한 몸들인데, 굳이 또 못 볼 꼴들을 시야에 들이자니 썩 내키지 않았다. 아니, 내키지 않음은 물론이고 역한 거부감마저 들었다.

그래도 상황이 상황이다 보니 죽자고 반대할 수도 없는 노릇이었다. 회원들은 차례로 옷과 속옷을 벗어 자신이 흉기를 지니고 있지 않음을 입증해 보였다. 몸수색을 제안한 회장도 예외는 아니었다.

"이상하네. 다른 곳에 숨겨둔 건가?"

가장 마지막으로 몸수색을 마친 회장이 주섬주섬 니트를 주워 입으며 중얼거렸다. 애써 불쾌한 기분을 참아낸 B는 애꿎은 벽을 뚫어져라 노려봤다.

"부탁인데 다음번엔 바지부터 먼저 입어주실래요? 지금 진짜 기분 더럽거든요."

"누군 기분 좋은 줄 알아. 혹시 모르니까 이 부근도 샅샅이 뒤져보자. 눈에 띄지 않는 곳에 숨겨뒀을 수도 있어."

"내가 범인이라면 벌써 처리했을 것 같은데."

O가 혼잣말을 툭 뱉었다. 하지만 너무 작게 말해서 곁에 서 있던 B만이 그의 말을 알아들을 수 있었다.

회원들이 흩어져서 흉기를 찾는 동안, B는 식은땀을 훔치는 O의 안색을 살폈다. 낯빛이 영 파리한 것이, 화장실을 다녀와서도 여전히 속이 울렁거리는 모양이다.

"너 어디 아프냐?"

B가 팔꿈치로 옆구리를 찌르자 O가 아랫입술을 베어 물었다.

"아니. 별로."

"거짓말. 얼굴이 완전 다 죽어가는 동태 같은데."

"됐어, 낮에 먹은 게 체해서 그래. 진짜 괜찮아. 것보다 여기 좀 봐봐. 뭔가 이상하지 않아?"

O가 계단을 사이에 둔 양 옆의 벽 중 오른쪽 벽에 걸린 그림을 가리켰다. 단풍으로 물들어 울긋불긋해진 산 그림이었다. 언뜻 봐선 무엇이 이상하다는 건지 알아채기 힘들었지만, 자세히 들여다보니 액자 틀 중앙에 박혀 그림을 지탱하고 있는 못에 낚싯줄로 매듭이 지어져 있었다.

"뭐지, 여기다 줄을 묶어놨다가 가위로 자른 것 같은데."

"그렇지? 우리가 처음 1층에 내려왔을 때도 이런 게 있었나?"

"뭐야, 뭔데? 너희 지금 무슨 얘기 하는 거야?"

언제 다가온 건지 회장이 두 사람의 어깨 사이로 얼굴을 들이밀었다. O가 낚싯줄에 대해 설명해주자 다른 회원들의 시선도 덩달아 벽에 걸린 그림으로 쏠렸다.

"그러고 보니 여기도 그런 매듭이 있었던 것 같은데."

회장이 구레나룻을 긁으며 왼쪽 벽에 걸린 그림을 응시했다. 여름 바다를 표현한 듯한 그림이었다. B가 못을 만져 확인해보니, 데칼코마니처럼 오른쪽 벽의 못과 똑같은 매듭이 지어져 있었다.

"범인이 저걸 장식으로 달아놨을 리는 없어."

AB가 멍이 든 뺨을 손바닥으로 마사지하며 말했다.

"아마 범인은 정전이 되기 전, 너희가 흩어져서 산장을 수색하는 순간을 노려서 미리 못에 손을 써뒀을 거야. ……그러니까 양쪽 못에 낚싯줄을 묶은 다음, 흉기를 정중앙에 매달아둔 후에 정전을 일으켰을 거라고. 굳이 그런 번거로운 작업을 거친 이유야 뻔하지. 어둠 속에서 살인을 하려면 1층 계단 앞이나 화장실 앞 등 목표물의 위치를 고정해두는 게 좋고, 흉기를 사용하기 쉬운 환경을 만들 필요가 있으니까. 흉기가 공중에 떠 있으려면 줄이 충분히 팽팽해야 하는데, 그건 미리 길이를 맞춰놨겠지. 범인은 흉기를 매달아두는 작업을 마친 뒤 두꺼비집을 건드려 정전을 일으키고, 선배를 계단으로 유인했을 거야."

"네 말대로라면 시체가 왜 하필 계단 앞에 쓰러져 있었는지도 이해가 되네. 그런데 목에 박혀 있던 걸 빼내서 숨긴 거면 지금쯤 흉기가 발견뎠어야 하는 거 아니냐? 몸에 숨긴 것도 아니고, 근처에 숨긴 것도 아니면 대체 어디에 있는 거야?"

회장이 투덜거렸다. AB는 입을 다물고 어깨를 으쓱했다. 그걸 자기가 어떻게 아냐는 듯이.

"난 흉기 말고도 또 하나 궁금한 게 있는데."

B가 AB의 눈을 똑바로 쳐다보며 말을 꺼냈다.

"정전이 일어나기 전에, 넌 그림을 그리고 있었지?"

"그래. 네가 옆에서 귀찮게 굴 때는 창고를 그리고 있었지. 그런데 갑자기 그건 왜?"

"아무리 생각해도 이해가 잘 안 돼서. 창고랑 만년필을 죽인 놈이랑 무슨 상관이 있다고 그런 그림을 그리고 있던 거야?"

제법 정곡을 찔렀는지, AB는 드물게 눈을 크게 떴다. 얇은 입가에 쓴웃음이 차차 번져갔다.

"솔직히 말하면, 거짓말이었어. 만년필을 죽인 사람을 생각하고 있었다는 건."

"뭐? 그럼 설마 네가……?"

"헛다리짚지 말고 끝까지 들어. 난 정전이 됐을 때 공범의 정체를 추리하고 있던 게 아니라, 내 방을 뒤지고 있었어. 꼭 찾아야 할 물건이 있었거든."

AB가 B를 지그시 주시하며 미소 지었다. 기분이 좋아서 짓는 미소가 아니라 억지로 지어 보이는 미소였다.

"찾아야 할 물건? 그게 뭔데?"

"일기."

"일기?"

"어. 사과가 쓴 일기. 황문교가 보여준 건 일기에서 찢어낸 페이지잖아. 그거 말고 일기장 그 자체가 필요해."

"그게 왜 필요해? 아니, 그것보다 일기가 정말 존재하기는 하는 거야?"

"내가 말했잖아. 황문교는 처음부터 사과를 죽인 놈이 누군지 알고 있었을 거라고. 그 사람이 그런 걸 다 어떻게 알아냈겠어? 공범이 가르쳐줬을 수도 있겠지만, 일기 같은 증거물을 보고 나서야 확신할 수 있었겠지. 사과를 죽인 사람과 황문교의 공범은 다른 인물이니까, 나머지 일기를 찾아내면 만년필과 햄버거를 죽인 살인범의 용의자 범위도 좁힐 수 있을 거야."

누군가가 꿀꺽 침을 삼키는 소리가 들렸다. B는 머리를 한 대 얻어맞은 것 같은 충격을 느꼈다.

"그, 그런데 왜 네 방을 뒤지고 있던 건데? 네가 그린 건 창고에 있던 물건들이잖아."

"혹시 모르잖아, 산장에 일기가 숨겨져 있을지. 기왕 말 나온 김에 다 같이 찾아봤으면 좋겠는데. 이번엔 한 명씩 떨어져서 찾는 게 아니라, 똘똘 뭉쳐서."

AB의 의견에 반대하는 사람은 없었다. 대놓고 동의하는 사람도 없었지만, 침묵은 또 다른 긍정이라고 하지 않던가.

회원들은 1층부터 차례차례 산장 곳곳을 이 잡듯 뒤지기 시작했다. 그러나 회원들이 찾아낸 건 또 다른 비상구들 뿐, 일기 같은 건 코빼기도 보이지 않았다.

"이제 확실해, 일기는 창고에 있어. 그게 정말 존재한다면 말이야."

O가 침울한 투로 읊었다. 그 말에 회원들의 시선이 너 나 할 것 없이 창밖으로 향했다. 폭우 정도까진 아니었지만, 밖은 여전히 비가 내리는 중이었다.

"감기 걸릴 것 같은데."

A가 중얼거렸다. 이번만큼은 B도 A의 말에 동의했다. 이 날씨에 우산도 없이 밖으로 나가는 건 미친 짓이다. 살아남으려면 미친 짓이든 뭐든 가리지 않고 해야 하겠지만 말이다.

# B12

창고 내부는 처음 방문했을 때와 똑같이 어두컴컴했다. B는 빗물에 젖은 머리칼을 쓸어 넘기며 한층 더 서늘해진 공기를 냄새 맡았다. 눅눅한 곰팡이 냄새와 함께 정체 모를 악취가 풍겨왔다. 아마도 만년필의 시체가 부패하는 냄새일 것이다.

"불 좀 켜봐."

누군가가 투덜댔다. 하지만 전등은 고사하고 전등 스위치도 없는 창고에서 불을 밝히기란 쉬운 일이 아니었다. 회원들은 오로지 육감만으로 창고 곳곳을 뒤져 양초 네 개와 기름이 얼마 남지 않은 라이터를 찾아냈다. 회장이 심지에 불을 댕기자 캄캄한 암흑 틈에서 살구 씨앗만한 불빛이 피어났다. AB를 제외한 다른 회원들은 각자 하나씩 양초를 나눠가졌다. AB는 O와 함께 초를 쓰기로 했다.

"으헉."

초를 들고 이곳저곳을 비춰보던 회장이 헛숨을 들이켰다. 환한 불꽃이 만년필의 굳은 얼굴을 정면으로 비췄기 때문이다. 머리에 흉측한 대못이 박힌 채 어둠 속에서 가만히 회원들을 지켜보고 있는 만년필은 꼭 귀신의 집에 나오는 귀신을 연상케 했다. 분장이 아니라 진짜 시체라는 점은 달랐지만.

"얘 좀 구석으로 치워놓으면 안 되냐? 볼 때마다 깜짝깜짝 놀랄 순 없잖아."

"됐고, 일기부터 찾아보세요. 지금 한가하게 시체 구경이나 할 시간이 어디 있다고."

O가 회장에게 핀잔을 줬다. 회장은 입술을 삐죽이면서도 순순히 회원들을 따라 느릿느릿 창고를 뒤지기 시작했다. 다만 촛불 하나에만 의지해 먼지투성이 잡동사니들을 뒤적이는 일은 여간 쉬운 일이 아니었다.

가만히만 있어도 숨통이 턱턱 막히는 기분이다. B는 땀으로 번들거리는 이마를 짜증스럽게 문질러 닦았다. 벌써 10월 말인데, 무슨 놈의 공기가 이토록 후텁지근하단 말인가. 문이라도 잠깐 열어놓고 싶었지만, 그건 저 까탈스러운 AB가 허락하지 않을 것 같았다. 저놈은 학창 시절 시험공부를 할 때 빗소리조차 시끄럽다며 이어폰을 끼던 별난 놈이니까. 틀림없이 수색에 방해된다며 잠깐의 환기도 용인하지 않을 것이다.

"어, 찾은 것 같은데? 이게 그 일기장 아니야?"

B가 속으로 한참 AB의 흉을 보던 중, 좁디좁은 창고에 돌연 흥분된 목소리가 울려 퍼졌다. 실로 간만에 들려온 희소식에 모두의 시선이 바닥에 쪼그려 앉아 있는 A에게로 향했다. A는 바다색 표지의 스프링 노트를 손에 쥐고 진자처럼 흔들어대는 중이었다. 옷소매로 먼지를 닦아냈는지 겉표지가 꽤 멀끔했다.

"찾았다고? 사과가 쓴 게 맞는지 확인해봤어?"

A 못지않게 흥분한 회장이 떨떠름한 눈길로 노트를 훑었다. A는 회원들 방향으로 노트를 펼쳐 속지를 보여주었다. 연필로 꾹꾹 눌러 쓴 듯한 글씨체는 틀림없이 사과의 것이었다.

“자, 보세요. 여기 페이지마다 날짜가 확실하게 적혀 있잖아요. 사과가 쓴 일기 맞아요.”

“그거야 모르는 일이잖아. 스토커가 사과의 글씨체를 흉내 내서 쓴 걸 수도 있고.”

“참나. 선배는 속고만 살았어요? 스토커가 굳이 이런 가짜 일기를 만들 이유는 없다고요. 우리가 일기의 존재를 알아챌 거라는 보장은 없으니까.”

A가 회장의 말을 가뿐히 받아쳤다. 회장이 입을 다물자마자 O가 급히 나섰다.

“맞아. 황문교도 이걸 보고 사과가 살해당했다는 걸 확신했겠지. 혹시 내용을 좀 읽어줄 수 있어? 쓸데없는 부분은 적당히 생략하고, 지금 사태에 도움이 될 만한 걸로.”

“내용을? 잠깐만……. 찾는 데 시간이 꽤 걸릴 것 같아. 고등학교에 입학했을 때부터 죽기 직전까지 쭉 썼던 것 같거든. 뭐가 엄청 많아. 글씨가 지워진 부분도 있고.”

“괜찮아, 시간은 충분히 있으니까. 천천히 읽어줘도 돼. 빛은 내가 비춰줄게.”

O가 A의 초를 대신 들어주며 말했다. A는 고개를 끄덕이는 것으로 고마움을 표하곤, 세월이 흘러 바래진 일기를 한 페이지씩 읽어나갔다.

3월 28일

고등학교에 입학한 지 얼마 되진 않았지만, 방과 후 동아리 활동 시간이 내가 가장 좋아하는 시간이 될 것이라고 확신한다. 그 애가 나랑 같은 동아리라는 걸 알게 된 후부터 이 예감을 지울 수가 없었다. 나는 그 애도, 그 애랑 마주칠 동아리 시간도 좋아하게 될 것이다. 지금 당장은 아니겠지만, 곧 그렇게 될 것이다. 걷잡을 수 없이 빠른 속도로.

이유는 잘 모르겠다. 우리가 말을 섞은 적은 손에 꼽을 만큼 적고, 굳이 먼저 아는 체하고 싶은 느낌도 들지 않았다. 우리 둘 다 말수가 적기 때문이다. 하지만 정신을 차리고 보면 시선은 항상 그 애한테 가 있었다. 말을 걸거나 친해지고 싶다는 생각을 한 적은 없지만, 가끔씩 눈이 마주치고 싶다는 생각 정도는 들었다. 걔가 나한테 마법을 건 게 분명하다. 어쩐지 좀 유별난 애다 싶었는데, 사실은 학생이 아니라 학생인 척하는 마법사 아니었을까.

어쩌면 그 애가 나만큼이나 도서관에 자주 가는 애라서 그런 걸 수도 있다. 우리가 처음 대화를 나눈 것도 동아리 부실에서가 아니라 도서관에서였다. 걔는 나한테 이렇게 말을 걸었다. "셰익스피어도 나름 낭만적이지만 안데르센도 나쁘진 않아."라고. 걔가 그렇게 말해서 이런 기분이 드는 걸 수도 있다. 또 어쩌면 수업이 지루해 창문 너머 풍경을 내다볼 때, 그럴 때마다 창가 자리에 앉아 있는 그 애가 눈에 들어와서일 수도 있다. 그 애가 낀 안경알에 구름이 비쳐서, 선생님께 혼나는 걸 감수하면서까지 앞머리를 길게 길러서, 나처럼 가만히 앉아 공상하길 좋아하는 것처럼 보여서…….

그 애랑 지금보다 더 친해질 수도, 내년에도 같은 반이 될 수도 있을까. 그렇게 된 후의 나 자신이 두렵다.

4월 1일

요새 잠을 잘 못 자서 예민해진 걸까? 누군가가 나를 감시하고 있는 것 같은 기분이 든다. 학교에 있을 때도, 하교할 때도, 집에 있을 때도……. 설마 스토커가 생겼을 거라고는 생각지 않지만, 당분간 주위를 잘 살펴봐야겠다.

5월 2□일

선배가 불편하다. 다른 회원들이랑 같이 있을 때는 괜찮은데, 복도에서 마주치거나 둘만 남았을 때 조금 불편하다. 너무 가까이에서 얘기를 하려고 해서 좀, 아니 많이 거북하다. 거리를 좀 두고 싶다.

7월 □□일

선배가 고백했다. 솔직히 좀 짜증난다. 내가 진심으로 자기한테 호감이 있을 거라고 생각하는 것도 싫고, 끈질기게 구는 것도 싫다. 거절하면 화낼 것 같아서 무섭긴 했지만, 그렇다고 싫□ 사람이랑 사귀는 건 절대 □□. 그래서 그냥 좋아하는 사람이 따로 있다고 솔직하게 말했다. 역시 무섭게 화를 냈다. 화가 풀릴 때까지 거리를 좀 둬야겠다.
그래도 이젠 귀찮게 새벽까지 문자를 보내는 일은 없겠지. 마음이 한결 홀가분하다.
애들이 자꾸 날 모르는 척한다. 말을 걸어도 대답해주지도 않고, 점심도 나만 빼고 먹으러 갔다. 내가 뭘 잘못한 건가? 너무 무섭다. 아무리 물어봐도 답을 안 해준다. 투명인간이 된 것 같은 기분이다.

8월 1□일

선배가 따로 불러내서 무서웠는데, 알고 보니 나한테 사과하러 온 거였다. 어쩌다 학교 익명 게시판에 글이 올라간 건지는 모르겠지만, 어쨌든 자기가 글을 쓴 건 사실이고 나랑 친하던 애들이 날 무시하게 된 것도 다 자기 책임이라며 미안하다고 했다. 그렇게 미안하면 진작 사과하지 그랬느냐고 따지고 싶었지만, 그래도 사과하러 와준 게 어디냐는 생각이 들어서 알겠다고 대답해버렸다. 지금 생각해보니 무릎까지 꿇고 사과하는 사람한테 따지고 드는 것도 좀 힘든 일이긴 하다.
우리는 꽤 오래 얘기를 나눴고, 전처럼 친한 선후배 관계로 돌아가기로 했다. 부담스럽게 들이대는 점이 싫은 거지, 선배라는 사람 자체가 혐오스럽진 않았으니까. 무엇보다 나는 내 말을 들어줄 사람이 한 명이라도 더 있었으면 했다. 같은 반 여자애들은 여전히 나를 무시해서 내 또래 친구라곤 □□□ 없다.
그동안은 가슴이 꽉 막혀 있는 기분이었는데, 오늘은 좀 편안한 기분이 든다. 상황이 나아진 건 아니지만, 더 나빠지지 않는 선에서 만족해야겠지.

9월

왜 나쁜 일은 연이어 일어나는 걸까. 이 이상 더 최악이 될 수도 없다는 사실만이 나를 위로해줬지만, 이제는 그런 위로조차도 얻을 수 없게 됐다.

AB가 나를 배신했다. 내가 비밀을 털어놓은 사람은 그 애 한 명뿐이었으니까, 틀림없이 그 애가 날 배신한 거다. 물론 내 잘못이 아예 없는 건 아니지만, 나는 그 애를 믿고 얘기한 거였는데. 어떻게 그걸 책으로 써서 출판할 수 있지? 자기 얘기도 아니고 남의 비밀 얘기를. 내가 내 친구의 미래를 모조리 망쳐버렸다는 얘기를.

나는 걔한테 대체 뭘까. 투명인간만도 못 한 건가. 내가 걔한테 아무것도 아니라서, 그래서 이런 짓을 저지른 건가? 내가 종일 자기만 □□린다는 사실을 들키면 걔는 이걸 소재로 로맨스 소설을 써낼 것 같다. 너무했다, 이건. 좀 많이 너무했다. 너무 비겁하다.

이제 겨우 혼자 밥을 먹는 일에 익숙해졌는데, 내 편이 되어줄 사람이 아무도 없다는 사실에도 익숙해져야 한다.

……그냥 죽어버릴까? 더 이상 내가 마음 놓고 좋아할 수 있는 사람도 없는데.

4월 28일

진작 죽었어야 했는데. 너무 오래 살아 있었나 보다. 새 학기가 시작됐지만 아무런 기대도 되지 않는다.

한미진이 애들이 보는 앞에서 나한테 □□□이라고 했다. 내가 자기 화장품을 훔쳐갔다면서. 그리고 어찌 된 영문인지 실제로 내 가방에서 걔 파우치가 나왔다. 나는 그 자리에서 죽어버리고 싶었다. 온 몸의 구멍으로 피를 토하며 죽어버리고 싶었다. 멍청히 서서 아무런 반박도 못하고 반 아이들의 시선에 난도질 당하기보단, 차라리 당혹스러울 만치 끔찍한 몰골로 애들 앞에서 보란 듯이 죽어가고 싶었다. 너희가 날 죽인 거라고, 차게 식은 몸뚱어리로 말해주고 싶었다.

이젠 나를 둘러싼 모든 일들이 너무도 허황된 일들로 여겨진다. 나는 아무것도 하지 않고도 어장관리를 하는 □□한 여자애가, 남의 물건에 손을 댄 적이 없는데도 좀도둑이 되었다. 다음은 또 뭐가 되어 있을까? 내가 어디까지 추락해야만 애들이 만족할까?

아빠한테 학교를 그만두고 싶다고 말해보려 했는데, 목이 너무 메어서 그러질 못했다. 차라리 죽을병에라도 걸리고 싶다. 학교에 가는 상상을 하는 것만으로도 숨이 턱 막혀서 미칠 것 같다.

5월 1일

필통이 통째로 없어져서 AB한테 펜을 빌렸다. 누군가가 훔쳐 간 것 같은데, 교실에 CCTV가 있는 것도 아니라서 누가 훔쳐 간 건지 도무지 종잡을 수가 없다.

……아니, 사실은 알고 있다. 용의자는 한 명밖에 없으니까. 하지만 한미진의 입장도 충분히 이해할 수 있다. 걔 눈에 나는 남의 물건이나 훔치고 다니는 □□□에 불과할 테니까. 나를 괴롭히고 싶어 하는 게 당연하다. 내 결백을 증명해줄 증거 같은 게 있으면 좋을 텐데. 오해를 풀 방법이 없다는 게 속상하다. 그래도 전처럼 반 애들 앞에서 소리를 지르며 화내거나 하진 않아서 다행이다.

*죽어죽어죽어죽어죽어죽어죽어죽어죽어죽어죽어죽어죽어죽어*
*죽어죽어죽어죽어죽어죽어죽어죽어죽어죽어죽어죽어죽어죽어*
*죽어죽어죽어죽어죽어죽어죽어죽어죽어죽어죽어죽어죽어죽어*
*죽어죽어죽어죽어죽어죽어죽어죽어죽어죽어죽어죽어죽어죽어*
*죽어죽어죽어죽어죽어죽어죽어죽어죽어죽어죽어죽어죽어죽어*
*죽어죽어죽어죽어죽어죽어죽어죽어죽어죽어죽어죽어죽어죽어*
*죽어죽어죽어죽어죽어죽어죽어죽어죽어죽어죽어죽어죽어죽어*

6월 20일

덥고 힘들다. 하루 종일 □□ 자고 싶다. 이젠 글 쓰는 일에서도 재미를 느낄 수 없다. 침대에 누워서 아무것도 안 하고 싶다. 해야 할 일이 너무 □□.

*그냥진짜죽여버릴까?*

9월 20일

무서워서 죽을 것 같다. 야식을 사러 편의점에 갔다 왔는데 후드를 뒤집어쓴 남자가 우리 집에서 나오는 걸 봤다. 언뜻 봤을 땐 내 나이 또래로 보였는데, 얼굴 하관만 봐서 잘 모르겠다. 경찰에 신고했지만 순찰을 몇 번 돌아주는 것 말고는 해줄 수 있는 게 없다고 한다. 그놈들로도 모자라 이제는 스토커한테까지 괴롭힘 당해야 하는 걸까? 세상이 나를 가만 내버려두지 않는 것 같은 기분이 든다.

12월

아프다. 바늘에 찔렸을 때보다 더 아프다. 너무 아파서 아랫도리가 갈가리 찢겨나간 것 같다. 병원에 갔더니 아무런 문제도 없다고 했다. 그나마 집에 혼자 있을 때 하혈을 해서 다행이다.

11월 1일

고백할 게 있다. 아주 많이. 만약 내가 올해 고등학교를 졸업하고 나서도 내게 주어진 이 삶을 감당하지 못하고 죽어버린다면, 그래서 누군가가 이 일기장을 보게 된다면, 나는 스스로 죽은 게 아니라 누군가한테 죽임 당했다는 사실을 알아줬으면 한다. 나를 죽인 사람은 총 두 명이다. 지금부터 그 두 사람을 A, B라고 칭하겠다. (회원들의 별명에서 따온 호칭일 뿐, 실제 A와 B랑은 아무런 관련이 없다.)
B가 내게 한 짓부터 설명하겠다. B는 한미진이 날 도둑으로 몰아갔고, 다른 반 여자애들한테 내 뒷담화를 했다는 걸 알고 있었다. 내가 한미진과 같은 반이었을 때 걔가 지속적으로 내 물건에 손을 댔다는 것도 알고 있었다. 하지만 한미진이 자기 동생이라는 이유만으로 아무런 조치도 취하지 않았다. 내게 동생 대신 사과하지도 않았고, 내가 한미진에게 그때 일은 오해한 거라고 전해달라고 했더니 도둑이 하는 말은 듣고 싶지 않다며 도리어 날 비난했다. 동생이라고 해봐야 겨우 한 달 늦게 태어난 거면서, 되도 않는 오빠 노릇을 한답시고 같잖게 구는 게 얼마나 역겹던지……. 할 수만 있다면 그놈 손바닥에 본인이 수집한 만년필로 구멍을 내주고 싶었다.
아니, 구멍은 그놈 아랫도리에다 내주는 게 좋을 것 같다. 달고 다녀도 하등 쓸모가 없을 테니까. B가 나를 도촬하지만 않았어도, 그 사진을 A에게 보여주지만 않았어도, 나는 그냥 길 가다 오물을 밟은 정도로 여기고 참아낼 수 있었다. 진짜 지옥은 A

가 내게 접근하면서부터 시작됐다.

A는 자기 말을 듣지 않으면 내 사진을 학교 게시판에 올릴 거라고 협박했다. 나는 A 대신 공모전 원고를 써야 했고, 내가 쓴 글이 다른 이의 손에 쥐여져 찬사 받는 모습을 지켜봐야 했다. A는 놀라우리만큼 철저해서, 내가 절대로 다른 사람에게 도움을 청하지 못하도록 내 자존감을 철저하게 짓밟으려 했다.

처음 그 짓을 당한 건 작년 12월, 생리가 끝난 지 얼마 되지 않았을 때였다. A는 내가 쓴 원고에서 오탈자를 발견했다며 자기 집에 와서 수정해줄 것을 요구했고, 나는 멍청하게도 아무런 경계 없이 그놈 집에 발을 들였다. 그때 나는 A의 아버지가 소설가 황문교라는 것과 A가 황문교한테 나를 자기 여자 친구라고 떠들어댔다는 사실을 처음 알게 되었다. A는 아버지의 재능을 하나도 물려받지 못했다는 사실도. 나와는 별 상관없는 일이었지만, 지금에 와서 돌이켜보니 A가 나를 못살게 군 건 그 빌어먹을 재능 탓이었는지도 모른다는 생각이 든다. A는 아버지를 자랑스럽게 여기면서도 동시에 시기하고 있었으니까. 그러니까 내가 겪은 재난의 시작은, 어쩌면 A가 아닌 황문교라는 사람이었을지도 모른다. 그가 세상에 A라는 존재를 싸재끼지만 않았어도 내가 이런 거지 같은 일을 겪지는 않았을 테니.

A는 나를 2층에 있는 자기 방으로 데려갔다. 그 자식이 침대에 앉아 나를 감시하는 동안, 나는 오탈자를 고치고 A의 요구대로 원고 내용의 일부를 수정하는 작업에 몰두했다. 30분쯤 지났을 때 A가 내게 물을 가져다주었고, 나는 그걸 받아마셨다.

이후 무슨 일이 일어났는지의 기억은 존재하지 않는다. 나는 잠시 눈을 감았다 떴을 뿐인데, 정신을 차리고 보니 나체로 침대에 누워 땀범벅이 된 A의 몸 아래 깔려 있었다.

그놈이 밤마다 학교 옥상에서, 교실에서 내게 손을 뻗어오는 모습을 상상하는 것만으로도 위액이 식도로 역류하는 것 같은 기분이 든다. 그놈은 가면을 여러 개 가지고 있었다. 학생회나 동아리에서 쓰고 다니는 가면과, 나랑 단 둘이 남았을 때 쓰는 가면. A는 날이 어두워지기만 하면 악마로 돌변했다. 내가 거부하면 강제로 옷을 벗기고 사진을 찍었다. 더 뭣 같은 점은, 그 딴 말도 안 되는 짓거리가 내게 효과가 있었다는 것이다. 나는 점차 무력감에 지배당해 반항할 의지를 잃어갔고, 습관적으로 아랫배를 때리기 시작했다. 사람들에게 도움을 청하면 뭐가 달라질까. 그 사람들이 나 대신 A와 B의 인생을 망쳐줄까? 내 처녀성을 다시 되돌려줄 수 있을까? 시간이 흐를수록 그들도 내게 관심을 잃을 텐데.

이렇게 숨어서 일기만 쓰고 있다는 점만 봐도 충분히 알 수 있지 않은가. 내가 이 모든 사실을 부모님이, 학교 선생님이, AB가 모르길 바란다는 걸. 내 몸이 엉망진창으로 망가졌다는 사실을 그들이 영원히 몰라주길 바란다는 걸. 나는 아무것도 할 수가 없다. 모든 일이 세상에 밝혀진다 해도 A나 B를 향하는 조롱보단 내가 당할 망신과 수모가 더 클 것이다.

적어도 내가 죽기 전까지는 말이다.

빗소리마저 A의 음성에 사몰되고, 기묘한 침묵이 감돌았다. 실로 기묘하다고밖에 표현할 방법이 없는 분위기였다. 어둡고 비좁은 창고에서 시체와 함께 죽은 이의 삶을 엿보는 것도, 누가 그들을 죽였는지 생각하는 일도, 창고 안팎의 시간이 달리 흘러가는 것 같은 기분도 전부 기묘함 그 자체인 일이다. 지평선이 크게 뒤틀려 대지와 하늘의 경계가 열어진다고 한들 이토록 넋이 나갈 수는 없을 거라고, B는 차근히 생각했다. 그 계집애는 죽을 만해서 죽은 거였다고, 결코 억울하게 죽지는 않았노라고, 다시금 마음속으로 되뇌면서.

그림자가 넘실대는 촛불 물결 너머로 회원들의 눈이 형형하게 빛났다. 그들도 아마 B와 같은 추론을 하고 있을 것이다. 일기 속의 A와 B가 누구인지에 대해. 사과는 B를 본인이 수집한 만년필로 찔러버리고 싶다고 묘사했고, 회원들 중 만년필을 수집하는 취미가 있는 사람은 한 사람뿐이었다. 또한 A처럼 학생회에 속한 인물도 한 사람밖엔 없었다. 그렇다면 일기 속의 A와 B란 사람은…….

"선배였어요?"

O가 불쑥 침묵을 깨고 말했다. 타오르는 시선들이 회장의 얼굴로 향하자, 회장은 미간을 일그러뜨렸다.

"너 말투가 왜 그따위야?"

"지금 말투가 중요한 게 아니잖아요. 선배랑 만년필이 사과를 죽인 거예요?"

"개소리 지껄이지 마. 이건 뭔가 잘못됐어. 범인이 우릴 이간질하려고 술수를 부린 거라고."

회장이 침까지 튀겨가며 고함을 내질렀다. 변명을 늘어놓으려 할수록 억울함에 몸서리치는 용의자가 아니라 상황을 모면하려 애쓰는 사형수처럼 보일 뿐이었지만.

회장의 말을 대략 차분하게 듣던 O는 누구도 예상하지 못한 때에 아무런 예고도 없이 주먹을 내질렀다. 묵직한 훅이 바쁘게 떠들던 회장의 입에 정통으로 꽂혔다.

"아, 이 씹새끼야. 말하는 도중에 입을 때려?"

터진 입술을 부여잡은 회장이 눈을 부라린 채 신음했다. 얻어맞는 와중에 입 안을 깨물었는지, 피 섞인 침이 입가를 타고 뚝뚝 떨어졌다.

"말 같지도 않은 소릴 씨부리니까 처 맞는 거지, 이 씨발놈아. 네가 그러고도 사람새끼냐?"

"뭐? 너 지금 나한테 뭐라 그랬냐? 씨발?"

"그래, 씨발아. 이제 보니 죽을 놈들끼리 잘 뒤졌네. 너도 지금 죽여줄게, 개새끼야."

O가 피 냄새를 맡은 사냥개처럼 으르렁댔다. 심상치 않은 살기에 회장이 몸을 움찔했지만, 다행인지 불행인지 AB가 O의 팔을 붙들고 늘어져 그가 더 얻어맞는 일은 없었다.

"진정해. 일기를 봤다고 해서 끝이 아니잖아. 우리끼리 싸울 시간 없다고."

"이거 놔. 안 놓으면 너부터 죽여버린다."

"어떻게 죽이게, 미친놈아. 제발 입 닫고 진정 좀 해봐. 사과가 원한을 가진 사람이라고 해서 그 사람이 사과를 죽였다는 보장은 없어. 우린 사과를 위해 진짜 살인범을 찾아내야 해. 죽도록 두들겨 패는 건 나중에 해도 충분하다고."

"듣기 싫어, 이 새끼야. 너도 똑같아. 똑같이 좆같은 놈이라고, 알아? 왜 사과를 배신했어? 친구보다 돈이 더 중요하다 이거야? 너만 곁에 있어줬다면 사과는……."

O가 울부짖자 AB는 입을 다물었다. 그는 B가 생전 처음 보는 표정을 짓고 있었다. 한없이 참담하고, 우울한 침묵 속에서 AB는 잡고 있던 O의 팔을 놓았다.

"몰라, 나도. 그때 내가 왜 그랬는지, 통 기억이 안 나. 하지만 이거 하나만은 확실해. 죽음으로 죗값을 치를 순 없다는 거. 그거야말로 정말 비겁한 짓이야. 우선은 사과를 죽인 진범을 밝혀내야 해. 죽은 사과를 위해서라도."

# B13

"야, 이 개새끼들아. 이거 안 풀어?"

회장이 눈에 핏대를 세우고 고래고래 소리를 질렀다. 그는 손목과 몸이 노끈으로 칭칭 묶여 인질로 잡혀간 만년필처럼 다리만 자유로운 상태였다. O가 경멸스런 표정으로 회장을 쏘아봤다.

"닥쳐, 이 뻔뻔한 자식아. 살인범이 하는 말 따위 듣고 싶지 않아."

"아, 진짜 답답해 죽겠네. 내가 죽인 거 아니라고, 멍청아. 생각이란 걸 좀 해봐. 걔가 나를 죽였으면 죽였지, 내가 사과를 죽일 이유는 없단 말이야. 나한텐 여러모로 그년이 살아 있는 쪽이 더 이득이라고."

"닥치라고 했지? 진짜 뒤지고 싶냐?"

O가 주먹을 들이밀자 회장도 입을 다물었다. 그는 죽은 만년필을 한번 곁눈질하곤, 입을 삐죽이며 바닥에 주저앉았다. 그 모습을 지켜보던 AB가 한숨을 내쉬었다.

"내가 말했잖아, 사과한테 원한을 산 사람이라고 해서 그 사람이 사과를 죽인 범인이라는 뜻은 아니라고."

"그래도 저 자식이 가장 유력한 용의자인 건 맞잖아. 또 무슨 짓을 저지를지 모르니까 꼼짝도 못하게 만들어놔야지."

O가 회장을 향해 가래 섞인 침을 뱉었다. 회장이 질색하며 욕을 퍼부었지만, O는 아랑곳하지 않고 수술대에 묶인 만년필을 유심히 관찰했다.

"그런데 이 시체, 좀 이상하지 않냐?"

"만년필이? 왜?"

"왠지 여기가 좀……. 비어 있는 느낌이랄까. 한 번 봐봐."

O가 검지로 만년필의 아랫도리를 꾹 누르며 말했다. B는 저도 모르게 얼굴을 찌푸렸지만, O의 손가락이 막힘없이 쑥 들어가는 것을 보자 놀라 눈이 휘둥그레졌다. A도 당황했는지 말을 더듬었다.

"이거……. 그, 그게 있는 한 이렇게까지 눌릴 수는 없지 않나?"

"그러니까 이상하다는 거지. 그게 없을 리가 없는데."

"궁금하면 확인해보면 되지. 잠깐 비켜봐."

겁도 없이 시원스레 대답한 AB가 시체 곁에 다가섰다. 얼굴이 하얗게 질린 A가 그를 말리려 했지만, AB는 망설임 없이 만년필의 룸웨어 바지를 벗겨냈다. 시체의 하반신은 벨트로 묶여 있지 않은 데다 바지가 헐렁해서 만년필의 그곳이 만천하에 드러나는 데는 5초도 채 걸리지 않았다.

"우웩."

누군가가 헛구역질을 했다. 태연하게 바지를 내린 AB도 이번만큼은 낯빛이 창백해졌다. O의 말대로, 만년필의 아랫도리는 텅 비어 있었다. 음경과 고환이 모두 날카로운 무언가에 의해 썩둑 잘려나간 상태였다.

"어우 씨……. 뭐야, 이거? 대가리에 못만 박아둔 게 아니었어?"

회장이 모기만 한 목소리로 혼잣말을 했다. 할 수만 있다면 지금 당장 밖으로 뛰쳐나가고 싶다는 표정이었다. 회원들 중 가장 비위가 약한 A는 필사적으로 입을 틀어막고 고개를 돌렸다. 평소 같았으면 계집애 같다며 한껏 비웃어줬겠지만, 역겨움에 몸서리 치고 싶은 건 B 역시 마찬가지였다.

"사후에 성기를 자른 건가? 피가 거의 나오지 않았어."

AB가 애써 평온한 투로 중얼거렸다. A가 대단하다는 듯 AB의 옆얼굴을 쳐다봤다.

"지금 그게 중요한 게 아니잖아. 이건 너무 심해. 설령 사과의 죽음에 대한 복수라고 해도 말이야. 사람이 어떻게 이렇게까지 잔인해질 수 있어?"

"모르는 소리. 사람이니까 잔인해질 수 있는 거야. 사과가 당한 일을 생각하면 당연한 일이지."

"당연하다니, 그게 무슨 뜻이야?"

A가 의아하다는 양 목소리를 높였다. AB는 어깨를 으쓱했다.

"만년필이 벽돌로 머리를 맞은 거나, 황문교의 손에 있던 상처나 사과가 살해당했을 때 입은 부상이랑 비슷하잖아. 이제 확실히 알겠어. 공범은 사과가 당한 그대로를 우리한테, 사과를 괴롭게 만든 사람들한테 되돌려주려는 거야. 그리고 아까도 말했지만, 사과의 마음을 죽인 사람이 회장이랑 만년필일 수는 있어도 사과를 물리적으로 죽인 사람까지 그 둘이라고는 확신할 수 없어."

"그래. 난 사과를 죽인 범인이 아니라고."

회장이 AB의 눈치를 살피며 끼어들었다. O는 떨떠름한 표정으로 한숨을 내쉬었다.

"글쎄, 혹시 모르지. 저 새끼한테 사과를 반드시 죽여야만 하는 이유가 있었을지도. 예를 들면 사과한테 한 짓을 들킬 위험이 생겼거나, 사과가 임신을 해버려서 의도치 않게 죽일 수밖에 없었다던가."

"아니거든. 진짜 내 목숨을 걸고 맹세하는데, 그런 일은 절대 없었어. 아까도 말했지만 나한텐 걔가 살아 있는 쪽이 더 이득이었다고."

"네가 목숨을 걸고 맹세하면 어쩔 건데, 우리는 그걸 순순히 믿을 수가 없는데."

"왜 못 믿어? 내 말이 사실이 아니라는 증거도 없잖아. 그냥 좀 믿어주면 어디가 덧나냐?"

"그걸 지금 말이라고 해? 넌 그렇게 자랑해대던 작가 아버지가 황문교라는 걸 말하지 않았고, 심지어 황문교가 죽었을 때조차도 그 사실을 숨겼잖아. 처음 황문교의 정체에 대해 의구심을 던진 게 너였다느니 하는 변명은 집어치워. 아버지한테 살해당할 위험에 빠졌다는 충격 때문이었든 뭐든 간에, 진작 털어놨어야 하는 일이니까. 네가 진실만을 말하는 사람이라는 증거도 없는데 우리가 네 말을 어떻게 믿어? 증거도 없이 말뿐인 맹세를 어떻게 믿느냐고?"

"그럼 넌, 네 아빠가 갑자기 미쳐 돌아서 너랑 네 친구들을 납치했다고 치자. 그 와중에 사람도 죽어나가고, 네 아빠도 갑자기 콱 죽어버렸다고 치자고. 넌 그 상황에 솔직하게 다 말할 수 있냐? 내가 뭘 어떻게 말했어야 했는데? 아버지가 뭔가 착각하신 것 같다? 아버지가 너희한테 못할 짓을 하긴 했지만, 우리 아버지도 어떤 미친놈한테 살해당했으니 밖으로 나가도 경찰한테 솔직하게 불지는 말아달라고?"

"그래, 그렇게라도 말했어야 해. 네가 정말 우리를 생각했다면."

O의 일침에 회장이 입을 꾹 다물었다. B는 정처 없이 방황하는 그의 동공을 보고 난 후에야 비로소 깨달을 수 있었다. 회장이 눈물범벅이 된 얼굴로 황문교가 죽었다는 사실을 알리러 왔을 때, 그는 공포에 질려 있던 게 아니라는 걸. 회장은 단지 슬픔에 빠져 있던 것이다. 아버지가 정체 모를 누군가에게 살해당했다는 슬픔.

회장이 망연한 자태로 고개를 떨구자 AB가 쯧 하고 혀를 찼다. 하지만 동정은 그게 끝이라는 듯, AB는 금방 회장에게서 시선을 떼어냈다.

"아무튼 이걸로 확실히 알게 됐어. 황문교의 공범이 아닌 사람. 만년필이랑 회장은 공범이 아니야."

"왜? 그 둘이 사과를 죽인 놈이라서?"

O가 만년필과 회장을 떨떠름한 눈길로 쳐다봤다. 그의 시선을 좇은 AB는 실소를 터뜨렸다.

"아니. 회장은 황문교의 아들이고, 만년필은 이미 살해당했으니까. 그리고 사과를 죽인 범인이 누군지는 아무도 모르는 일이지. 확실한 증거가 없잖아."

"증거가 없긴 왜 없어. 여기, 사과가 쓴 일기가 있잖아. 혹시 심증은 있지만 물증은 없다는 소릴 하고 싶은 거냐? 그럼 대체 누가 죽였다는 건데? A? B? 그것도 아니면 네가 죽인 거냐?"

"그러니까, 그건 지금 우리 힘으로 알아낼 수 있는 게 아니라고. 중요한 건 사과를 누가 죽였느냐가 아니야. 왜, 어떤 방식으로 죽였느냐지."

"이건 또 무슨 개소리야. 살인 사건에서 범인이 가장 중요하지, 동기랑 방식이 뭐가 중요해?"

O가 황당하다는 투로 물었다. 얼굴에 촛불 그림자가 어른거려 몹시

어둡고, 음습한 인상을 주었다. B가 초를 들어 AB의 얼굴을 비추자 AB의 얼굴 또한 검게 물들었다.

"반대로 묻고 싶은데. 너흰 사과가 어떻게 죽었다고 생각해? 3층 교실에서 떨어져서?"

"당연하지. 너도 봤잖아, 걔 이마가 완전히 깨져 있던 거. 그게 추락사가 아니면 뭐겠어. 범인이 창문에서 민 거지."

"그래, 머리가 아주 박살이 나 있었지. 하지만 그건 단순한 추락사가 아니었어. 범인은 우선 사과의 머리를 가격한 다음, 자살로 위장하고 창 너머로 밀어버린 거야. 아, 그 전에 손가락에 상처도 냈고. 황문교의 공범은 만년필과 황문교의 시체를 통해 이 점을 말해주고 싶어 했어."

"그게 무슨 소리야. 공범이 그걸 왜 말해줘? 아니, 사과는 또 왜 굳이 그렇게 죽은 건데? 그냥 창밖으로 밀어버리면 끝나는 거 아냐?"

B는 자기도 모르게 AB의 말을 가로막았다. AB가 무슨 말을 하고 있는 건지 통 이해가 되지 않았기 때문이다. AB는 잠시 숨을 고르더니, 초등학교 선생님처럼 차근차근 설명을 늘어놓기 시작했다.

"음. 그 얘기를 하려면 사과의 죽음에 대해 자세히 파헤쳐 봐야 하는데……. 뭐, 어차피 남는 게 시간이니까. 천천히, 처음부터 설명해줄게. 이상한 부분이 있으면 지적해줘. 내 추리가 맞을 거라는 보장도 없으니까. 우선 용의자부터 살펴보자. 사과를 죽일 수 있는 사람은 황문교를 제외한 우리 모두야. 황문교는 우리 학교 구조도 잘 모르고, 일기에 적힌 내용을 보면 사과가 자기 아들 여자 친구인 줄 알고 있었으니 사과랑 관련도 없을뿐더러 사과를 죽일 이유는 전혀 없지. 사과가 묘사한 바에 따르면 스토커는 우리 또래의 남자였으니까, 이 사람이 사과한테 붙은 스토커일 리도 없어. 황문교가 굳이 공범이랑 짜고 우릴 납치한 이유는 잘 모르겠지만……. 뭐, 자기 아들이 한 짓을 알고 나서 죄책감으로 공범을 도와준 거 아닐까. 아니면 공범한테 아들이 한 짓을 다 까발리겠다는 협박을 받았을지도 모르지. 아무튼 산장에 모인 인원들 중 황문교를 제외한 사람, 나, A, B, O, 만년필, 햄버거 선배, 그리고 회장은 전부 사과를 죽이는 게 가능해. 동기는 명확히 밝힐 수 없는 부분이니까 생략하고, 물리적으로 살인이 가능하단 면에만 집중할게."

B는 속으로 현명한 판단이라고 중얼거렸다. 설령 자신이 살인범으로 지목당하는 일이 생긴다고 한들 그의 치부, 즉 동기만큼은 밝히고 싶지 않았기 때문이다.

"그럼 사과가 자살이 아니라 확실히 살해당했다는 근거는 뭐가 있을까? 이 문제는 내가 이미 해결한 바 있지. 사과의 뒤통수에 나 있던 상처랑 옥상이 아니라 3층 창문에서 뛰어내렸다는 건 부자연스럽다는 점을 예시로 들어서. 그런데 시간이 지나서 생각해보니, 그것들 말고도 증거가 몇 개 더 있더라고. 첫째는 창틀에 긁혀서 뒷목에 상처가 났는데도 창틀이 먼지 하나 없이 깨끗했다는 점, 둘째는 사과의 오른손 검지 손톱에 피로 물든 흔적이 있었다는 점. 피는 아마 손에 나 있던 상처에서 흐른 거겠지. 바늘에 찔려서 생겼다던 그 상처 말이야. 그런데 겨우 바늘에 찔린 것 가지고 그 정도의 상처가 날 리는 없거든. 눈을 감은 채로 바느질을 한 게 아닌 이상은. 사과가 손을 봤다면 곧장 손톱에 묻은 피를 닦아냈겠지만, 그러지 않았다는 건 미처 손을 볼 겨를이 없었다는 뜻이겠지. 이건 사과가 죽기 전에 누군가한테 제압당했다는 증거야. 내 말 못 믿겠으면 나중에 사진을 다시 살펴봐. 비가 와서 좀 습하긴 하지만 지금쯤이면 다 말랐을 테니. 범인은 사과를 완전히 죽이기 전에 사과의 머리를 가격하고 손가락에 상처를 냈어. 후자는 몰라도 전자는 백 퍼센트 확신할 수 없지만, 아마 내 말이 맞을 거야. 내가 무슨 근거로 이런 말을 하는지는 자연스럽게 알게 될 테니까 굳이 지금 얘기하진 않을게."

"아니, 어차피 얘기할 거 지금 얘기하면 덧나냐? 왜 자꾸 맥을 끊어?"

"닥치고 듣기나 해. 여기서 B가 말한 의문이 생기지, 범인은 왜 굳이 그런 방식으로 사과를 죽였는가. B의 말마따나 그냥 창밖으로 밀어버리면 끝날 텐데, 뭐 하러 귀찮게 힘을 썼을까? 이 부분도 일단 뒤로 미뤄둘게. 먼저 범인이 어떻게 사과를 죽였는지부터 설명하는 게 좋을 것 같아. 사실 이 문제는 황문교의 공범이 한참 전에 손수 답을 알려줬어. 맨 처음 살해당한 두 사람, 만년필과 황문교의 시체를 통해 말이야. 왜 그랬는지는 나도 모르겠지만 추리해보자면, 범인은 우리가 사과의 죽음을 잊고 산장을 탈출하는 일에만 열중할 경우를 대비해 이 두 사람의 죽음으로 어떤 암시를 주고 싶었던 것 같아. 두 사람의 죽음이 사과의 죽음과 관련되어 있다는 암시. 범인은 사과가 살해당한 수법대로 두 사람을 똑같이 살해한 거야."

회원들의 얼굴을 죽 훑은 AB는 잠시 말을 끊었다. 발표를 시작하기 전에 머릿속의 사고를 정리하듯, 설명을 매끄럽게 다듬는 단계를 거치는 중으로 보였다. 괜히 조바심이 난 B는 제자리에서 쿵쿵 발을 굴렀다.

그래서 이 자식이 하고 싶은 얘기가 대체 뭐란 말인가? 내가 사과를 죽였다는 말?

"엄청 거창한 척 설명하고는 있는데, 그래서 뭐? 그게 다 무슨 의미가 있어? 아무튼 사과는 추락할 때 입은 부상 때문에 죽은 거잖아. 그 전에 머리를 맞았든, 손가락을 찔렸든 무슨 상관인데? 그게 그렇게 중요해?"

"천천히 한 번 생각해 봐, 왜 상관이 있는지. 방금 네가 말한 내용이 정답이니까."

"지금 우리랑 스무고개 하냐? 쓸데없이 배배 꼬지 말고 알아듣게 말해."

"배배 꼰 적 없는데. 네가 말한 내용이 정답이라니까. 사과는 죽기 전에 머리를 맞고, 손가락을 찔렸어. 이거 왠지 부자연스러운 문장 같지 않아?"

"뭔 헛소리야. 대체 어디가 부자연스럽다는……."

말문과 함께 숨이 턱 막혔다. 누군가가 귓바퀴에 숨을 불어넣은 것처럼, 오싹한 감각이 손끝에서부터 전두엽까지 전해져왔다.

B는 독극물을 바른 못을 설치해뒀을 뿐, 사과의 머리를 가격한 적은 없었다.

AB가 억지웃음을 지어 보이며 말했다.

"이제 알았냐? 사과가 입은 부상은 너무도 상반되어 있어. 범인은 한 사람이 아니야. 사과를 죽인 살인자는 두 명이야."

세계가 부정 당한다는 건 어떤 기분일까?

마음속 깊은 곳의 진리를 잃고 절망하는 이야기 속 주인공과 마주하고 있노라면 가끔씩 그런 의문이 떠올랐다. 하루아침에 벌레가 되어버린 그레고르[2]는, 아버지를 죽이고 어머니와 결혼한 오이디푸스[3]는, 만토바 공작의 살인을 청부해놓고 자루 속에서 죽은 딸을 발견한 리골레토[4]는. 불행을 피할 도리가 없던 그들과, 나는. 내가 죽인 사람이 나만큼 불행했다는 사실을 깨달은 나는. 나 이외의 누군가가 살인에 일조했다는 걸 알아버린 나는. 어떤 말로 그 기분을 표현할 수 있을까. 영영 멎지 않는 겨울과 팽창하지 않는 우주와 멸망하기 시작한 항성마저도 이 짧은 문장 하나를 대신할 수는 없을 것이다.

세계가, 부정 당한다.

"그런데 사과가 입은 부상은 그것 말고도 많잖아. 안구도 빠져 있었고, 코뼈도 부러졌고, 몸엔 찰과상들이 가득했어. 굳이 손가락에 난 상처나 머리에 집중할 필요가 있어?"

어색한 음성이 힘을 잃고 적막 속으로 흩어진다. 스스로가 무슨 말을 하고 있는지도 깨닫지 못한 채 되는 대로 지껄였으니, 당연한 일이었다. B의 말을 들은 AB가 고개를 설레설레 내저었다.

"있지. 내가 말했잖아, 공범은 살인을 통해 어떤 암시를 주고 싶어 한다고. 만년필과 황문교의 시체만 봐도 그 사실을 알 수 있어. 황문교의 손가락에 난 상처와 만년필의 머리를 가격한 듯한 상흔, 이건 일종의 힌트야. 사과를 죽인 사람이 둘이고 살해 시도도 각각 다르다는. 심지어 공범은 사과를 죽인 방식과 흉기마저도 가르쳐줬지."

B는 입을 다물었다. 달리 대꾸할 말도, 힘도 없었다. 다른 회원들도

2 프란츠 카프카의 소설 《변신》 속 주인공.

3 그리스 신화에 등장하는 영웅.

4 이탈리아 작곡가 주세페 베르디(Giuseppe Verdi)의 오페라 속 주인공.

별 반응이 없자 AB가 한숨을 내쉬었다.

"그래, 아직은 설명이 좀 부족하지. 되도록 쉽게 얘기해줄게. 먼저 사과를 죽인 범인들이 어떤 방법을 썼는지부터. 너희 B가 말한 거 기억나? 누가 학교에서 불장난을 한 것 같다고, 자기가 학교 옥상에서 연기를 봤다고 했던 거. 사과가 추락한 현장을 찍은 사진에서 깨진 유리 조각을 발견한 것도 B였는데……. 표정을 보니 당사자 빼곤 기억이 안 나는 것 같네. 하긴, 워낙 스치듯 지나가서 귀담아 듣긴 힘든 말이었으니까. 상황이 좀 별로기도 했고."

B를 포함한 회원들의 얼굴이 혼란에 휩싸였다. B가 했던 말이 무슨 특별한 의미를 가지고 있단 말인가?

"나도 당시엔 A를 범인으로 몰아가려고 B가 얼토당토않은 점을 지적하는 줄 알았지만, 지나고 보니 그것들이 아주 중요한 단서가 될 수도 있을 거라는 생각이 들더라고. 하필 그날 우연히 불이 났을 리는 없으니까. 하필이면 거기서 유리가 발견됐을 리도 없고. 그래서 쭉 고민해봤어. B는 왜 그날 연기를 봤던 건지, 어째서 현장에 깨진 유리 조각이 있던 건지. 그리고 말이 되는 추리는 딱 한 가지밖에 없다는 결론에 이르렀어. 심히 비효율적이고 비현실적이긴 하지만, 홈즈도 그런 말을 했었잖아. 불가능한 것을 전부 제외하고 남은 것은 아무리 말이 되지 않더라도 진실일 수밖에 없다고."

입 안이 바싹 마르다 못해 쩍쩍 갈라지는 듯했다. 불길한 예감이 B의 뇌리에 조금씩 뿌리를 박아 내렸다. B는 눈을 부릅뜬 채 모든 육감을 오로지 AB의 입술 모양에만 집중시켰다. 뚜렷하게 표현할 수 없는, 아주 어두운 무언가가 스멀스멀 목구멍을 타고 기어올라왔다.

"B가 목격한 건 불장난 따위가 아니었어. 폭발 후에 남은 연기였지. 유리가 깨져서 날아갈 정도로 강력한 폭발. 범인은 옥상에 올라가 제시간에 터지도록 폭파 장치를 설치해두고, 그 힘을 이용해 사과를 죽인 거야. 무슨 장치였는지는 몰라. 난 문과고, 화학엔 관심 없으니까. 그래도 추리해보자면 학교 과학실이나 약국 같은 곳에서 쉽게 접할 수 있는 물건을 이용하지 않았을까. 굳이 수능 전날을 범행일로 정한 이유는 혹시 모를 다른 불청객들의 방문을 최대한 차단하고, 그날 시장에서 있었던 먹거리 행사를 이용하기 위해서일 거야. 신문 기사에 따르면 불꽃놀이가 계획보다 좀 더 일찍 시작되었다던데, 실은 이것도 범인이 꾸민 일 아닐까. 사람들의 이목을 돌리고 학교에서 생긴 폭음이 폭죽 소리에 묻힐 수 있도록."

"그런데 사과는 3층 교실에 있었잖아. 옥상이 아니라. 범인이 무슨 수를 써서 폭발로 사과를 죽였다는 거야? 그건 학교를 통째로 날려버리는 게 아니면 불가능해. 그리고 학교엔 경비 아저씨도 있었는데, 아저씨는 폭발음을 들었다는 진술 따위 하지 않았어."

A가 다소 신경질적인 말투로 끼어들었다. AB는 누군가가 그 점을 지적하리라 예상하고 있었다는 양 옅게 미소 지었다.

"범인이 바보도 아니고, 미리 손을 써뒀겠지. 아저씨가 마시는 커피에 수면제를 타두면 그만인걸. 아니면 폭발을 일으키기 전에 다른 곳으로 유인할 수도 있고."

"그럼 범인이 폭발로 사과를 죽였다는 점은? 그건 어떻게 설명할 건데?"

"있잖아, 난 폭발을 이용했다고 했지, 사과를 죽게 만든 흉기가 그 폭발물이었다는 말을 한 적은 없거든. 폭발물은 범행을 위한 초석일 뿐, 진짜 흉기는 따로 있었어."

"……진짜 흉기? 그게 뭔데?"

"너도 이미 알고 있는 물건이야. 지금 이 자리에도 있잖아, 사람을 죽인 흉기가."

말을 마친 AB의 시선이 수술대에 묶여 있는 만년필로 향했다. 회원들의 시선도 자연히 그를 따랐다. 시선의 끝엔 덥수룩한 머리카락 사이로 삐죽 튀어나와 있는 대못과, 장밋빛으로 물든 벽돌이 있었고, 그것들은 거무튀튀한 혈흔으로 더럽혀진 상태였고…….

A의 얼굴이 경악으로 물들었다. B는 그제서야 공범이 못과 벽돌을 하나로 결합해 둔 이유를 깨달았다.

"연상하기가 어려워서 그렇지, 방법은 아주 간단해. 옥상에 올라간 범인은 우선 낚싯줄 같은 걸 이용해 학교 피뢰침과 벽돌을 연결해놨어. 낚싯줄이 아니더라도 적당히 길고, 튼튼한 줄이기만 하면 뭐든 가능하겠지. 뭐, 아무튼 이건 별로 중요한 게 아니고. 범인은 폭발과 동시에 벽돌이 떨어지도록 난간 위에 폭발물을 설치해둔 다음, 그 위에 벽돌을 올려놓았을 거야. 포물선을 그리며 추락한 벽돌이 연결된 피뢰침을 중심으로 3학년 1반 교실 창문을 향해 진자운동을 하도록. 우리는 여기서 범인이 범행 장소를 1반으로 택한 이유를 알 수 있어. 옥상에 있는 피뢰침과 사과가 있던 교실은……. 뭐랄까, 서로 수직적인 관계라고나 할까. 높이만 다를 뿐 상당히 비슷한 위치에 있었으니까. 1반이 아니면 피뢰침과 거리가 너무 멀어져서 진자운동은커녕 벽돌이 창문에 닿지도 않을 거야. 범인이 사과를 1반으로 불러낸 이유가 이거지. 사과가 왜 순순히 교실로 와줬는지는 모르겠지만, 아무튼. 폭발 후 벽돌이 진자운동을 할 때, 누군가가 운 나쁘게 창밖으로 얼굴을 내민다면 어떻게 될까? 결과는 뻔해. 날아온 벽돌에 머리를 얻어맞고 그대로 뻗게 될 거야."

"그럼 범인은 우연히 사과를 죽였다는 뜻이야?"

"아니, 꼭 그렇다고는 볼 수 없어. 사과 본인이 하필 그때 창문 밖으로 머리를 내밀었을 리는 없고, 범인이 사과를 창문으로 유인했겠지. 전화를 걸든, 문자를 보내든 해서. 자, 첫 번째 살인마는 이렇게 번거로운 과정을 통해 사과를 제압했어. 하지만 보다 확실하게 죽이는 데에는 실패했지. 이젠 두 번째 살인마가 사과한테 접근할 차례야. 이놈은 또 어떤 방식으로 사과를 죽이려 한 걸까?"

싸늘한 정적이 흘렀다. 아무도 AB의 말에 대답하지 않았지만, 모두가 답을 모르지는 않았다.

"……이쯤 되니 너희도 슬슬 감이 오지? 맞아, 두 번째로 사용된 흉기는 못이야. 황문교의 공범이 벽돌에 못을 박아놓은 것도 이것 때문이지. 범인은 미리 독을 발라둔 못으로 사과의 손가락을 찔렀어. 만일 사과가 깨어나기라도 하면 습관대로 상처를 빨게 만들려고. 많고 많은 흉기들 중에 하필 못을 선택한 이유는 딱 하나밖에 없지. 유족들이 한 증언에 따르면 사과는 바느질을 하다 손가락을 다친 상태였잖아. 범인도 그 점을 알고 있던 게 분명해. 사과의 취미가 바느질이고 살해당하기 전에 바늘에 찔린 적이 있었다면 손가락에 혈흔이 좀 남아도 대수롭지 않게 여길 테니. 문방구에서 파는 못 정도면 바늘이랑 크기가 비슷하기도 하고. 사과의 자살 소식을 실은 신문에 학교에서 밥을 주던 고양이가 중독사했다는 기사가 있었는데, 혹시 기억나? 그게 바로 증거야. 범인이 독살을 시도하려 했고, 살인을 자행하기 전 미리 독의 양을 실험해봤다는 증거."

AB가 단숨에 추리를 늘어놓았다.

무거운 적막 속 빗방울이 지면을 두드리는 소리만이 귓가를 간지럽혔다. 한꺼번에 너무 많은 정보를 받아들여서인지, 회원들은 말이 없었다. 눈을 끔뻑이며 서로의 얼굴만 바라볼 뿐. B 역시 AB가 하는 말 전부를 이해할 순 없었지만, 적어도 한 가지는 명확하게 알 수 있었다.

이제 더 이상은 물러설 곳이 없다는 것.

"마지막으로 의식을 잃은 사과의 신발을 벗겨내 자살한 것처럼 보이게 만들고, 사과를 창밖으로 밀어버리면 끝나. 아마 사과를 교실에서 떨어뜨린 건 첫 번째 살인마가……."

AB가 돌연 말을 끊었다. 하늘이 찢어질 듯한 굉음이 귓가에 작렬한 탓이다. 연이은 천둥에 AB가 얼굴을 찌푸린 틈을 타 O가 입을 열었다.

"설명이 하나 빠졌어. 그래서 범인들은 왜 그런 방식으로 사과를 죽인 건데? 그 둘이 짜고 같이 사과를 죽인 거야?"

O의 말에 AB가 오묘한 웃음을 머금었다.

"글쎄."

"뭐야, 그 맥 빠지는 소리는. 모르면서 아는 척 떠든 거였냐?"

"상당히 우발적인 살인이었다고 유추할 수는 있지. 독살하기로 마음먹었다면 최대한 많은 양의 독을 주입하기만 하면 되는데, 독의 양을 조절하려 했다는 건 처음부터 살의를 가지고 있지는 않았다는 뜻일 테니까. 가능성은 낮지만, 어쩌면 굳이 거추장스러운 방법을 써서 사과를 제압한 것도 사고였을지 몰라."

"근거가 너무 빈약한 것 같은데."

"그래도 그건 확실하게 설명해줄 수 있어. 공범이 만년필과 황문교를 죽인 방법."

AB가 천장을 올려다보며 탄식인지 한숨인지 모를 숨을 내뱉었다.

"내가 처음 시체를 봤을 때 그랬잖아. 이상하다고. 그건 온갖 잡동사니가 즐비한 이곳에 꼭 필요한 물건만 없다는 게 이상하다는 뜻이었어. 창밖을 한 번 봐봐. 어두워서 아무것도 안 보이잖아. 비 때문에 평소보다 더 어두운 감이 있긴 하지만, 감시용 노트북의 모니터 불빛이 있다고 해도 전등이 없으면 굉장히 불편할 거란 말이야. 천장 한가운데에 유독 깨끗한 부분이 있는 걸 보니 전등을 떼어낸 지 얼마 되지 않았을 거야. 굳이 전등을 떼어낸 이유는 짐작하기 어렵긴 하지만……. 뭐, 범인은 최대한 살인 현장과 비슷한 환경을 만들고 싶었던 게 아닐까. 사과가 겪었던 일을 만년필한테 똑같이 보복해준 걸 보면 충분히 가능성이 있다고 봐."

말을 마친 AB가 다시 시선을 회원들의 얼굴로 돌려놓았다. 촛불에 비친 그는 옅게 미소 짓고 있는 것처럼 보였다.

"보다시피 공범은 만년필을 수술대 위에 눕혀놓고 꽁꽁 묶어놓았어. 황문교한테 시킨 건지 본인이 직접 한 건지는 알 수 없지만, 그건 별로 중요한 게 아니겠지. 공범은 벽돌로 만년필의 머리를 내리친 다음 매트를 이렇게 세워뒀어. 그래야 측면에 위치한 관자놀이에 못을 박기 편하니까. 대못을 머리에 박아넣은 뒤엔 타깃을 황문교로 바꿨지. 황문교도 알아채지 못하는 사이에 말이야."

"그럼 그놈이 황문교도 못으로……?"

"아니, 그건 아냐. 사과처럼 손가락에 상처를 내긴 했지만, 공범이 황문교도 독을 바른 못으로 찔렀다고는 생각할 수 없어. 확실하게 독으로만 죽이려면 손가락보단 팔에 독을 직접 주사하는 편이 낫잖아. 황문교한테 사과처럼 손가락에 난 상처를 빠는 습관이 있는지는 공범도 알 수 없었을 테니까. 하지만 아무리 살펴봐도 황문교의 팔목에 주삿바늘 자국 같은 건 없었어. 이건 공범이 황문교 스스로 독을 흡입하게 만들었다는 뜻일 거야. 죽은 황문교의 발치에 담배꽁초가 떨어져 있던 거, 기억나? 아마도 공범은 황문교가 담배를 피운다는 사실을 알고 기회를 봐서 자연스럽게 독이 든 담배를 건넨 거 아닐까. 그리고 그 결과는 우리 모두 잘 알고 있지. 황문교는 담배를 피우며 산장 계단을 오르다가 그대로 죽어버렸어. 그래서 시체가 창고가 아닌 계단에서 발견된 거야. 참, 이건 B한테만 말했던 건데. 어쩌면 공범은 살인을 하기 쉬운 환경을 조성하기 위해 식수에 약을 타놓았을지도 몰라. 황문교나 만년필의 시체를 보면 고통에 몸부림치거나 반항한 흔적이 전혀 없잖아. 무기력증을 동반하는 수면제 같은 걸 먹였을 가능성이 높다고 봐."

B는 자기도 모르게 고개를 끄덕였다. 정전이 일어나기 전, 확실히 AB는 황문교가 회원들한테 약을 먹였을 가능성을 이야기해준 바가 있었다. 그때는 허황된 이야기라고 여겼으나 지금에 이르러서는 그의 말이 전부 사실이라는 생각이 들었다.

"그럼 공범은? 그놈의 정체에 대해서는 뭐 알아낸 거 없어?"

"새롭게 알아낸 사실은 없지만, 대충 짐작은 할 수 있지. 황문교의 공범은 사과를 죽인 살인범과 다르므로 사과가 원한을 가지고 있지 않으면서 사과를 죽일 필요가 없는 사람이야. 만년필과 회장은 확실히 용의자에서 제외할 수 있어. 그럼 남은 용의자는……."

회원들의 얼굴을 빙 둘러본 AB가 말을 흐렸다. 본인 입으로는 말하고 싶지 않은 눈치였다. B는 속으로 AB 대신 설명을 이어갔다.

생존한 사람들 중 만년필과 회장을 제외한 용의자는 A, B, O, AB 총 네 명이다. 이 네 명 사이에 황문교의 공범이 숨어 있는 것이다…….

"그래도 세 명으로 줄었으니 이제는 좀 찾아내기 쉽겠지. 3분의 1이라는 확률은 그리 극악한 확률도 아니니까."

"그렇지……. 응? 잠깐, 왜 세 명이야? 너랑 나, B, O까지 합해서 네 명 아니야?"

A가 얼빠진 표정을 지으며 물었지만, AB는 대답하지 않았다. 묵묵히 O의 얼굴만 쳐다볼 뿐. 멍하니 허공을 응시하던 O가 느닷없이 고개를 툭 떨구었다.

"아니. 용의자는 세 명이야. 나야말로 정말 사과를 죽이고 싶어 하는 사람일 테니까. 실은 내 손, 단순한 수전증이 아니야. 사과가 날 이렇게 만든 거야."

# B14

"너희는 몰랐겠지만, 사실 난 초등학생 때부터 사과랑 알고 지냈어. 같은 동네에서 나고 자란 덕에 부모님들끼리도 친했거든. 나는 정말 우리가 세상에 둘도 없는 친구라고 믿었는데……. 사과랑 소원해진 건 중학교를 졸업하고 난 직후였어."

O의 동공이 점차 좁아졌다. 기억의 바다를 거슬러 서서히 먼 과거로 떠나기 시작한 모양이었다.

"그날도 지금처럼 비가 내렸어. 나는 거의 매일 피아노 학원에서 밤늦게까지 콩쿠르 연습을 하느라 지쳐 있었고, 어둡고 인적 없는 길이더라도 지름길로 집에 가고 싶었지. 지금도 가끔 후회해. 잠깐을 편하자고 그딴 위험한 선택을 한 걸 말이야. 하지만 누가 알았겠어. 그날 딱 하루만의 변덕일 뿐인데, 이렇게까지 삶이 망가질 줄……."

누군가가 침을 꼴깍 삼키는 소리가 들렸다. B도 마른 침을 삼키며 O의 목소리에 집중했다.

"집으로 돌아가는 길은 어둡고 축축했어. 양말이 젖는 걸 감수하고서라도 뛰어갈까 고민하던 찰나, 맞은편에서 술에 전 노숙자가 비틀비틀 걸어왔지. 손에 두 동강 난 소주병을 들고 말이야. 겁이 나서 얼른 지나치려는데 노숙자가 갑자기 내 팔을 붙들고 술을 살 돈이 모자라니 조금만 보태달라고 그랬어. 그 사람 입에서 한 번도 맡아본 적 없는 악취가 들끓는 바람에 나는 싫다는 소리도 못하고 얼굴만 찌푸렸어. 그 사람은 그 점이 엄청 거슬렸나봐. 소주병이 눈앞에 왔다 갔다 하는 통에 난 우산도 팽개친 채 냅다 도망쳤어. 하지만 곧 막다른 길에 몰렸고, 내가 할 수 있는 거라곤 목이 터져라 비명을 지르는 것뿐이었지. ……살면서 가장 무서운 순간이었어. 미친 사람이 한 걸음씩 가까이 오는데 도망칠 곳은 아무 데도 없었으니까. 이대로 이 사람한테 맞아 죽겠구나 하고 좌절하던 그때, 멀리서 누가 지나가는 게 보였어. 처음엔 내가 헛것을 봤나 싶었지. 하지만 얼마 지나지 않아 그게 사과라는 걸 알았어. 나는 너무 반가워서 무작정 사과의 이름을 불렀어. 그런데 그냥 지나치더라고. 애써 나를 못 본 하면서."

O는 돌연 얼굴을 찌푸렸다. 발바닥에 박힌 가시를 뽑아내듯, 가슴 속 깊은 곳에 박혀 있던 그 날의 기억을 들추는 과정에서 그의 심장 한 구석도 함께 통째로 뽑혀져 나온 것 같았다.

"그 뒤로는 잘 기억이 안 나, 어떻게 됐는지. 다만 정신을 차리고 보니 난 응급실로 실려온 상태였고, 손을 크게 다쳐서 예전처럼 피아노 연주를 하기는 어려울 거란 진단을 받았어. 부모님은 침대에 누워 있는 나를 보고 펑펑 우셨는데, 이상하게 난 눈물이 안 나왔어. 대신 나는 병원에 몇 주 입원해 있는 동안 사과가 문병 오기만을 기다렸어. 그 애가 내게 나를 못 본 체하고 지나쳐서 미안하다고, 너무 무서워서 어쩔 수 없었다고, 몸은 좀 괜찮냐고 말해주기를……. 그러면 용서해줄 생각이었어. 비난하거나 원망하고 싶은 마음은 일절 없었고, 진심으로 사과하면 용서해주려고 했어. 하지만 그날 이후로 내가 사과를 만나게 되는 일은 없었지. 고등학교에 입학하고 같은 동아리에서 마주치긴 했지만, 그때도 걔는 나를 모른 척했어."

O가 말을 멈췄다. 어떤 감정도 담겨 있지 않은 멀건 얼굴로, 그는 줄곧 창문을 두드리는 빗줄기만 응시했다. 몸 전체가 그날의 기억에 침잠당한 것처럼. 누구도 할 말을 찾지 못하고 O만 쳐다보고 있는 사이, 얌전히 묶여있던 회장이 입을 열었다.

"그럼 나한테 감사해야 하는 거 아니냐? 내가 그런 못된 애를 혼내줬으니까."

그 말에 O의 눈이 창문에서 떨어져 회장에게로 향했다. 다른 회원들의 눈 역시 마찬가지였다.

"웃기지 마. 난 사과가 그딴 더러운 일 당하길 바란 적 없어."

"아, 그래. 물론 그러시겠지. 그래서 네 손으로 사과를 죽인 거고. 그렇지?"

"……뭐? 그게 무슨 개소리야?"

"모르는 척하지 마, 이 새끼야. 네가 사과를 죽인 거잖아. 너야말로 사과를 죽이고 싶은 사람일 거라며? 그래놓곤 사과가 그딴 더러운 일 당하길 바란 적 없다니, 뭔가 앞뒤가 안 맞지 않아? 아니면 혹시 네 입으로 지껄여놓고 벌써 까먹은 거냐?"

O는 회장의 힐난에 반박하지 않았다. 말없이 그에게 다가가 주먹을 휘둘렀을 뿐이다. 회장이 꼴사나운 비명을 질러댔지만 아무도 O를 말리지 않았다. 되도록 중립적인 위치를 고수하던 AB마저 복날 개처럼 두들겨 맞는 회장을 못 본 체했다.

"그런데 사과를 죽인 범인이라고 해서 꼭 황문교의 공범이 아닐 거라고 단정 지을 순 없는 거 아냐?"

구석에서 벌어지는 일방적인 구타를 유심히 지켜보던 A가 기죽은 목소리로 웅얼거렸다. O는 입에 게거품을 물고 악을 쓰는 회장을 다시 한번 때려눕힌 뒤, 그게 무슨 소리냐는 듯 A를 쳐다봤다.

"들어봐. 본인이 죽여놓고 죄책감에 이딴 쓸데없는 연극을 벌였을 수도 있는 거잖아. 다른 사람을 범인으로 몰아가고 싶어서. 아니면 우리들 중 누군가가 예전부터 사과의 죽음에 의문을 품어왔기 때문에 위험의 싹을 제거하려고 납치한 걸 수도 있고."

"말하는 게 꼭 내가 사과를 죽인 범인이라는 것처럼 들리는데, 기분 탓인가?"

"그런 뜻으로 말한 건 아니지만, 아무튼 너나 회장이 공범일 확률도 존재하긴 하는 거잖아."

"아니, 그럴 가능성은 매우 희박해. 공범은 너랑 B, 그리고 나. 이렇게 세 사람 중에 있어."

AB가 A의 말을 딱 잘라 부정하자 A의 얼굴이 딱딱하게 굳었다.

"나랑 B는 그렇다 쳐도, 너는 왜? 공범은 사과가 원한을 가지고 있지 않으면서 사과를 죽일 필요가 없는 사람이라며. 넌 사과한테 미움 받는 상황이었고, 사과를 죽일 만한 동기도 있잖아. 네 책이 친구가 털어놓은 비밀을 토대로 하고 있다는 걸 독자들이 알게 되면 작가로서의 이미지에 치명적인 타격을 입을 텐데."

"아냐. 일기를 잘 보면 A랑 B에 대한 증오만 눈에 띌 뿐, 나에 대해서는 딱히 언급하고 있지 않잖아. 사과는 날 회장만큼 미워하진 않았어. 미워했더라도 금방 용서했겠지. 일기엔 안 적혀 있지만 나는 그 일에 대해 충분히 사과도 하고, 도움이 필요한 일이 생기면 최선을 다해 돕겠다고 약속했었거든. 걔는 자기편을 한 명이라도 더 늘릴 수 있다면 내가 더한 짓을 저질렀어도 용서했을 거야. 그리고 그 일이 내 살인 동기가 될 순 없어. 이미지야 얼마든지 회복할 수 있는 거고, 사람들 구설수에 좀 오르는 것 가지고 굳이 살인이라는 위험 부담을 감수할 필요까진 없으니까."

AB가 똑 부러지게 설명을 마쳤다. A는 못마땅한 표정으로 AB의 얼굴을 응시했지만, 그 이상 친구의 말에 반박하려 들진 않았다.

AB의 논리에 반박을 시도한 건 의외로 회장이었다.

"그래, 그러니까 저 새끼가 사과를 죽인 거라고. 피아니스트가 꿈이던 놈이 손을 다쳤으니 얼마나 죽이고 싶었겠어."

실실 웃던 회장이 O의 발치에 피 섞인 가래를 내뱉었다. 대놓고 상대를 도발하는 것 같은 태도였다. O가 살기등등한 시선으로 그를 내려다보자, AB가 얼른 상황을 마무리 지었다.

"그 얘기는 나중에 다시 하는 걸로 하고, 다들 피곤하지 않아? 시간도 늦었는데 일단 산장으로 돌아가는 게 어때."

"난 찬성. 그런데 저 인간은 어떻게 해? 계속 묶어놔?"

B가 회장을 곁눈질하며 말했다. AB는 난감한 양 뺨을 긁적이더니 어깨를 으쓱했다.

"난 당분간 묶어놓는 게 맞다고 생각해. 풀어줘봤자 O한테 싸움이나 걸 테니까."

"뭐? 야, 네가 뭔데 날 풀어주라 마라야?"

"손발이 묶여 있어도 잠은 잘 수 있겠지. 다른 할 말 없으면 이만 가자. 날이 춥다."

"야, 내 말 씹냐? 당장 이거 안 풀어? 이런 씨, 안 풀면 너희 다 죽여버린다. 빨리 풀어달라고!"

회장이 길길이 날뛰었지만 그의 소란은 천둥소리에 모조리 묻혀버렸다. 회원들이 촛불을 끄고 하나둘씩 떠날 채비를 하는 동안, B는 메트로놈처럼 일정한 간격을 두고 이어지는 빗줄기를 쳐다보며 생각했다.

진짜 악몽은 지금부터일 거라고.

불행한 사람은 불행한 사람을 해치지 않는다.

B가 아주 오랫동안 관철해온 철학 중 하나였다. B가 좋아한 사람들은 저마다 불행한 구석이 하나씩은 있었고, 회원들도 예외는 아니었다. 부모님이 이혼하셨다던 A나 연쇄살인마의 습격을 받아 가족을 모두 잃은 AB, 가정형편이 넉넉지 않은 햄버거나 엄하고 가부장적인 아버지 밑에서 자란 회장, 중학생 때 왕따를 당한 만년필과 손이 망가져버린 O까지. B는 꿈에서도 그들을 해쳐본 적이 없었고 결코 그들을 미워하고 싶지 않았다. 오직 사과만이 그의 삶 속에서 유일한 돌연변이였다. 부족함 없이 자란 그 계집애만이, B를 동정하는 척하면서도 사사건건 건방지게 군 그녀만이 유일한 혐오의 대상이었다. 불행한 사람은 불행한 사람을 해치지 않으니까.

……그런데 이건 뭐지. 사과가 줄곧 불행한 삶을 살고 있었다니. 내가 죽인 건 대체 뭐였지? 그런 일을 당해도 싼 애 아니었나?

침대에 누워 멍하니 천장만 올려다보던 B는 손등으로 뻑뻑한 눈가를 마구 문질렀다. 이제 와서 죄책감 따위에 사로잡히고 싶은 생각은 추호도 없었지만, 창고에서 AB의 추리를 듣고 난 뒤부터 머리가 줄곧 납처럼 무거워진 상태였다.

내가 사과를 죽였어, 내가 그 불행한 애를……. 황문교의 공범은 그걸 어떻게 알아낸 거지? 내게 복수하고 싶었다면 진작 나부터 죽였어야 하는 거 아닌가? 최대한 오래 살려두면서 고통 받게 만들 셈인가? 그래, 후회도 살아 있을 때나 가능한 거니까…….

희미한 빗소리가 연신 고막 부근을 맴돌았다. B는 이리저리 몸을 뒤척이다 끝내 한 가지 의문에 도달하고 말았다.

황문교의 《폭풍》……. A가 정말 사과를 죽이려 했단 말인가?

# 다섯 번째 날

# A14

어제보단 빗줄기가 약해진 것 같은데.

A는 책상에 앉아 혼잣말을 했다. 창문에 얼굴을 바짝 붙이고 보니 확실히 가랑비가 부슬비 수준으로 바뀐 것 같다. 사방이 진창인 건 매한가지라 당장 산을 내려가기는 쉽지 않겠지만, 태풍도 슬슬 지나가는 추세인 듯하고 사건도 조금씩 허물을 벗기 시작했으니 이대로라면 무사히 일상으로 돌아갈 수 있을 것이다. AB가 진상을 규명해내지만 않는다면.

긍정적인지 부정적인지 모를 사고에 빠져 있던 A는 몇 분간 더 빗줄기를 관찰하다가, 면이 붇기 전에 컵라면의 뚜껑을 떼어냈다. 알싸한 고춧가루 향이 코끝을 간질였지만 입맛이 전혀 돌지 않았다. 젓가락질을 하는 대신 뽀얀 면에서 뿜어져 나오는 증기를 온 얼굴로 쐬고 있자니, 문득 떠오른 옛 기억이 위장을 쓰리게 만들었다. 그때도 이렇게 비가 오는 와중에 라면을 끓여 먹었었는데. 돌이켜보면 그 즈음이 가장 즐거웠던 것 같다. AB와 같은 반이었던 고등학교 2학년 늦봄 시절. 수능 걱정도 미뤄두고, 올해가 정말 마지막의 마지막이라며 여기저기 신나게 놀러 다니던 때 말이다.

그날은 유독 봄답지 않게 하늘이 어둑어둑했다. 언제라도 한바탕 쏟아지겠지 싶어 조마조마했건만 야간자율학습이 끝나도록 기미가 없어 안심하고 있었는데, AB와 함께 하교를 하던 와중 아니나 다를까 폭우가 쏟아졌다. 두 사람은 급한 대로 AB가 사는 원룸에 들어가서 비를 피했다. A는 우산만 빌려 바로 나갈 생각이었지만, AB는 한사코 A를 붙잡았다.

"그냥 하룻밤 자고 가. 위험하잖아."

"다 큰 사내놈이 뭐가 위험해."

"자고 가라면 그냥 자고 가. 두 번씩 말하게 하지 말고."

그렇게까지 말하니 A도 달리 할 말이 없었다. A가 집에 전화를 거는 사이 AB가 먹다 남은 곱창과 막 끓인 라면을 가져왔고, 두 사람은 밤새도록 텔레비전을 보며 야식을 먹었다. AB의 집은 꽤 비좁았지만, A는 그 점이 마음에 들었다. 두 사람만의 비밀기지가 생긴 것 같아서. 별 것 아닌 자유도 그곳에선 특별한 일탈처럼 다가왔고, AB가 후식으로 내온 커피도 달콤하기 그지없었다. A는 쓴 맛이라면 질색을 했으며 AB는 커피에 설탕이나 프림 따위를 일절 넣지 않는데 말이다.

커피마저 다 마신 뒤엔 바닥에 벌렁 드러누워 배가 꺼질 때까지 기다렸다. 슬슬 불을 꺼야 하는 시각이었지만, 딱히 자고 싶다는 기분이 들지 않았다.

"혼자 살면 외롭지 않냐?"

그래서 그런 바보 같은 질문을 했던 것 같다. 곁에 누운 AB는 헝클어진 머리카락을 정돈하더니, 안경을 아무렇게나 벗어던졌다.

"딱히. 해야 할 일이 많아서 귀찮긴 한데, 그것만 빼면 괜찮아."

"혼자 자는 건 안 무섭고?"

"내가 애도 아니고, 다 큰 사내놈이 뭐가 무서워."

AB가 A의 말투를 흉내 냈다. 그는 종종 친한 사람들의 말투나 행동을 흉내 내곤 했는데, 회장이 작가가 아니라 배우를 해도 되겠다며 혀를 내두른 바 있을 정도로 비슷했다. A는 자신의 말투를 따라하거나 흉내 내는 종류의 장난을 좋아하지 않았지만, AB가 하는 흉내는 좋아했다. 대놓고 누굴 놀리는 투가 아니라 습관적으로 하는 쪽에 가까웠기 때문이다.

"내가 너라면 엄청 무서울 것 같은데."

"왜?"

"왜긴 왜야. 너 예전부터 재수 없는 일에 많이 휘말렸다며. 심지어 언제는 살인 용의자로 경찰에 잡혀간 적도 있다고 그랬잖아."

"내가 너한테 그런 얘기도 했었나?"

AB가 눈을 끔뻑이며 중얼거렸다. 그는 곧 '아아' 하는 탄성을 내뱉곤 가볍게 손뼉을 쳤다.

"그런데 무서워도 뭐 어쩌겠냐. 그런대로 그냥 살아야지."

"새끼, 꼭 남일 얘기하듯이 말하네."

"남일 맞지. 지금 당장은 아무 일도 안 일어나는데, 뭘."

"만약 일어나면 어떻게 할 건데? 또 이사 갈 거야?"

그 말에 AB가 A를 향해 돌아누웠다. 길게 기른 앞머리가 그의 턱선과 유사한 각도로 비스듬히 흘러내렸다. 제 한 몸 던져 창문 위로 빗금을 긋는 빗방울처럼. A는 저도 모르게 호흡을 멈췄다. 이렇게 가까이서 그와 눈을 맞춘 적은 없었기 때문이다. 햇빛을 받지 않아 창백해진 피부가 실룩, AB의 입꼬리를 당겼다. A는 하마터면 보잘것없는 돌멩이 같은 자신의 시선이 AB의 얼굴에 은은한 파문을 일으킨 줄로 착각할 뻔했다. 그런 만화 같은 기적이 일어날 리가 없는데.

이어진 AB의 말은 더더욱 A를 혼란에 빠뜨렸다.

"왜? 내가 가는 게 싫어?"

"……."

"안 갔으면 좋겠어?"

"……."

침묵은 긍정의 또 다른 면모리라. AB는 재미있다는 듯 눈매를 샐쭉 휘었다.

"너 좀 귀엽다."

"닥쳐, 이상한 소리 하지 마."

"왜에, 칭찬해준 건데."

"닥치라고. 징그러운 소리 하지 말라고."

"징그럽기는. 좋아죽겠다는 표정 짓고 있는 주제에."

AB가 제 입가를 톡톡 두드렸다. A는 그가 거짓말하고 있다는 사실을 알고 있었지만, 그래도 자신의 입꼬리를 만져보았다. 곁에서 그 모습을 지켜보던 AB가 웃음을 터트렸다.

"야, 너 게이냐?"

"뜬금없이 뭔 개소리야?"

"하는 짓 보니까 그래 보여서. 아니야?"

"……."

"왜 대답이 없어? 맞아?"

"아니야. 아니라고."

"그래? 진짜 아니야?"

"아니라니까. 넌 네 친구가 게이였으면 좋겠냐?"

"아니면 아닌 거지, 왜 신경질이야. 그냥 궁금해서 물어본 거잖아."

"물어볼 걸 물어봐야지, 이 자식아. 잘 거니까 말 걸지 마."

A는 몸을 홱 돌려 AB를 등지고 누웠다. AB가 몇 차례 A의 이름을 불렀지만 돌아볼 생각은 없었다. 개 같은 자식, 다 알고 있으면서 뭐가 궁금하다는 거야. 모르겠으면 모르는 대로 닥치고 있을 것이지.

파도 소리 같은 빗소리가 한차례 귓바퀴를 휩쓸었다. A는 눈을 감고 최대한 숨을 죽였다. 그러자 AB가 숨을 쉬고 내뱉는 소리, 마른 몸을 바르작대며 움직이는 소리, 미세하게나마 두 사람 사이의 간격이 좁혀지는 소리가 들려왔다. 눈치도 없이 두방망이질 치는 자신의 심장소리도. AB의 손이 고목을 뒤덮는 덩굴줄기처럼 A의 허리를 휘감았다. 온기 없는 서늘한 손이 옆구리를 쓰다듬었다.

"너, 나랑 재미있는 거 해볼래?"

AB가 속삭였다. 환한 전등 아래에 누워 있음에도 불구하고 까마득한 무저갱 너머로 내던져진 것 같은 기분이 들었다. A는 본능적으로 아랫입술을 베어 물었다.

"재미있는 거?"

"응. 추리소설의 단점이 뭔지 알아? 아무리 참신한 트릭이라 해도 독자에게 온전히 전달하기란 어렵다는 점이야. 활자엔 한계가 있으니까."

"……그래서? 뭘 하자는 건데?"

"우리가 직접 재현해보자는 거지. 그 트릭들을. 원래는 나 혼자만 해보려고 했던 건데, 너도 특별히 시켜줄게. 분명 네가 쓰는 소설에도 도움이 될 거야."

A는 애써 실망한 기색을 내비치지 않으려 웃었다.

"해주면 넌 뭐 해줄 건데?"

AB도 A를 따라 웃었다.

"어디 안 가고 네 곁에 있어줄게."

AB는 약속을 지켰다. 두 사람은 밤마다 학교와 동네를 쏘다니며 자그마한 일탈을 즐겼고, 가끔씩은 AB의 집에서 술잔을 기울이기도 했다. 그 이상의 관계 진전은 없었지만 A는 AB가 특별대우를 해준다는 사실만으로 충분히 만족스러웠다. 비록 지금은 A 혼자만의 취미로 남아 있지만 말이다.

콧잔등을 한 번 긁은 A는 남은 컵라면 국물을 몽땅 들이켰다. 혀가 알싸해지는 매운맛에 눈물이 절로 핑 돌았다. AB는 알고 있을 것이다. 사과의 머리를 깨부순 수법은 《폭풍》 속 트릭이며 이를 현실에서 써먹을 만한 사람은 A밖에 없다는 것을. 다 알면서도 A의 이름을 언급하지는 않은 것이다. 이유는 알 수 없지만, 그는 살인자들 중 A만은 감싸주려고 하고 있다. A가 무슨 일이 있어도 AB 하나만큼은 살려 보내고자 애쓰는 것처럼.

"A, 방에 있어?"

문 밖에서 노크 소리와 함께 O의 목소리가 들려왔다. A는 문 앞에 세워둔 서랍장을 치우며 외쳤다.

"어, 잠깐만."

벌써 모이기로 한 시간이 된 모양이다. 묵직한 서랍장을 힘겹게 밀어낸 A는 서슴없이 문고리에 손을 올리려다 돌연 허공에서 동작을 멈췄다.

뭔가 아주 중요한 사실을 잊고 있는 것 같은데.

머릿속에 불길한 생각이 스쳐지나갔다. 공포영화 속의 조연들이 죽기 직전 이유 모를 불길함으로 몸부림치는 것처럼 말이다. A는 애써 스스로를 달래며 문고리를 잡아 돌렸다.

괜찮아. 아무 일도 아닐 거야. 험한 꼴을 많이 봐서 그래, 괜히 불안해서…….

# A15

1층 로비에 모인 회원들의 얼굴은 하나같이 피로에 절어 있었다. 회장이 입을 쩍 벌리고 하품을 하며 말했다.

"멀쩡한 행색인 놈이 하나도 없네. 나처럼 손이 묶여 있는 것도 아닌데 왜들 그렇게 죽상이야."

"댁 얼굴도 딱히 멀쩡하진 않은데, 괜히 정신 사납게 하지 말고 조용히 입 닥치고 있지 그래. 창밖으로 던지기 전에."

O가 사납게 쏘아붙였다. 회장은 어이가 없다는 양 허, 하고 코웃음을 쳤다.

"이 새끼 말본새 봐라. 야, 이 싸가지 없는 자식아. 왜 대낮부터 시비야?"

"시비 안 걸게 생겼어? 우리가 지금 누구 때문에 납치된 건데."

"아, 그니까 내가 죽인 거 아니라고. 사과는 다른 놈들한테 죽은 거라고. 그 일긴지 뭔지 때문에 날 의심하나 본데, 난 만년필한테 사진 같은 거 받은 적 없어. 그냥 청소도구함에 굴러다니고 있던 걸 주운 거지."

"듣기 싫어, 개새끼야. 난 솔직히 네가 공범이 아니라는 말도 못 믿겠거든? 막말로 너랑 네 아빠랑 짜고 우릴 납치해서 죽이려 든 걸 수도 있는 거잖아."

"와. 돌겠네, 진짜. 그럼 내가 사과로도 모자라서 우리 아버지까지 죽였다는 뜻이냐? 멍청한 소리도 정도껏 해야지."

한 치의 양보도 없이 으르렁대는 두 사람을 지켜보며 AB가 한숨을 내쉬었다. 그는 너무 시끄러워서 골이 다 울린다는 듯 엄지로 미간을 문질렀다.

"그만들 좀 해. 언제까지 싸우기만 할 작정이야?"

"아니, 난 싸울 생각 없었는데 저 새끼가 먼저 시비를 걸잖아."

"듣기 싫으니까 조용히 하세요. 우리는 살인범을 가려내기 위해 모인 거지, 싸우려고 모인 게 아니니까. 그리고 O, 너도 그만해. 회장은 황문교의 공범 같은 게 아냐. 자기 아버지가 납치범이란 걸 알면서도 모른 척한 걸 보면 회장이 황문교를 죽였을 리는 없어. 아무리 피도, 눈물도 없는 사람이라고 해도 자기 가족을 죽이는 건 많은 고민을 필요로 하는 일이라고."

AB의 일침에 장내가 순간 조용해졌다. 적당히 차가운 분위기가 흐르자 그때까지 가만히 서 있던 B가 얼른 새로운 화두를 꺼냈다.

"저기, 내 말 잘 들어봐. 지금 당장 산을 내려가는 것도 힘들고, 이런 곳에서 사과를 죽인 범인들이 누군지 밝혀내는 건 불가능에 가까워. 이미 4년이나 지난 일이고 우리가 그리 훌륭한 탐정들은 아니니까. 우리가 할 수 있는 최선은 날이 좀 갤 때까지 황문교의 공범이 누구인지 알아낸 다음 우리 신변의 안전을 확보하는 거야. 그러기 위해선 모두가 힘을 하나로 합칠 필요가 있어."

"그럼 그런 의미에서 이것 좀 풀어주라. 나 진짜 손목 끊어질 것 같아."

회장이 눈치도 없이 B의 말을 끊었다. 순간 회원들의 얼굴이 찬물을 끼얹은 것처럼 싸늘하게 굳었지만, B는 의외로 흔쾌히 결박을 풀어주었다. 회장의 말도 일리가 있다고 생각한 걸까.

A는 곁에서 대놓고 아니꼽다는 눈빛을 보내고 있는 O의 눈치를 슬그머니 살폈다. 물론 B가 O를 신경 쓰는 일은 없었지만.

"어우, 속이 다 시원하네."

자유를 되찾은 회장이 손목을 이리저리 돌리면서 말했다. 어찌나 단단히 묶어둔 건지, 손목에 불그스름한 상흔이 남아 있었다. 회장은 끙 하고 신음을 내뱉은 다음 표정을 바꿔 O에게 달려들었다. 미처 반응하지 못한 O의 얼굴에 회장의 주먹이 꽂혔다.

"이 싸가지 없는 새끼, 넌 나가서 보자. 내가 다른 놈들은 몰라도 너 하나만큼은 아주 죽여놓을 거야."

균형을 잃고 넘어진 O의 머리 위로 표독스러운 회장의 목소리가 맴돌았다. O는 금방이라도 회장에게 달려들 듯 씩씩댔지만, AB가 그의 팔을 붙들고 늘어지는 통에 주저앉은 채로 분만 삭여야 했다.

"방금 B가 한 말 못 들었어요? 우리끼리 힘을 합쳐야 한다고."

AB가 무섭게 노려보자 회장은 어깨를 으쓱했다.

"그래, 그래. 이 거지 같은 곳에서 탈출하려면 당연히 힘을 합쳐야지. 누가 협조 안 한대?"

"협조하는 사람의 태도가 그따위예요? 선배, 자꾸 그런 식으로 나오면……."

"아, 알아. 안다고. 그런데 협조도 서로 마음이 맞아야 할 수 있는 거 아니겠냐. 개인적인 원한이 있으면 빨리빨리 풀어줘야지, 안 그러면 곪아서 나중에 터져버린다고."

뭐가 그리 즐거운지 히죽 웃는 회장을 보고 있자니 A는 마음이 착잡해졌다. 이 사람, 원래 이렇게 뻔뻔하고 능글맞은 사람이었던가? A가 알고 있는 회장은 성실하고, 리더십 있는 사람이었는데…….

지금 A의 눈앞에 서 있는 회장은 생전 처음 보는 낯선 얼굴을 하고 있었다. 자기 아버지와 친구, 후배가 죽었는데도 본인의 처지만 가엾이 여기는 얼굴을. 사과는 죽기 전까지 꾸준히 그의 이런 모습을 봐왔던 걸까. 그렇다면 그녀가 당한 일을 차치하고서라도 회장이라는 사람은 역겨운 인간의 범주에 들어갈 만하다. 살인을 범한 A보다도 더 역겨운 인간에.

"그런데 공범이 누군지 가려낼 방법은 있어? 혼자 온갖 똑똑한 척은 다 하시던 분께서, 설마 아무런 대책도 없이 떠든 건 아니겠지?"

회장이 빈정대는 투로 말했다. O를 일으켜 세운 AB는 회장을 흉내내듯이 어깨를 으쓱했다.

"안타깝지만 없어요. 그건 지금부터 생각해봐야죠."

"허. 뭐야, 여태 그것도 생각 안 하고 뭘 한 거야? 이래가지고 무사히 돌아갈 수나 있겠어? 내가 어제부터 계속 생각했던 건데 말이야……"

"아, 거참 말 많네. 그렇게 아니꼬우면 네가 생각하시던가요. 지금 선배 투정 들어줄 시간 없거든요."

"……무, 무, 무슨, 뭐? 야, 너 방금 뭐라고……."

예상치 못한 반격에 회장이 말을 더듬었다. 누군가가 킥, 하고 웃음을 터뜨리는 소리가 들려왔다. 그러거나 말거나 AB는 초지일관 태연한 표정으로 말을 이었다.

"누구 좋은 생각 있는 사람? 없지? 없으면 생각날 때까지 각자 알아서 추리해보자. 대신 자리를 벗어나면 안 돼. 뿔뿔이 흩어지면 살인범한테 기회를 주는 거나 마찬가지니까. 쓸데없는 잡담도 금지야. 화장실 가고 싶은 사람 있으면 조용히 손 들고 가고. 자, 그럼 지금부터 시작하는 거다."

"야, 잠깐 기다려. 지금 누구 마음대로 시작하니 마니……."

회장이 말을 끊었지만 AB는 들은 척도 하지 않았다. 입술에 검지를 대고 조용히 하라는 수신호만 보낼 뿐. 다른 회원들이 입을 다물고 있자 회장도 결국 입을 닫았다. 입모양만 조금씩 바뀌는 걸 보니 속으로 욕지거리라도 지껄이는 모양이었다.

간만에 찾아온 적막은 고요하고도 편안했다. 대낮에 다 같이 모여 있으면서도 혼자 불 꺼진 방 안에 처박혀 있는 듯한 기분이 든다. A는 하릴없이 회원들의 얼굴을 둘러보다가, 문득 파우더를 발라놓은 두꺼비집으로 눈길을 돌렸다. '혹시?' 하는 생각이 뇌리를 가득 채웠지만, 누군가가 손댄 흔적 따위는 보이지 않는다. 어찌 보면 당연한 일이었다. 두꺼비집에 파우더를 발라놓은 뒤로 회원들은 줄곧 똘똘 뭉쳐 다녔으니까. 실망감을 이기지 못하고 고개를 떨군 A는 자기도 모르게 실소를 터뜨렸다.

상황이 오리무중이라곤 하나 저런 허황된 희망 따위에 기대려 하다니. 이런 형편없는 판단력으론 아무리 운이 좋아도 그놈의 손아귀에서 벗어나기 힘들 것이다. 아니, 최악의 경우 A가 가장 먼저 살해당할 수도 있다……. 그런 상황만은 피해야 한다.

A가 시선을 돌려놓는 과정에서 회장이 불쑥 입을 열었다. 또 쓸데없는 소리나 떠들어댈 셈인가 싶었지만, 의외로 그의 표정은 꽤 진중했다.

"어제 A가 한 말 있잖아, 사과를 죽인 범인이라고 해서 꼭 황문교의 공범이라고 할 순 없다고 한 거. 기억나? 난 그 말도 일리가 있다고 생각하는데. 어젠 어영부영 넘어갔지만 공범 용의자에 저 새끼도 넣어야 하는 거 아니냐?"

회장이 O를 턱짓하며 말했다. O는 기도 안 찬다는 듯 코웃음을 치곤 눈에 핏대까지 세워가며 회장을 응시했다.

"무슨 근거로 날 용의자에 넣는다는 건데?"

"생각해보면 그렇잖아. 사과를 죽인 놈이 우리 아버지한테 거짓 범인을 댄 후에, 어찌어찌 잘 꼬드겨서 납치극을 꾸몄을 수도 있는 거지. 예시를 들어볼까. 네가 여기 있는 사람들 중 아무나하고 손잡고 사과를 죽였다고 치자. 넌 당연히 그 일을 기억에서 지웠겠지, 경찰에서도 자살이라고 결론 내렸으니까. 그런데 당시 우리 아버지도 사과가 자살했다는 소식을 들은 상태였거든. 아들 여자 친구가 자살했다는 소식을 들었으니 당연히 아들한테 뭐 짐작 가는 건 없냐고 캐물었겠지. 난 입꾹 닫고 모른 척했을 거고."

"그래서? 그게 나랑 무슨 상관인데?"

"닥치고 끝까지 잘 들어봐. 아버지는 한 번 관심을 가지면 눈에 불을 켜고 달려드는 성격이란 말이야. 당연히 사과가 왜 죽었는지에 대해서도 파고들려 했을 거야. 잘하면 자기 소설의 소재거리로도 삼을 수 있으니까. 그런데 그 과정에서 아버지가 우연히 사과를 죽인 장본인과 마주쳤다면, 그런 일이 있었다고 하면 동기는 충분하지 않겠어? 사과를 죽인 놈이 아버지와 손을 잡고 이런 납치극을 벌이고, 우리 아버지까지 죽인 동기가 말이야. 네 입장에선 경찰도 손을 뗀 일을 다시 끄집어내려는 아버지가 눈엣가시 같았을 테니까 어떻게든 없애고 싶었겠지. 아버지한테 신뢰를 얻고, 함께 사과를 죽인 범인들의 소재를 파악하고, 후환을 남겨놓지 않으려고 다른 회원들까지 모조리 없앨 궁리를 하느라 4년이나 걸렸다고 하면 굳이 다 지난 일로 살인을 하려는 이유도 충분히 납득 가능해."

"말도 안 돼. 완전 엉터리 추론이잖아."

"완전 엉터리는 아니야. 말이 되기는 하지."

조용히 듣고만 있던 AB가 회장 대신 대꾸했다. O의 얼굴이 점차 흙빛으로 물들어갔다.

"너 지금 저 새끼 편드는 거냐? 저 새끼가 사과한테 무슨 짓을 했는지 다 알고도?"

"무슨 그런 유치한 소리를 해. 희박한 확률이긴 하지만 그런 일이 일어날 수도 있다는 뜻이야."

"희박한 확률은 개뿔. 딱 보면 모르냐? 들을 가치조차 없는 헛소리잖아."

O가 퉁명스럽게 쏘아붙였다. 그러거나 말거나 자기 의견에 동조자가 생겼다고 생각한 건지, 회장의 목소리엔 들뜬 기색이 역력했다.

"그래, 마음대로 생각하셔. 하지만 이번에 하는 이야기도 헛소리로 치부할 순 없을걸. 난 공범을 가려낼 방법까지 생각해뒀걸랑."

"뭐?"

"AB가 그랬지? 공범은 낚싯줄을 이용해 공중에 흉기를 매달아놓고 햄버거를 죽인 거라고. 그런데 현장에서 흉기는 완전히 증발해버렸잖아. 범인은 흉기를 어디에 숨겨둔 걸까? 응? 아는 사람 있어?"

회장의 질문에 회원들은 모두 꿀 먹은 벙어리가 됐다. O도 이번만큼은 입을 다물었다. 어색한 침묵이 흐르자 회장의 입가에 만족스러운 미소가 걸렸다.

"없지? 아, 하여튼 이 자식들. 나 없었으면 어쩔 뻔했냐. 한 번 잘 생각해보라고, 범인이 자연스럽게 흉기를 치울 수 있는 방법은 딱 하나밖에 없잖아. 우리 눈에 익숙한 물건을 사용해서 그게 흉기라는 생각도 못 하게 만드는 거."

"우리 눈에 익숙한 물건이라니? 예를 들면?"

"예를 들면, 참치 캔 뚜껑의 절단면이라던가. 그거라면 들킬 위험도 없고 우리가 정전으로 우왕좌왕하는 동안 순식간에 처리할 수도 있잖아. 범행을 저지른 다음 피만 잘 씻어서 쓰레기통에 넣어두면 돼. 설령 운 나쁘게 누군가가 그 모습을 본다고 해도 쓰레기를 버린 거라고 변명하면 될 뿐, 수상하다고 책잡힐 일은 없을 거라고."

회장이 시원스레 설명을 마쳤다. 무슨 대단한 일이라도 해낸 것마냥 으스대는 꼴이 썩 보기 좋진 않았지만, 꽤 그럴듯한 추론이었다.

"그래도 엉터리인 건 매한가지야. 말마따나 범인이 바보도 아니고 흉기에 묻은 혈흔은 벌써 씻어냈을 텐데, 그럼 아무런 소용이 없잖아. 캔 뚜껑이 흉기로 사용됐다는 걸 증명할 수 없으니까."

O가 도끼눈을 뜨고 반박했다. 하지만 회장은 O의 반박까지 예상한

듯, 이번에도 시원스럽게 대답했다.

"멍청아, 그게 왜 증거가 안 돼. 참치 캔 따본 적 없냐? 캔 뚜껑이 지나치게 깨끗하면 그건 그거대로 이상한 일이잖아. 어느 정도는 참치 기름이 묻어 있어야 정상이라고."

"그렇다고 해도 범인이 모종의 이유로 씻어냈다고 변명하면 그만이잖아. 지금 당장 감식반을 불러올 수 있는 것도 아닌데 그걸로 어떻게 살인을 증명한단 말이야? 그냥 솔직하게 얘기하시지. 아무나 살인범으로 몰아세우고 자기는 용의자에서 빠지고 싶은 거라고."

"자, 자. 쓸데없이 서로 시비 걸지 말고. 여기서 이렇게 떠들 게 아니라 가서 직접 눈으로 확인해 보면 되잖아, 응?"

심상치 않은 기류가 흐를 성싶자 B가 얼른 나섰다. O는 여전히 불만스러운 기색이었지만, 그 이상 더 반박하려 들진 않았다. O 스스로도 회장이 마음에 들지 않는 것과 별개로 회장의 논리 자체가 부자연스러운 건 아니라는 걸 알고 있을 터였다.

반대 의견이 모두 사라진 이상, 회원들은 더 지체하지 않고 2층으로 향했다. 2층에 있는 회장의 방 쓰레기통부터 3층까지 차례차례 뒤져볼 심산이었다.

"여기서 나가면 너희 다 나한테 잘해야 한다. 내 덕분에 공범을 잡은 거나 마찬가지니까."

회장이 퍽 자신만만한 투로 말했다.

그러나 야심차게 앞장선 모습과 대비되게, 회장의 얼굴은 시간이 갈수록 차츰차츰 굳어갔다. 회원들의 쓰레기통에서 발견된 캔 뚜껑은 하나같이 참치 살과 기름으로 얼룩진 상태였기 때문이다. 혹시 깊숙한 곳에 숨겨둔 건 아닌가 싶어 다른 쓰레기들도 뒤져보았지만 깨끗하게 씻어낸 캔 뚜껑 따위는 발견되지 않았다. 수상한 점이라곤 눈곱만큼도 찾아볼 수 없었다.

"아쉽게 됐네요. 평생 선배님 떠받들고 살 좋은 기회였는데."

O가 자신의 방 쓰레기통을 제자리에 돌려놓으며 빈정댔다. 회장은 그의 말에 대꾸하지 않았다. 아랫입술을 꾹 베어 물고서, 가뜩이나 핏기 없는 손톱을 더더욱 희게 물들여갈 뿐이다.

"나름 좋은 생각 같았는데. 여기도 아니면 대체 흉기를 어디다 숨겨놓은 거야? 아니, 애초에 뭘로 죽인 거지?"

회장 대신 B가 중얼거렸다. 입 밖으로 소리를 낸 건 아니지만, A도 B와 비슷한 생각이었다. 살인 현장 근처에도 없고, 회원들의 몸에 있는 것도 아니고, 쓰레기통에도 없으면 대체 흉기가 어디에 있단 말인가. 허공으로 증발해버린 건 아닐 텐데…….

"그렇게 자신만만해하더니, 결국은 내 말이 맞았네. 봐, 허울만 좋지 헛소리였잖아."

O가 재차 비아냥댔다. 회장은 별 대꾸 없이 그런 O의 얼굴을 노려보다가, 커튼을 쳐놓은 창문으로 시선을 돌렸다. 그러곤 무슨 심경의 변화를 겪은 건지 몸을 홱 돌려 가버렸다. 회원들은 누가 말릴 새도 없이 빠르게 계단을 내려가는 회장의 뒷모습을 멍하니 응시했다.

"뭐야, 갑자기 왜 저래?"

"됐어, 내버려둬. 딱 봐도 쪽팔려서 자기 방으로 꽁무니 빼는 꼴인데, 뭘."

B와 O가 자기들끼리 수군댔다. 그러거나 말거나 회장이 사라진 자리

만 유심히 지켜보고 있던 AB가 퍽 진지한 얼굴로 입을 열었다.

"어쩌면 저게 맞을지도 몰라."

"뭐가? 실컷 잘난 체하다 도망치는 게?"

"아니, 음식이 다 떨어질 때까지 자기 방에 틀어박혀 있는 거 말이야. 날이 갠다고 해도 우린 산길도 잘 모르고, 이 부근 지리조차 모르잖아. 이런 상황에선 괜한 에너지 낭비 없이 최대한 숨죽이고 있는 게 정답 아닐까."

"네가 웬일이냐, 그런 맥 빠지는 소릴 다 하고."

"상황이 그렇잖아, 상황이. 하산하다가 공범한테 습격당하기라도 하면 그땐 정말 대처할 방법이 없어. 일단은 살고 봐야지. 방문만 막아놓으면 살해당할 위험은 없을 테니."

A는 속으로만 AB의 말에 동의했다. 이렇게 모여서 머리를 맞댄 결과가 좋다면 또 모르겠으나, 지금까지는 괄목할 만한 성과가 나오지 않았다. 그렇다면 범인 찾기에 열을 올리기보단 끝까지 살아남아 경찰의 손에 사건을 넘겨주는 편이 훨씬 더 낫지 않을까.

표정을 보니 다른 회원들도 AB의 의견에 동조하는 추세였다. 회원들은 회장이 그랬던 것처럼, 자연스레 각자의 방으로 흩어지기 시작했다.

자기 방 문고리를 잡은 B가 혼잣말을 웅얼거렸다.

"괜찮아, 겁먹을 필요 없어. 빈틈없이 막아놓으면 아무도 들어오지 못할 거야……."

학창 시절 간이 크기로 소문난 B였는데, 그런 그조차도 지레 겁을 먹은 모양이다. A는 자조 섞인 웃음을 짓다가 문득 소름이 끼쳐 자기 방 앞에서 멈춰 섰다.

빈틈없이 막아놓는다……. 빈틈없이……. 그 말이 왜 이렇게 신경 쓰이는 걸까? 그냥 지나가듯 던진 말일 뿐인데 이유 없이 마음이 쓰이는 게, 꼭 사과를 죽인 그날의 자신을 보는 것 같다. 교실을 떠나기 직전, 근원 모를 불안감이 뇌리를 잠식했던 그때처럼…….

……그때처럼?

다른 회원들이 각자의 방 안으로 사라진 직후, 마침내 A는 그 이유를 깨달았다. 젠장, 왜 진작 생각해내지 못한 거지? 더 일찍 알아차렸어야 했는데.

사과를 죽인 그날, 처음 교실에 발을 들였을 때 청소도구함의 문은 틀림없이 열려 있었다. 그러나 사과가 죽은 걸 확인하러 교실에 내려왔을 때, 그땐 청소도구함의 문이 닫혀 있었다. 꼭 누군가가 그 안에 숨어 있었던 것처럼.

# A16

회원들 중 한 사람은 내가 살인범이라는 사실을 알고 있다.

맥없이 침대 위에 늘어진 A는 눈을 감고 빗소리를 들으며 이 한마디만을 거듭 되뇌었다. 회원들 중 누군가가, 내가 사과를 창밖으로 밀어버리는 광경을, 바로 그 자리에서 나를…….

곱씹으면 곱씹을수록 참담함에 몸이 지배당하는 듯한 기분이었다. 도대체 누가, 왜 청소도구함에 숨어 있던 걸까. B는 아닐 것이다. B는 A보다 늦게 교실에 들어왔으니까. 그렇다면 회장과 O, AB 중에 한 사람이라는 건데……. 목격자가 이미 공범에게 살해당했다면 걱정하지 않아도 되겠지만, 황문교의 공범이 바로 그 목격자일 확률이 더 높은 상황에서 그런 희망적인 가정은 무의미하다.

가벼운 현기증과 함께 공포가 머리를 짓눌러왔다. 빗소리가 차츰 잦아들다 완전히 멎는 것이 느껴진다. 그 사람은 B가 사과를 죽이는 광경까지도 지켜봤을까. A의 공범은 말할 것도 없이 B일 테지만, 황문교의 공범은 누구인 걸까. 만약 그게 AB라면 어떻게 해야 하지. AB가 나를 죽이려 든다면, 내가 그걸 받아들일 수 있을까. 침대 밑에 숨겨둔 벽돌을 무기 삼아 버틸 수야 있겠지만, 그를 죽일 수 있는지는 확신하기 어렵다. 지금까지도 정말 많이 좋아하고 있는데…….

차라리 AB도 사과를 좋아했더라면, 그랬더라면 이렇게까지 고민하지는 않았을 거다. 아니, 꼭 사과가 아니더라도 상관없다. 그가 다른 여자 친구를 사귀기라도 했었다면, 나를 아주 확실하게 밀어냈더라면, 하다못해 아예 친구가 되지 않았더라면……. 그랬다면, 이런 거지 같은 생각들도 할 필요 없었을 텐데.

피로가 서러움을 삼켜낼 만큼 커졌지만, A는 이를 미처 눈치 채지 못했다. 단지 눈을 감고 AB의 얼굴을 떠올리면서, 그를 어떻게 죽여야 하는지 궁리할 뿐이었다.

몇 시간 뒤 무슨 일이 일어나게 될지 꿈에도 모른 채.

잠에서 깬 회장은 입을 쩍 벌리고 하품을 했다. 무슨 소리가 들렸던 것 같은데. 흐려져 가는 의식을 부여잡고 가만히 귀를 기울이자 창밖에서 똑, 똑 하는 노크 소리가 들려왔다.

똑, 똑, 똑, 똑…….

일정한 간격으로, 마치 메트로놈처럼.

회장은 침대 위에 우두커니 앉아 한참 동안 창가를 응시했다. 멍하니 어둠 저편을 내다보고 있으려니, 문득 소름이 등줄기를 훑고 지나갔다.

……무엇이 창문을 두드리고 있단 말인가? 바깥은 온통 어둠뿐이었다.

회장은 술에 취한 사람처럼 비틀비틀 몸을 일으켰다. 심장이 반 박자 빠르게 고동치기 시작했다.

설마, 아니겠지. 아니어야 한다. 여긴 2층이고, 산장 부근에서 사다리 따위를 본 적은 없으니까. 살인범이 내 방 창문을 두드리고 있다는, 그런 상상은 말도 안 되는 것이다. 이건 그냥 환청이다. 반드시 그래야만 한다.

회장은 최대한 조심스럽게 창문을 열었다. 창문이 끼익 하고 비명을 내지르는 일 말고는 아무 일도 일어나지 않았다. 용기를 얻어 고개를 길게 빼고 아래를 내려다봤지만, 살인범은커녕 개미새끼 한 마리도 보이지 않았다. 양옆을 둘러봐도 마찬가지였다. 바깥은 완연한 어둠 그 자체였고, 사람도, 사람 그림자조차도 보이지 않는다.

아무도 없다는 사실을 확인하자 온몸의 긴장이 동시에 풀렸다. 역시, 그딴 건 기분 나쁜 망상에 불과해. 꿈속에서 들은 소리를 현실에서 들은 거라고 착각하기라도 했나 보지……. 바보같이, 나한테 그런 재수 없는 일이 일어날 리가 없는데.

안심하고 창문을 닫으려는 순간 무언가가 공중에서 툭 떨어졌다. 만져보니 굵은 밧줄이었다. 회원들을 결박하는 데 사용된 그 밧줄과 생긴 게 비슷했다.

난데없이 이게 왜 떨어진 걸까.

무심코 위를 올려다본 회장은 머리에 격통을 느낌과 동시에 뒤로 나동그라졌다. 관자놀이를 정통으로 걷어차인 것 같았다. 너무 아픈 나머지 비명도 제대로 나오지 않는다. 겨우겨우 정신을 추스르고 고개를 드니, 검은 우비를 입은 사내가 창문을 통해 방으로 들어오는 중이었다. 사내의 뒤로는 밧줄이 너울거렸고, 헐렁한 우비자락이 밤바람에 펄럭였다. 지옥에서 올라온 사신과 마주한다면 이런 기분일까.

달아나려다가 그만 발이 꼬여 넘어진 회장은 울면서 엉금엉금 문을 향해 기어갔다. 그러나 사내가 회장에게 접근하는 게 더 빨랐다. 그는 부츠를 거꾸로 신고 있음에도 불구하고 놀랍도록 빠른 속도로 움직여 거리를 좁혔다.

우악스런 손길이 회장의 입에 솜을 쑤셔 넣는다. 약으로 솜을 적셔놓았는지 입 안 가득 쓴 맛이 퍼져나갔다. 바지와 속옷이 벗겨지는 느낌이 들었지만, 약기운 탓에 손끝 하나도 까딱할 수 없었다.

이렇게 허무하게 죽는 걸까…….

속이 메슥거리고 의식이 차츰 깊은 곳을 향해 가라앉기 시작했다. 눈꺼풀이 힘을 잃고 주춤댔고, 흐릿해진 시야 너머로 죽은 듯이 침대 위에 누워 있는 사과와 헐벗은 자기 자신이 섹스하는 광경이 아른거렸다. 만약 이것이 죽기 전의 환상이라면, 최대한 오랫동안 즐기고 싶다. 회장은 냉큼 그 외설적인 공상에 몸을 내던졌다.

사과는 오랫동안, 아주 오랫동안 잠에 빠져 있을 예정이었다. 차게 식은 대리석 같은 몸을 끌어안자 가슴이 터질 듯 뜨거워졌다. 사과는 여전히 그날의 사과였다. 봉긋한 젖가슴도, 골반에 난 콩알만 한 점도, 듬성듬성 음모가 난 성기도 모두 그날 보고 느꼈던 것과 별 다를 바 없었다.

목련처럼 희게 부푼 젖무덤에 코를 박자 옅은 장미향이 코끝을 스친다. 손을 들어 주물러보니 자신의 가슴과는 비교도 안 될 만큼 부드럽게 무너져 내렸다. 흥분을 주체할 수 없어 피가 몰린 성기를 수줍게 입 벌린 아랫도리에 마구 비벼대자, 꽃물이 주르륵 두 사람의 허벅지를 타고 흘렀다. 손가락을 대보니 온수를 들이부은 것 마냥 뜨거웠다. 얼음장 같은 살가죽과는 영 딴판으로.

이번엔 사과꽃의 연분홍과 비슷한 색인 유륜을 한 번, 음부를 한 번씩 번갈아가며 핥아 올린다. 묘하게 신 맛이 입 안을 감돌았다. 사과의 귓불과 인중 등을 닥치지 않고 빨던 회장은 더 지체하지 않고 사과의 몸에 자신의 물건을 강하게 박아 넣었다. 아니, 박아 넣고자 했다.

허리가 끊어질 것 같은 고통이 전신을 파고든다. 눈을 뜬 회장은 이것이 환상이 아닌 현실이라는 사실을 깨달았다.

피범벅이 된 우비를 덮어 쓴 사내가 고기 써는 칼을 들고 회장을 내려다보았다. 저자가 뒤집어쓰고 있는 피는 내 것일 텐데……. 저 많은 피가 다 어디서 나온 걸까.

물론 회장은 피의 근원지 또한 알고 있었다. 힘겹게 고개를 돌리니 잘려나간 음경이 바닥을 굴러다니는 게 보였다. 수백 개의 톱으로 살을 저미는 것 같은 통증이 다시금 뇌리를 침범해오고, 회장은 신음을 흘렸다. 그것이 그가 느낄 수 있는 마지막 고통이었다.

# A17

"A, 안에 있어?"

다급한 AB의 목소리에 퍼뜩 눈이 떠졌다. A는 바싹 마른 입술을 혀로 한 번 적시고 난 후 쉰 목소리로 대답했다.

"있어. 왜?"

쉽사리 대답하기 어렵다는 양 AB는 말이 없었다. 그는 몇 분이 지나고 난 뒤에야 겨우 이 한마디만을 내뱉었을 뿐이다.

"회장이 죽었어."

물론 A의 몸을 움직이는 건 그 한마디만으로도 충분했다.

넘어질 듯 침대에서 뛰어내린 A는 문고리에 묶어둔 전기 코드를 풀어헤쳤다. 문을 열자마자 어두운 낯빛을 하고 선 AB가 눈에 들어왔다.

"회장은 지금 어디 있는데?"

"자기 방에. ……자다 일어났어?"

왠지 모르게 머쓱한 감이 들어 대답하고픈 기분이 들지 않았다. AB도 이를 알아차렸는지, 그는 답지 않게 헛기침을 했다.

"잠 다 깼으면 가자. 다른 애들한테도 알려줘야지."

복도로 나온 두 사람은 B와 O의 방문을 차례차례 두드렸다. B는 입가에 침을 흘린 자국을, O는 머리에 비누거품을 달고 나왔다. AB가 회장의 죽음을 알리자 두 사람의 눈이 똑같이 휘둥그레졌다. 꼭 자신은 살인과 무관하다고 어필하는 것처럼.

"바보도 아니고, 선배가 문을 안 잠가 놓았을 리는 없는데."

머리를 대충 헹구고 나온 O가 물기를 털며 혼잣말을 했다. 그래도 아직까지 엷은 비누 거품들이 정수리에 매달려 있었다. 그 모습을 지켜보던 B가 곁에서 고개를 가로저었다.

"어떻게 잘 구슬려서 문을 열게 만들었나 보지. 살인범이 문을 뚫고 들어갔을 리는 없잖아."

"누가 살인범인지 모르는 상황에서 그렇게 쉽게 문을 열어줬다고?"

"꼭 불가능한 일은 아니지. 지금도 봐, 이 새끼들이 자기들끼리 편먹고 우릴 죽이려고 했다면 우린 꼼짝없이 죽었을걸. 사실인지도 모르는 살인 소식에 눈이 뒤집혀서 말이야."

B가 AB를 흘끔대며 말했다. AB는 어깨를 으쓱했다.

"아쉽게 됐네, 내가 얘랑 편먹은 게 아니라서. 헛소리 다 했으면 가서 현장이나 한 번 보자고. 범인이 무슨 힌트를 남겨놓았을지도 몰라."

AB의 말대로 네 사람은 2층 계단과 마주보고 있는 회장의 방으로 향했다. 회장 본인이 해놓은 짓이 있어서인지, 황문교가 죽었다는 사실을 깨달았을 때와는 비교도 할 수 없이 무덤덤한 분위기였다.

아무런 대화 없이 회장의 방 앞에 도착한 회원들은 나지막하게 탄성을 내질렀다. 문이 활짝 열려 있어 밖에서도 방 안의 참사가 훤히 들여다보인 탓이다. 지나치게 질펀한 피 웅덩이 속에 홀로 엎드려 있는 회장과 바닥을 굴러다니는 외성기가 반갑게 회원들을 맞아주었다.

"우웩."

조건반사적으로 헛구역질이 올라왔다. 의식하고 나니 사방에서 피비린내가 진동하는 듯하여 숨을 제대로 쉬는 것조차 버거웠다. 다른 회원들이 회장의 방에 발을 붙이는 동안, A는 코를 틀어막고 입으로 호흡하고자 무던히 애썼다. 범인이 무슨 흔적을 남기지 않았나 방 안을 계속 곁눈질 하면서.

시체는 침대 밑에 널브러져 있고, 흘러내린 이불 사이로 상반신만 삐죽 튀어나온 상태였다. 햄버거가 살해당한 현장과 비슷하게 시체 주변에 진흙과 핏물로 젖은 발자국이 어지러이 찍혀 있었으며, 창문과 방문 근처에도 반쯤 지워진 발자국과 진흙이 남아 있었다. 흉기나 다른 흔적은 보이지 않는다. 회원들이 오기 전에 범인이 전부 치워낸 듯했다.

"범인은 본인 발보다 더 큰 신발을 신고 방에 들어온 것 같은데."

AB가 발자국 곁에 자신의 발을 대보며 중얼거렸다. 회원들 중 가장 큰 AB의 발조차 범인의 발자국에 비하면 크기가 조금 작아 보였다. 살인범은 정체를 숨기기 위해 일부러 크기가 큰 신발을 신은 모양이었다. 보폭은 지나치게 좁은 걸로 보아 걸음걸이마저 세심하게 신경 쓴 듯하다.

"발자국에 흙이 좀 묻은 걸 보니 범인은 밖에 나갔다가 다시 들어와서 살인을 한 게 분명해, 누구 방 밖으로 나간 사람 있어?"

AB가 물었지만 아무도 대답하지 않았다. 한숨을 내쉰 B가 비아냥대듯 대꾸했다.

"멍청아, 범인이 그걸 순순히 대답하겠냐? 우리 완전 좆됐어. 회장은 문을 잠그고 있었는데도 살해당했잖아. 우리라고 뭐 다르지도 않을 거야."

"그래서 뭐 어쩌자는 건데. 순순히 죽어주자고?"

"차라리 한 자리에 모여 있는 건 어때? 솔직히 혼자 있어서 당한 거지, 여럿이 같이 있었으면 회장도 이렇게 쉽게 당했을 것 같진 않은데. 우린 셋이고, 그놈은 혼자잖아."

"말도 안 되는 소리. 단언컨대 개죽음 당하는 꼴밖엔 안 될걸."

O가 싸늘하게 쏘아붙였다. 그래도 B는 본인의 주장을 굽히지 않았다.

"들어봐. AB가 한 추리에 따르면 우린 지금 약이 든 식수를 계속 마시고 있는 상태라고. 이런 무방비한 상태에서 뿔뿔이 흩어져 있는 건 너무 위험해. 차라리 한 곳에 모여 있는 쪽이 나을 수도 있어. 다 같이 서로를 감시하고 있으면 살인범도 움직이기 힘들 거 아냐."

"내가 봤을 땐 그거야말로 진짜 위험한 짓인데. 우리가 약을 먹고 있다는 확실한 증거가 있는 것도 아니잖아."

"아니, 증거는 있어. 저 새끼가 바로 그 증거야. 저 새끼는 며칠 밤을 새우지 않는 이상 낮잠 같은 거 자본 적도 없다고 했었고, 애초에 잠도 잘 못 자는 체질이라고. 그런 놈이 실컷 자다 초저녁에 일어났다는 건 약을 처먹었다는 뜻 아니겠어? 응?"

B가 A를 손가락질하며 말하자 O는 입을 다물었다. 딱히 더 할 말은 없지만 영 탐탁지 않다는 양.

기나긴 침묵이 지나고, AB가 먼저 어색한 분위기를 깼다.

"난 좋은 생각 같은데. 혼자 방에 틀어박혀 있는 것보단 덜 무서울 거 아냐."

"그래도 그건……."

"두 명씩 돌아가면서 눈을 붙이고 불침번을 서면 살인범도 쉽게 우릴 해코지하진 못할 거야. 너무 그렇게 불안해할 것 없어. 딱 하룻밤만 다 같이 자보자, 괜찮지?"

부드러운 AB의 말투에 O는 마지못해 고개를 끄덕였다. AB가 '너는 어떻게 생각하느냐'고 묻는 듯한 시선을 던지자 A도 얼른 고개를 끄덕여주었다. 자신한테까지 물어볼 필요는 없다는 뜻으로.

본인의 의견이 회원들에게 받아들여져서인지, B가 묘하게 신난 말투로 떠들었다.

"그럼 오늘은 내 방에서 자자. 내 방이 가장 중간에 있으니까. 샤워 순서는 뭘로 정할까? 가위 바위 보?"

"됐어, 다 같이 모여서 씻을 필요까진 없잖아. 각자 씻은 다음에 네 방으로 모이는 걸로, 오케이?"

퉁명스레 제안한 O는 회원들의 대답을 듣지도 않고 휙 가버렸다. B가 그런 그의 등 뒤에다 대고 외쳤다.

"저녁 먹을 거랑 침구만 간단히 챙겨 와. 참, 너 김밥 남은 거 있냐? 있으면 좀 갖고 와. 반 갈라 먹자."

"뭐야, 왜 이렇게 늦었어? 머리도 미리 감은 놈이."

B가 게슴츠레한 눈빛을 보내자 O는 바닥에 베개를 던지며 어깨를 으쓱했다. 크기가 맞지 않는 베개 커버는 말끔하게 벗겨낸 상태였다.

"그새 까먹었냐? 나 원래 씻는 데 좀 오래 걸리는 거."

"참나. 샤워가 아니라 목욕이라도 하고 왔냐? 됐고, 김밥은? 가져

왔냐?"

"어, 그런데 너 줄 건 없어."

"개자식이. 야, 넌 친구한테 김밥도 못 나눠주냐?"

"친구가 아니라 살인범일 수도 있잖아. 난 살인범이랑 밥 나눠먹기 싫어."

두 사람이 티격태격하는 동안 A와 AB는 컵라면에 물을 받아왔다. 정수기로 가는 도중 러그가 깔린 복도 바닥 위에 거품이 떨어져 있는 걸 발견하곤 멈칫했지만, 이내 O가 머리를 감다 말고 뛰쳐나온 것이 떠올랐다.

방으로 돌아온 두 사람은 김밥을 먹겠답시고 아우성치는 B를 타박하고 회원들과 함께 늦은 저녁식사를 해치웠다. 배불리 먹고 늘어져 있으니 다 같이 산장에 엠티를 온 듯한 기분이 들었다. 여기저기 널려 있는 시체들만 빼면.

"아, 피곤해."

끝끝내 O에게서 김밥 하나를 갈취한 B가 침대 위로 기어올라가며 중얼거렸다. 빈 컵라면 용기를 쓰레기통에 버리던 AB도 맞장구쳤다.

"그러게. 딱히 한 것도 없는데."

"네 추리가 맞았나 보지, 뭐. 불 끄고 일찍 자자. ……참, 불침번 두 명 정해야 하지? 씨, 나 진짜 졸려 뒤질 것 같은데."

"가위 바위 보 이기고 자면 되잖아. 자, 다들 손 들어봐. 얼른 끝내자."

AB가 주먹을 들며 외쳤다.

서너 번 가위 바위 보를 한 결과 O와 A가 먼저 불침번을 서게 되었다. 반색하고 이불 속으로 기어들어가는 B를 본 O가 헛웃음을 지었다.

“저 새낀 맨날 가위만 내다 왜 갑자기 보를 냈대.”

“몰랐냐? 걘 은근 두뇌파잖아. 시도 때도 없이 욱해서 그렇지.”

A도 입가에 허탈한 웃음을 띄웠다. 내기에서 이긴 두 사람은 벌써 곯아떨어졌는지 색색거리는 숨소리만 내뱉을 뿐이다.

짧은 적막 후 O가 다시금 입을 열었다.

“납치당하기 전에 내가 했던 말 기억나? 나도 계속 글을 쓰고 있다는…….”

“어, 그랬지.”

“그럼 내가 보여준 원고도 기억하겠네.”

“내용은 못 봤지만, 기억하지. 그런데 그거 제목은 정했냐? 표지에 제목이 안 적혀 있던데.”

“응. 내가 살아 돌아갈 수 있을지는 모르겠지만, 방금 정했어. 《A와 B의 살인》으로.”

A는 순간 몸을 흠칫 떨었다. 태연스런 O의 얼굴에서 서늘한 기운이 뿜어져 나오는 것 같았다.

A와 B의 살인이라니, 이 자식이 지금 무슨 소릴 한 거지?

“굳이 그렇게 지은 이유가 뭔데?”

“오해하지 마. 난 너랑 B를 살인범이라고 의심하고 있는 게 아니니까. 사과의 일기에서 따온 거야.”

“일기?”

“그래. 내 소설은 이중인격 살인마가 주인공이거든. 사과가 회장이랑 만년필한테 A와 B라는 가명을 붙인 것처럼, 나도 내 소설 속 살인마의 인격들에 A와 B라는 가명을 붙여주려고. 어때? 잘 어울리지 않아?”

A가 자기 소설에 관심을 가졌다고 생각한 건지, 흥분한 O가 소설의 줄거리를 읊어대기 시작했다. A는 열심히 듣는 시늉을 하면서도 한편으론 착잡함에 몸서리쳤다.

왜 하필 내 별명을 갖다 붙인 거야, 사과는. 난 정말 살인 같은 거 할 생각 없었는데…….

O의 목소리가 점차 희미해지고 눈꺼풀이 스르르 감겨왔다. 잠들면 안 된다고 스스로에게 호통쳤지만, 결국은 쓰나미 같은 피로에 휩쓸려 버렸다.

A는 잠들었다. 꿈도 꾸지 않는 단잠이었다.

# 여섯 번째 날

# B15

"야, 일어나 봐, 야."

누군가가 귓가에 대고 호통을 쳤다. 처음엔 누구의 목소리인지 알아들을 수 없었으나, 잘 들어보니 A의 목소리였다. B는 본능적으로 미간을 구긴 채 눈도 제대로 뜨지 못하고 침대에서 일어났다.

"아, 씨. 뭐야. 무슨 일인데."

"너 혹시 O 어디로 갔는지 아냐?"

"그걸 왜 나한테 물어. 척 보면 알 거 아냐."

"본인이 자리에 없으니까 물어보는 거지. 눈 똑바로 뜨고 좀 봐봐."

머리에 찬물을 끼얹은 것처럼 갑자기 잠이 확 달아났다. B는 속눈썹에 엉겨붙은 눈곱을 떼어내고 애써 천근같은 눈꺼풀을 들어올렸다.

A의 말대로였다. O는 방 어디에서도 보이지 않았다. 텅 빈 이부자리만이 자리를 지키고 있을 뿐이다. 심지어는 AB마저도 어딘가로 사라진 상태였다.

"AB는? 걔는 어디 갔어?"

"방금 나갔어. 자기가 직접 찾아보려나 봐. 잠 다 깼으면 어서 일어나, 우리도 나가봐야지."

A가 재촉했다. B는 화장실로 달려가 대충 세수만 한 다음 앞장서서 방문을 나섰다. 과연, A의 말마따나 AB가 복도 이곳저곳을 쏘다니며 O를 찾아다니는 모습이 눈에 들어왔다.

"O, 거기 있어? 있으면 대답해."

O의 방 문고리를 몇 번 돌려본 AB가 미친 사람처럼 연신 문을 두드렸다. B도 뒤늦게 따라온 A와 함께 O의 방문을 쾅쾅 쳤다.

"야, 문 열어. 셋 세기 전에 안 열면 네가 살인범이란 뜻으로 알아들을 거니까."

B가 으름장을 놨지만 돌아오는 대답은 없었다.

혹시 이 자식이 귀신에 홀려 미쳐버리기라도 한 걸까. 애써 불길한 감을 무시한 B는 딱딱하게 숫자를 세기 시작했다.

"하나."

이어지는 침묵.

"둘."

여전한 침묵.

"둘 반."

묵묵부답.

"……이런, 씨. 너 진짜 안 열어?"

계속된 침묵을 이기지 못한 B가 문 위로 몸을 내던졌다. 하지만 기세 좋은 굉음과는 다르게 문은 꿈쩍도 하지 않았다. 보기보다 튼튼하게 설계된 모양이었다.

"젠장, 비켜 봐."

A와 AB가 합심해서 달려들었지만 결과는 마찬가지였다. 초조한 기

분으로 두 사람이 문에 몸을 부딪치는 광경을 지켜보던 B는 불현듯 자신의 방으로 달려갔다. 힘들여 문을 부수지 않아도 O의 상태를 확인할 방법이 떠오른 것이다.

B는 화장대에서 거울을 떼어낸 다음 있는 힘껏 바닥을 향해 내던졌다. 유리 파편들이 요란한 소리와 함께 사방팔방으로 쏟아져 내렸다. 깨진 조각들 중 가장 큼지막한 것을 집어 얼굴을 비춰보니, 그럭저럭 손거울의 용도를 착실히 수행하는 듯했다. B는 거울 조각을 손에 쥔 채 다시 O의 방으로 돌아갔다.

"뭐야, 그건?"

A가 물었지만 B는 대답하지 않았다. 대신 그는 방문 앞에 납작 엎드려 문틈으로 거울 조각을 집어넣었다. 생각보다 틈이 꽤 넓어서 이리저리 손을 움직이다 보니 금방 방 안의 풍경을 비추면서도 눈으로 거울상을 확인하는 게 가능한 각도를 알아낼 수 있었다.

다만 B가 목격한 광경은 예상했던 것보다 더 끔찍했다.

"아, 씨발."

참아보려 해도 욕지거리가 절로 튀어나왔다. 도저히 욕을 하지 않고는 못 배길 상황이었다. 청바지 아래로 축 늘어진 흰 발이 공중에 떠 있는 것을 목격했는데, 어느 누가 놀라지 않을 수 있을까? 불과 몇 센티미터 정도라곤 해도 O의 발은 확실히 땅에서 떨어져 있었다. 어디서 공중부양 하는 법을 익혀온 게 아닌 이상, 사람이 그 상태로 살아 있을 수는 없는 노릇이다. B는 굳은 얼굴로 천천히 몸을 일으켰다.

O는 밀실에서 살해당했다. 어젯밤 회원들이 깜빡 잠든 사이, 천장에 목이 매달려서.

"너 표정이 왜 그래? 무슨 일인데?"

"직접 봐. 무슨 일이 일어났는지."

B가 몇 발자국 뒤로 물러나자 AB가 B의 손에서 유리를 낚아챘다. 손에 생채기가 났지만 이제는 아무래도 좋을 성싶었다. B가 했던 것처럼 문틈으로 유리를 들이민 AB는 한참 동안 꼼짝도 않고 개구리처럼 엎드려 있었다. 그가 하얗게 질린 얼굴로 몸을 일으키기까지는 꽤 오랜 시간이 필요했다.

"죽었어. 또 죽었어."

AB가 힘없이 중얼거렸다. 거울 조각을 쥔 손에서 피가 배어나왔다.

"마지막으로 불침번을 선 사람이 누구였지? 혹시 누구 이상한 소리 들은 사람 있어?"

"있겠냐. 우리 다 완전히 곯아떨어졌었는데. 불침번이고 뭐고 아무 소용도 없었어. 네 말대로 공범이 우리한테 약을 먹인 게 분명해."

"……그럼 굳이 O의 방에서 O를 죽인 이유는?"

"그거야, 뭐……. 우연 아니겠어. O가 범인을 피해 도망치려다가 본능적으로 자기 방으로 들어온 거지."

"그래, 그렇구나."

혼이 빠진 듯한 AB가 허허실실 고개를 끄덕였다. 어떤 시체를 봐도 지독하리만큼 평정을 유지해오던 그였는데, 지금은 꼭 정신이 나간 사람 같았다. 심상치 않은 분위기에 무어라 말을 걸려던 순간, AB의 상반신이 B에게로 기울었다. 그리고 이내 끔찍한 격통이 B의 하복부로 몰려들었다.

B는 입을 딱 벌린 채 멍하니 자신의 피로 물든 AB의 손을 내려다보

았다. AB가 배 속에 박힌 거울 조각을 뒤틀어 빼자 불로 달군 송곳 수백 개가 동시에 복부를 휘젓는 것 같은 느낌이 들었다.

표독스런 얼굴을 한 AB가 서늘하게 쏘아붙였다.

"살인범의 설명 잘 들었어."

# B16

B는 한손으론 상처를 감싸고, 다른 한 손으론 있는 힘껏 AB의 어깨를 밀쳐냈다. B를 찌를 때의 기세와는 다르게 AB는 너무나도 손쉽게 밀려났다. 어찌나 세게 찔렀는지, 그의 손에도 깊은 상흔이 남아 있었다. 누구의 것인지 모를 피가 AB의 손을 타고 뚝뚝 떨어져 내렸다.

"너, 너 미쳤어? 이게 무슨 짓이야?"

B가 새된 목소리로 비명을 내질렀다. 곁에서 이를 지켜보고 있던 A도 나지막이 탄식을 뱉었다. 멍한 표정을 보니 어지간히 충격 받은 모양이었다. 충격을 받은 건 B 역시도 마찬가지였다. 바늘로 찔러도 피 한 방울 안 나오게 생긴 놈이, 왜 갑자기 미쳐 돌아서 내 배를 찔렀단 말인가. 게다가 살인범이라니. 방에 숨겨둔 못을 발견하기라도 한 걸까?

그 순간 AB가 어두운 표정으로 입을 열었다.

"……부족해."

"뭐?"

"한 명이 부족하다고. 살인범이 부족해."

"뭔 헛소리야, 씨발. 알아듣게 말해."

"공범은 사과를 죽인 놈들을 가장 마지막에 죽이려고 했을 거야. 그래야 극상의 고통을 맛보여 줄 수 있을 테니까. ……그런데, 이상하지 않아? 공범이 살아서 O를 죽였다면 A, 너, 나, 이렇게 세 사람 중에 사과를 죽인 살인범 두 명과 공범이 있어야 하잖아. 나는 공범도, 사과를 죽인 살인범도 아니니까 지금 이 자리엔 나를 제외한 살인범이 총 세 명 있어야 해. 하지만 살아 있는 건 두 명뿐이야. 한 명이 모자란단 말이야."

횡설수설하던 AB는 비명을 지르며 자기 방으로 뛰어 들어갔다. 그토록 침착한 모습을 보여준 AB건만, 이젠 그마저도 정신이 붕괴된 모양이다.

끝을 알 수 없는 침묵이 흐르고, 두 사람은 서로 약속이나 한 듯 한참 동안 제자리에 가만히 서서 허공만 응시했다. 뇌세포가 한데 엉켜 이리저리 뒤섞이는 것 같은 느낌이었다. B는 AB가 한 말을, AB가 자신을 찌른 이유를, 산장에서 일어난 일들을 도무지 이해할 수 없었다.

"많이 아프냐?"

A가 기어들어가는 목소리로 말을 걸어왔다. B는 고개를 끄덕였다.

"잠깐만 기다려."

무엇을 할 작정인지, A는 이 한마디만을 남기고 B의 방으로 모습을 감췄다. 그가 화장대 서랍에 숨겨둔 못을 발견하기라도 하면 어쩌나 하는 생각이 들었지만, 지금에 와서는 될 대로 되라는 마음이 더 컸다. B가 사과를 죽였든 말든 달라지는 일은 없다. 중요한 건 자신이 치명상을 입었고, 빠른 시일 내에 치료를 받지 않으면 결국 죽게 될 가능성이 높다는 것이다.

이내 수건 여러 장을 가지고 돌아온 A는 B의 상의를 들추고 상처를 지혈하기 시작했다. 아무리 찾아봐도 별다른 의약품은 보이지 않았다는 변명과 함께.

"아파도 조금만 참아. 시간 지나면 금방 나아질 거야. 잘 쉬고, 잘 자기만 하면……."

"야."

"……어? 왜?"

"나 궁금한 거 하나 있는데. 물어봐도 되냐?"

"뭔데?"

"난 못이었는데, 넌 벽돌이었냐?"

붕대를 감듯 수건을 감아주던 손길이 멈췄다. 시간조차 멈춘 것 같다는 착각마저 들 즈음, A가 자동인형처럼 천천히 고개를 숙였다. 당황과 경악으로 물들어가는 얼굴을 보고 있자니 B는 왠지 모르게 웃음을 터뜨리고 싶은 기분에 사로잡혔다.

그래, 사람은 입보단 행동으로 말하는 법이지…….

# B17

"뭘 그렇게 놀라? 너도 대충 짐작하고 있었잖아."

금붕어처럼 입만 뻐끔대던 A는 자포자기했다는 양 한숨을 내쉬었다. 누가 겁쟁이 아니랄까 봐, 꼴에 직접적으로 범행을 지적당하는 건 견디기 힘든 모양이었다.

"그건 정말…… 사고였어. 난 사과를 죽일 생각 따위 추호도 해본 적 없다고."

"새끼, 웃기고 있네. 죽일 생각이 없었으면 119부터 불렀어야지."

"애초에 걔가 학교에 오지만 않았어도 되는 일이야. 일이 이렇게까지 꼬인 건 다 사과 본인 탓이지, 내 탓이 아니란 말이야."

"그래, 그래. 넌 항상 문제가 생기면 남 탓부터 하고 보는 놈이었지. 역겹게. 네가 죽였으면 네가 죽인 거야, 이 새끼야. 우연이었든 실수였든 그딴 건 하나도 중요하지 않다고. 난 그냥 그 계집애가 마음에 안 들어서 죽이고 싶었어. 너 같은 샌님은 죽었다 깨어나도 이해 못하겠지만."

B가 날카롭게 쏘아붙였다. 반박할 필요도 없다고 생각하는 건지, 무어라 반박해야 좋을지 알 수 없어서인지 A는 아무런 대꾸도 하지 않았

다. 묵묵히 침묵을 지키는 이의 얼굴엔 끝 모를 비참함이 새겨져 있다. 얼굴 근육 하나하나마다 스며들어 매일 아침 거울을 볼 때마다 마주하게 될, 그런 비참함이…….

B는 문득 A가 가엾다고 생각했다. 남들 앞에선 자기 의사 하나도 제대로 표현 못하는 이 답답한 친구에게 네가 죽인 거라며 시체의 얼굴을 눈앞에 들이민 꼴이 됐으니. 너도 나처럼 살아남고 싶었을 뿐일 텐데.

B는 A에게서 시선을 돌렸다. 지금은 이놈이랑 다툴 때가 아니다.

"너랑 나는 공범이 아니니까 AB가 공범인 거겠지. 또 이상한 수작 부리기 전에 얼른 저놈을 잡아야 해."

"AB가 공범이라면 굳이 자기가 한 짓을 추리하는 척하며 알려줄 필요는 없을 것 같은데."

"그래서 우리가 여태 저놈을 의심하지 않은 거지. 추리소설에서도 탐정이 범인일 거라고는 쉽사리 생각하기 어려우니까."

"그래도 AB는 아니야. 만약 AB가 공범이라면 총 세 명이 남기 전까지 죽은 척을 하지 않으면 안 돼. 사과를 죽인 두 사람과 공범이 한 사람, 이렇게 셋만 마지막까지 살아남는다면 공범을 추려내기가 너무 쉬워지잖아. 사과를 죽인 사람들은 AB가 들려준 추리를 통해 서로가 사과를 죽인 범인이라는 걸 알아낼 수 있어. 우리 중 《폭풍》을 아는 사람들은 그리 많지 않으니까. 이제 알겠어? AB가 공범이 되려면 우리한테 자기가 한 추리를 들려주지 않았어야 해. 아니면 우리 셋만 남기 전에 누군가한테 살해당한 척을 하거나."

A가 말을 마치자 오싹한 기류가 흘렀다. 처음 《그리고 아무도 없었

다》[5]를 접했을 때와 비슷하게 등골에 소름이 오소소 돋아났다.

살해당한 척이라니, 그렇다면 죽은 사람들 중 공범이 있다는 걸까.

"살해당한 사람들 중 죽은 척할 수 있었던 사람이 누가 있지?"

"글쎄, 죽은 척이야 모두가 가능하지. 우린 살인 현장만 보고 확실하게 죽었다고 단정 지었으니까. 차라리 죽은 척하기 힘든 사람을 골라내는 게 더 빠를걸."

"……일단 O는 아니야. 발이 땅에 닿아 있지 않았으니까. 햄버거 선배도 죽은 척하고 있었다고 보기는 힘들어. 우리 모두가 상처를 확실하게 봤잖아. 목이 거의 잘릴 뻔했다고."

"만년필도 아니겠지. 성기가 잘리고도 살아남기는 힘들 테니까. 황문교는 AB가 직접 맥박을 확인했으니 아닐 테고……. 그럼 남은 건 회장인가?"

"잠깐, 회장도 성기가 잘려 나갔잖아. 회장도 확실하게 죽은 거라고."

"아니, 만년필의 성기를 회장이 가지고 있었다고 하면 충분히 죽은 척할 수 있어. 게다가 회장의 시체는 바닥을 보고 있는 상태였잖아. 범인이 성기를 잘라낸 다음 굳이 시체를 뒤집을 필요는 없으니, 회장 본인이 살아 있다는 걸 들킬까 봐 엎드려 있었던 게 분명해."

방금 생각해낸 것치곤 그럭저럭 일리 있는 추론이다.

말없이 서로의 얼굴을 바라보던 두 사람은 냅다 회장의 방으로 뛰어들어갔다. 말라붙은 핏자국을 간직한 침대와 옷장 등이 A와 B를 반갑

5 1939년에 발표된 애거서 크리스티의 추리소설. 이름 모를 누군가가 열 명의 손님을 외딴 섬으로 초대한다. 그들은 차례로 동요 '열 명의 인디언 소년'의 내용을 연상시키는 죽음을 맞이한다.

게 맞아주었다.

……그러나 침대 밑에 누워 있던 회장의 시체와 성기는 흔적도 없이 사라져 있었다.

"이런, 씨. 네 말이 다 맞아. 회장이 공범이었어. 어쩐지 창고에서부터 계속 수상하다 싶더라니."

"그래도 아직은 상황이 괜찮아. 회장은 혼자잖아. 놈이 우리한테 쥐여준 무기도 있으니 충분히 살아서 나갈 수 있어."

"무기라니? 무기가 어디 있는데?"

"벌써 까먹었냐? 못이랑 벽돌 말이야."

B는 자기도 모르게 욕지거리를 내뱉을 뻔했다. 녹슬어서 쓰지도 못하는 못을 무기로 삼으라니, 제정신인가. 거침없이 자기 방으로 향하는 모습으로 미루어 보아, A가 공범한테 받은 벽돌은 호신용으로도 쓸 만한 모양이었다. ……아니, 범인은 왜 저 새끼한테만 멀쩡한 물건을 줬단 말인가? 공범에게도 못보단 벽돌이 훨씬 더 위협적인 물건일 텐데.

속상하긴 하지만 이제 와서 불평해봤자 달라지는 건 없다. B도 한숨을 푹푹 쉬며 자기 방으로 향했다.

그런데 화장대 서랍을 연 순간, 왠지 모를 불길함이 정수리를 어루만졌다. B는 입을 떡 벌린 채 자신의 눈가를 마구 비볐다.

서랍엔 못 대신 피투성이가 된 가위와 음경이 들어 있었다.

"아."

입에서 외마디 비명이 새어나온 직후, 묵직한 무언가가 B의 뒤통수를 강타했다. 코앞까지 다가온 바닥이 붉게 물든 채 만 갈래로 조각조각 찢겨져 나갔고, 다리는 힘이 풀려 휘청거렸다. 동시에 누군가가 쫒

하고 혀를 차는 소리가 들려왔다. 한 번에 죽지 않은 게 몹시 아쉽다는 듯이.

불쾌한 타격음이 연이어 귓가를 스친다. 마침내 완전히 무너져 내린 B는 온 힘을 다해 자신을 습격한 괴한의 얼굴을 확인했다.

붉은 벽돌을 든 A가 자신을 내려다보고 있었다.

"왜……."

B가 질문을 끝마치기도 전에 A가 다시금 벽돌을 들어 올렸다.

뜨끈한 선혈이 온 얼굴을 덮는다. 마지막으로 A의 표정을 확인하고자 했지만, B는 더 이상 아무것도 볼 수 없었다.

# A18

둔탁한 소음이 방 안을 가득 메웠다. 몇 번이고 B의 머리를 가격하던 A는 벽돌을 내팽개치고 거친 숨을 몰아쉬며 자신이 만든 참상을 감상했다. 머리가 완전히 곤죽이 되어버린 B는 이제 도저히 살아날 방도가 없어 보였다.

마침내 모든 살인이 끝난 것이다,

비릿한 미소가 입가를 비집고 새어나왔다. 꼴좋다, 이 병신새끼야. 그러게, 작작 나댔어야지. 혼잣말로 뇌까린 A는 시체를 향해 가래를 뱉고 비척비척 방을 나섰다. 온몸의 힘을 B에게 써버려서 그런지 걷는 것조차 힘겹게 느껴졌지만, 그래도 살인 현장에서 휴식을 취할 수는 없는 노릇이다. 짙은 피 냄새가 수면을 방해할 테니까. 물론 회장의 성기가 썩는 냄새도 한몫할 테지……. 정말이지, 마지막 순간 B가 숨겨둔 회장의 성기를 목격한 것은 크나큰 행운이었다. 성기를 보지 못했다면 A는 꼼짝없이 회장이 공범이라고 믿었을 것이다. 전부 다 B의 계략이었다는 것도 모르고…….

간신히 혼곤한 정신을 부여잡고 있는 와중, 문득 AB의 방문이 눈에 들어왔다. AB에게도 B가 사과를 죽인 범인이자 황문교의 공범이었다는 사실을 알려줘야 할까. 이제 이 산장엔 우리 둘밖에 남지 않았으니까 두려워하지 않아도 괜찮다고……. 하지만 그러려면 스스로의 살인도 밝혀야 한다. 과연 AB가 A를 용서할 수 있을까.

잠시 고민하던 A는 그냥 잠자코 자기 방으로 돌아가길 택했다. 현재 AB의 상태로는 뭘 어떻게 설명해도 A가 한 짓을 납득하기 어려울 것이다. 일단은 눈부터 붙여야지, 당장이라도 쓰러질 것 같으니까. 내일은 AB를 데리고 산을 내려가야 할 테니 체력을 최대한 많이 비축해둬야 한다.

A는 문도 잠그지 않고 곧장 침대 위로 몸을 던졌다. 눈을 감으니 자신의 숨소리 말고는 아무런 소리도 들리지 않게 되었다. 그러고 보니 어느 순간부터 계속 빗소리가 들리지 않는데, 드디어 태풍이 지나간 걸까. 자고 일어나서 밖으로 한 번 나가봐야겠다.

의식이 차츰 무의식의 바다로 가라앉기 시작했다. 이유는 알 수 없지만, 잠들기 직전 O가 쓰고 있다던 원고가 머릿속에 떠올랐다. 제목이 《A와 B의 살인》이랬나……. 이중인격 살인마가 폐건물로 사람들을 납치해서 죽이는……. 왜 하필이면 이중인격이어야만 했을까? 물론 이상한 설정은 아니지만…….

무언가 나쁜 일이 일어날 것 같은 예감이 들었지만, 내려오기 시작한 눈꺼풀을 막을 도리는 없었다.

A는 잠 속으로 깊이 빠져들었다.

# 일곱 번째 날

# A19

"걱정하지 마. 사과 네가 생각하는 그런 일은 없을 테니까……."

낯선 목소리가 A의 귓가를 간지럽혔다. 아니, 너무도 익숙해서 차라리 낯설다고 치부하고픈 목소리였다.

퍼뜩 잠에서 깬 A는 눈을 뜨고 고개를 이리저리 두리번거렸다. 무슨 이유에서인지 방 안은 온통 어둠에 휩싸여 있고, 사람의 형체가 A의 앞에 웅크리고 앉아 끊임없이 혼잣말을 중얼거리고 있었다. 그가 뭐라고 떠드는지는 알아듣기 힘들었다. 발음이 명확하지 않고 목소리도 작아서 꼭 귀신이 속삭이는 소리를 듣고 있는 듯했다. 다만 확실한 건, 그의 정체가 B는 아니라는 것이다. B는 자신의 손으로 직접 죽였으니까.

그렇다면 지금 A의 눈앞에 있는 사람은 대체 누구란 말인가?

섬뜩한 데자뷔에 소름이 오소소 돋았다. 비명을 지르려 했지만 웬일인지 입이 딱 붙어 움직이지 않는다. 손발도 꽁꽁 묶여 있어 버둥거리는 것밖엔 할 수 있는 게 없다. 그때 A가 깨어난 사실을 눈치 챘는지, 어둠 속 형체가 천천히 몸을 일으켜 세웠다.

"일어났나 보네."

A는 자기도 모르게 침을 꿀꺽 삼켰다. 악의로 가득 찬 음산한 말투가 그의 목적이 무엇인지 낱낱이 고발해주었기 때문이다.

이자는 나를 죽이러 온 것이다. 다른 회원들보다도 더 처참하고 끔찍하게.

"잠깐만 기다려, 불을 켜줄 테니까."

그림자가 웅얼거렸다.

몇 초 뒤, 그의 말대로 방 안이 급작스레 환해졌다. A는 본능적으로 눈을 꼭 감았다가 서서히 눈꺼풀을 깜박거리며 빛에 적응하려고 애썼다. 흐릿한 시야 너머로 검은 우비와 복면을 뒤집어쓰고 있는 남자의 모습이 보인다. 남자의 손아귀에서 빛나는 고기 써는 칼도……. 말라붙은 피를 씻어내려 한 흔적으로 보아, 저 칼이 바로 만년필과 회장의 성기를 잘라낸 흉기인 듯했다. 그리고 이젠 A의 목숨마저 앗아갈 칼이기도 했다.

"기분이 어때?"

남자가 침대 위에 누워 있는 A에게 서서히 다가오며 말했다. 극심한 공포가 어깨를 짓눌러 오기 시작했지만, 도망칠 곳은 아무 곳에도 없었다.

A는 괴성인지 신음인지 모를 소리를 흘리며 침대 등받이에 몸을 바짝 붙였다. 눈시울이 뜨거워지는 것이 느껴졌으나, 코앞에까지 다가온 괴한을 보고도 울지 않을 수는 없는 노릇이다.

"그래, 많이 무섭지? 무섭고, 또 놀라울 거야."

"……."

"그러게, 왜 그런 장난질을 했어. 그날 네가 학교에 가지만 않았어도 이런 일은 없었을 거 아냐. 내가 너를 죽일 일도 없었을 테고……. 왜 그랬어, 응? 왜 그런 짓을 저지른 거야? 살인범이라고 손가락질 당할까봐 무서웠니?"

굳은살로 가득한 손이 다 이해한다는 양 부드럽게 A의 머리를 쓰다듬었다. 소름이 끼쳐 세차게 고개를 휘저었지만, 남자의 손은 A의 머리에서 떨어지는 법이 없었다.

"그럼 왜 그런 짓을 했어? 왜 사과를 죽이려고 한 거야?"

"……."

"내가 계속 묻고 있잖아. 왜 그런 짓을 저질렀냐니까?"

"……."

"……아하, 입이 막혀 있어서 대답을 못하는 거로구나. 그럼 풀어줄게. 좀 아파도 참아, 알겠지?"

미친 사람처럼 히죽히죽 웃던 남자가 A의 입에 붙어 있는 테이프를 뜯어냈다. 홧홧한 감각이 입가로 몰려들기도 잠시, 이내 끔찍한 통증이 발목을 파고 들어왔다. 남자가 칼로 A의 발목을 찌른 것이다.

"말해. 왜 그랬는지."

"잠깐, 아, 말할 테니까 잠깐만……."

"왜 경찰에 신고하지 않았어? 왜?"

"말할게, 말할 테니까 잠깐만 기다려봐……. 씨발, 미친 새끼야. 잠깐만 기다려보라고!"

고요한 방 안에 A의 비명이 울려 퍼졌다. 살인범한테 욕을 퍼부어봤자 상황이 더 나아질 리는 없겠지만, 칼날이 집요하게 살을 저미는 통에 대답은커녕 이성을 제대로 유지하는 것조차 버겁게 느껴졌다.

이런 식으로 계속 고문하다가 죽일 셈인가? 차라리 황문교처럼 독으로 죽여준다면 좋을 텐데. 만년필이나 회장처럼 성기가 잘려나가는 참사는 일어나지 않겠지만, 곧 죽을 처지에 성기가 멀쩡히 붙어 있든 말든 무슨 소용이란 말인가. 자신이 한 짓을 생각하면 그보다 더 느리고 고통스럽게 죽을 수도 있을 것 같았다. 이를 테면 머리가 깨질 때까지 계속 벽에 이마를 처박힌다던가.

말없이 A가 몸부림치는 광경을 지켜보던 남자는 피범벅이 된 칼을 발목에서 빼냈다. A의 입에서 절규에 가까운 탄식이 터져 나왔지만 남자는 아랑곳하지 않았다. 그는 아주 고통스러운 듯 머리칼을 헤집더니, 모기만 한 목소리로 중얼거렸다.

"말하라고. 왜 죽였는지. 내가 모르는 어떤 이유가 있었던 거지? 사과가 뭔가 잘못해서 죽이고 싶었던 거지? 응?"

살인자치곤 꽤나 절박한 말투였다. 아니, 그보다 더 애절하고, 비통한…….

A는 문득 신음을 멈추고 남자의 눈을 응시했다. 텅 빈 남자의 눈 속에 갇힌 자신의 얼굴을 보자, 벽돌로 뒤통수를 한 대 얻어맞은 것 같은 충격이 일었다.

창고에서, B의 방에서 몇 번이고 마주했으면서도 저 눈빛을 알아보지 못했단 말인가.

"너……. 너는 왜 그랬는데? 왜 사람들을 죽인 거야? 이렇게까지 할 필요가 있어?"

A의 말을 들은 남자의 얼굴이 피카소가 그린 여인마냥 일그러졌다. 칼과 A를 번갈아보던 그는 무슨 심경의 변화를 겪은 건지, 갑자기 복면

을 벗어던졌다.

"이렇게까지 할 필요가 있었냐고? 당연히 있지. 내가 누구 때문에 글을 쓰게 된 건데."

O가 공허하게 웃으며 말했다.

"사람은 입보단 행동으로 말하는 법이잖아. 어쩔 수 없었어. 이렇게까지 하지 않으면, 너희가 못 알아들을 테니까."

"나 말이야, 정말 많이 노력했어. 사과를 용서하기 위해서가 아니라 미워하기 위해서. 나는 정말 그 애가 쓰는 글이 좋았거든. 사과가 즐겨 쓰는 문장, 단어, 음절 하나하나가 전부 마음에 들어서……. 떠올리려 하지 않아도 저절로 머릿속에 그려지는 거야. 사과가 보여준 원고의 한 장면이, 그 안에서 살아 숨 쉬고 있는 인물들이 계속……. 그리고 그럴 때마다 나 자신을 갈기갈기 찢어 죽이고 싶었어. 네 손을 망가뜨린 아이가 쓰는 글을 보고 살아갈 자신이 있겠냐고, 스스로에게 끊임없이 되물었지."

O가 침대 머리맡에 걸터앉으며 말했다. 그딴 거 하나도 궁금하지 않다고 악을 쓰고 싶은 기분이 들었지만, 지금 O의 심기를 거슬렀다간 단숨에 살해당할 것이다. A는 어떻게든 죽음을 늦출 요량으로 고개를 끄덕였다.

"퇴원한 이후론 계속 사과를 죽이는 상상을 해왔어. 그러지 않으면 어느 순간 갑자기 용서해버릴 것 같았으니까. 어떤 때는 칼로 찔러 죽이기도 하고, 어떤 때는 목을 졸라 죽이기도 했어. 할 수 있는 한 가장 잔인하게 죽였지. 내 안에서 그 애가 되살아나는 일이 없도록, 언젠가는 행동으로 옮길 수 있도록. 만일 그 애가 살해당한다면 범인은 분명 나일 거라고, 그때까지만 해도 그렇게 믿고 있었는데……. 누구누구가 먼저 선수를 쳐버렸지. 내가 죽여버리기도 전에 말이야."

O가 말을 멈추고 A를 바라봤다. 부드럽게 휘어진 눈매 속에서 벌겋게 충혈된 눈동자가 실핏줄을 단단히 치켜세우고 있었다. A는 별다른 대꾸 없이 시선을 내리깔았다. 자신이 무어라 떠들든, 필히 O의 기분을 망치고 말리라.

"내가 그 사실을 알게 된 건 사과가 죽고 난 후 일주일이 지난 뒤였어. 사과가 누구한테 어떻게 살해당했는지, 그 전에 어떤 식으로 괴롭힘 당했는지……. 알고 싶지도 않은 것들이 제 발로 나한테 찾아오더라고."

"제 발로 찾아오다니, 그게 무슨 뜻이야?"

"글쎄……. 회장이 했던 추리, 기억나? 자기 아버지가 살인범한테 속아 넘어가 함께 납치극을 꾸몄다는 얘기 말이야."

모래를 한 주먹 삼킨 것처럼 목구멍이 까끌까끌해져 왔다. 회장의 추리가 사실이었단 말인가.

A가 고개를 끄덕이자 O가 빙그레 미소 지었다.

"황문교를 만난 건 정말 우연이었어. 그게 11월 30일쯤이었나. 어디서 주워들은 건진 모르겠지만, 자기 아들 여자 친구의 자살에 석연치 않은 점이 있다는 둥 나랑 사과가 어렸을 때부터 친하게 지냈다는 사실을 알고 있다는 둥 이것저것 열심히 떠벌리더라고. 혹시 사과의 자살에 관해 뭔가 알고 있는 게 없냐면서. 물론 난 없다고 대답했지. 나는 사과가 스스로 죽은 거라고 믿고 있었으니까. ……적어도 AB를 만나기 전까지는 그랬어."

멍청히 눈만 끔벅거리던 A는 갑자기 따귀라도 얻어맞은 듯한 심정이 되었다.

AB. 왜 여기서 그의 이름이 나온 거지? 그가 사과의 죽음에 무슨 역할을 했단 말인가?

"표정 한 번 볼 만하네. 역시 널 가장 마지막에 죽이는 건 탁월한 선택이었어……. AB가 한 말이 다 맞아."

"뭐? AB가 무슨 말을 했다고……?"

"들은 그대로야. AB가 그러더라, 마지막까지 살려둬야 할 사람은 B가 아니라 너라고. 그래야 더 완벽한 복수를 할 수 있다고."

"아니, 그러니까. AB가 왜 그런 말을 해? 걔도 황문교랑 공범이었던 거야? 언제부터? 아니, 대체 왜?"

O는 횡설수설하는 A를 보며 입이 찢어져라 웃었다.

"왜냐니? 그놈이 사과를 죽였으니까지."

뇌가 제 기능을 잃고 방황하기 시작했다. 이제 A는 O의 말을 이해할 수 없을뿐더러 스스로의 기억조차 믿을 수 없었다.

"왜, 이해가 안 돼? 좀 더 쉽게 말해줄까?"

"아니……아니야. 그럴 리가 없어. 그건 불가능해. AB가 사과를 죽였을 리 없어. 사과는 나랑 B가 죽인 거야."

A가 혼잣말로 중얼거렸다. O는 여전히 헤벌쭉 웃고 있었다.

"정말 네가 죽였다고 생각해? 그날 네가 뭘 했는데?"

"나는…… 내가 벽돌로…… 옥상에서 사과를……."

"그래, 너는 분명 그날 옥상에 있었지. 하지만 옥상에 있었을 뿐, 사과가 죽는 모습을 지켜본 건 아니잖아. 다시 한번 잘 생각해 봐. 진짜 네가 사과를 죽인 것 같아? 허무맹랑한 소설 속에서나 나오는 그 불확실한 트릭으로?"

숨이 멎어버릴 것 같은 긴장감이 목을 옥죄었다. A는 그렇다고 대답할 요량으로 입을 열었지만, 차마 목소리를 낼 수 없어 결국 입술만 벙긋거리고 말았다. O가 그런 A의 어깨를 가볍게 두드려주었다.

"인생이란 게 참 가혹하지? 전혀 알고 싶지 않았던 사실들을 억지로 눈앞에 보여주니까 말이야. 그래도 다 큰 성인이라면 진실을 직시해야지. 사과를 죽인 건 너랑 B가 아니라 AB야. 네가 날린 벽돌은 AB에게 흉기를 전달하는 역할만 했을 뿐, 직접적으로 사과를 죽게 만든 원인이 되진 않았어. B가 준비한 독도 사과를 죽이지 못했고. AB가 벽돌을 잡고 머리를 내리친 다음 사과가 죽기 전에 손가락을 찌른 거야."

O는 잠시 침묵했다. 내면의 무언가를 간신히 억누르는 것처럼. 이윽고 O가 다시 입을 열었을 때, 그의 눈은 또다시 머나먼 과거로 향하는 중이었다.

"뭔가 이상하다는 생각 안 들었어? 사람들이 하나둘씩 죽어나가는데 그놈 혼자서만 시체를 보고도 태연했던 거 말이야. AB는 유난히 자주 그런 말을 했었잖아, 기억이 잘 안 난다는……. 뭐, 햄버거 선배한테 고백을 권유한 일은 까먹었을 만해. 연애 상담은 아주 사소한 일이니까. 하지만 6년 전 사과와 생긴 약간의 오해에 대해 캐물었을 때도 그랬고, 왜 사과를 배신했는지 물었을 때도 AB는 그저 기억이 안 난다고 얼버무렸지. 그건 잊으려고 해도 쉽사리 잊히지 않을 일이었을 텐데 말이야. 우리 중에 AB만큼 기억력 좋고 암기를 잘하는 놈도 또 없었는데,

참 이상하지? 왜일까? AB는 왜 갑자기 기억을 잃은 걸까?"

O가 피 묻은 칼을 훑어보면서 중얼거렸다. 그러자 문득 AB가 《폭풍》 속 트릭만 언급하고 A에 대해서는 전혀 언급하지 않은 일이 떠올랐다.

그건 나를 감싸주기 위해서가 아니라, 단순히 옛 일을 기억 못해서였나…….

"AB한테 단기 기억 상실증이라도 있었던 거야?"

"아니. 비슷하지만 틀려. 힌트는 내가 쓴 소설의 주인공이야."

O가 쓴 소설의 주인공이라면, 설마…….

"……이중인격?"

A의 말에 O는 침묵으로 답했다. A는 자신의 얼굴이 점차 일그러지고 있다는 사실을 깨달았다.

"말도 안 돼. AB는 나한테 한 번도……"

"그런 말을 한 적이 없었겠지. 당연해. AB는 사과를 죽인 직후에야 자기가 이중인격 살인마라는 사실을 깨달았으니까. 아, 그 새끼가 나한테 자수하러 왔을 때 진짜 웃겼는데……. 스토커가 집 앞까지 찾아왔다는 핑계로 사과를 데리고 교실로 갔다는 대목은 아주 가관이었지. 횡설수설하면서 자기를 좀 멈춰달라고 떠드는데, 어찌나 멍청해 보이던지."

O의 동공이 고양이의 눈처럼 차츰 가늘어졌다. 그는 잠시간 짧은 간극을 두고 말을 이었다.

"'그곳엔 아주 많은 방이 있어. 책으로 가득 찬 방이 말이야. 방문마다 B라는 명패가 붙어 있고 나는 내가 A라는 걸 알고 있지. 그 방에 들어가면 AB가 될 수 있다는 사실도. AB가 되면 모든 방문을 하나하나 열어볼 수 있고 책을 꺼내 읽을 수도 있지만, 그건 아주 잠시뿐이야. 주인이 돌아오면 금방 내 몫의 방으로 돌아가야 했어. 내 방에서 할 수 있는 건 잠자는 것밖엔 없었어……' AB가 그랬어, 또 다른 인격이 깨어나 있는 동안 자기는 잠들어 있어야 한다고. 그동안 일어났던 모든 일들은 도서관에서 책을 빌리듯이 각각의 방에서 단편적인 기억의 형태로 열람할 수 있다고. 하지만 B 인격은 자기가 살인한 기억만큼은 결코 A에게 허락하지 않았지. 그랬다간 자아가 붕괴될 위험이 있다고 판단했나 봐. 그래서 항상 조심하고 또 조심했는데, 그날 새벽만큼은 그렇게 치밀하지 못했어. 결국은 들켜버린 거야. A한테."

"들키다니…… 어째서? 왜 갑자기 들킨 건데?"

"어쩌다 들켰는지는 나도 몰라. AB도 모르고. 어쩌면 나이를 먹으면서 A 인격의 힘이 강해진 걸지도 모르지. 영화에서도 종종 그런 장면이 나오잖아. 아무튼 A는 살인이 끝난 직후에 갑작스레 깨어났고, 그동안 자기가 겪어온 모든 일들이 실제로 일어났던 일들의 극히 일부일 뿐이라는 걸 알게 됐어. 그 후에 AB가 뭘 했는지는 나도 정확히 모르지만, 아마도 마음을 다잡고 주도권을 잡을 힘을 길렀던 것 같아. 나랑 만나고 난 다음부터 걔 인격이 바뀌는 일은 없었거든. AB가 나한테 찾아와서 다 실토한 건 12월 초였어. 자기가 사과를 죽였다고, 너랑 B까지 살인에 말려들게 했다고 털어놓았지."

O가 칼끝을 매만지며 말했다. 이어서 그는 전공 서적을 읽듯 무미건조하면서도 실소 섞인 말투로 이야기했다.

"평생 모르고 살아도 됐을 이야기들을 다 듣고 나니 너무 우스워서

참을 수가 없더라. 나는 그 자리에서 눈물이 나올 만큼 신나게 웃어제끼고, 밖으로 뛰쳐나갔어. 그리고 결심했어. 이 엿 같은 기억을 전부 다 지워버려야겠다고."

웃음기 섞인 O의 목소리가 점차 희미해졌다. 그가 뭐라고 떠들든, A의 머릿속엔 오직 AB에 대한 생각만이 떠오를 뿐이다.

살인에 말려들게 했다니, 그럼……. 그날 새벽 사과를 죽이고, 청소도구함에 숨어서 A가 사과를 창밖으로 밀어버리는 걸 지켜본 사람도 AB란 말인가. 아니, 모든 게 다 AB의 계획이었나? 뜬금없이 자기 집에서 자고 가라고 한 것도, 그날 밤 유독 은근한 태도로 군 것도, 소설 속 트릭들을 재현해 보자고 한 것도, A만 특별하게 여겨준 것도, 전부…….

그렇다면, B도?

머리가 어지러워졌다. 누군가가 뇌를 꺼내서 마구 뒤흔드는 듯했다. 그러거나 말거나, O는 계속해서 자신의 살인에 대해 떠들었다.

"난 그 계획을 도와줄 조력자로 황문교를 택했어. 사과와 연관이 있는 사람 중에 경제적인 여유도, 인맥도 있는 사람이었으니까. 다음날 곧장 황문교를 찾아가서 말했지. 사과는 사실 누군가한테 살해당한 거고, 당신 아들도 그 용의자 중 한 명이라고. 나는 범인이 누군지 꼭 알아야겠으니 도와주지 않으면 회장이 사과를 죽였다는 사실을 퍼뜨릴 거라고 말이야. 그래도 아들이라고, 순순히 알겠다고 하더군. 남은 건 계획대로 일을 처리하는 것뿐이었지. 비록 그 계획이란 걸 세우는 데 4년이란 시간이 걸리긴 했지만. 너희들 술에 약을 타는 건 생각한 것보다 더 쉬운 일이었어. 모두가 정신 못 차릴 정도로 취한 건 아니었지만, 모두가 자기 술잔을 눈여겨본 것도 아니었으니까. 진짜 힘들었던 건 뻗은 놈들을 하나씩 차에 태우는 일이었지. 어찌나 무겁던지, 살아 있을 때도 이 정도인데 시체가 되면 어느 정도일까 싶더라고. 황문교가 도와줘서 망정이지, 나 혼자였으면 두 시간은 족히 걸렸을 거야. 그 뒤로는 네가 지켜본 대로 진행됐어. 난 너희들이랑 똑같이 인질로 잡혀온 척했고, 황문교는 납치범 역을 아주 훌륭히 수행해줬지."

O가 갑자기 비릿한 미소를 지어 보였다. 그의 입매가 약하게 경련하는 걸 본 A는 그것이 조롱의 의미를 담고 있다고 예견했다.

"그런데 너희 둘이 서로를 범인으로 지목한 건 정말 의외였어. 우리 계획에 큰 영향을 주진 않았지만, 꿈에도 생각 못한 일이었지. 누구 한 명한테 자기 몫의 죄까지 뒤집어씌우고 본인은 몰래 빠져나갈 심산으로 저지른 짓 같은데, 맞아? 하하, 많이 급했나 보지? 용의자를 두 명으로 좁혀버리는 실수를 범하다니……. 뭐, 바보 같은 짓이긴 했지만 그래도 고맙게 생각하고 있어. 덕분에 내가 의심받는 일은 없었으니까."

홍분해서 떠들던 O는 잠시 말을 끊었다가 혀로 입술을 축였다.

"너도 알다시피, 내가 본격적으로 움직이기 시작한 건 만년필이 인질이 된 날 밤이야. 황문교가 우리 손 결박을 풀어주고 간 날 말이야. 계단을 내려가는 동안 오만 생각이 다 들더라. 내가 지금 살인을 하러 가고 있다는 사실이 좀처럼 믿기지가 않았어……. 죽이겠다고 마음먹는 것과 정말로 죽이는 것은 완전히 별개의 일이잖아. 하지만 다른 방도는 없었지. 이제 와서 멈춘다면 지옥에 있는 사과를 만나러 갈 길도 없으니까. 그래, 그래서 창고로 갔어. 만년필은 바닥에 무릎을 꿇고 앉아 졸고 있더라고. 그놈이 나를 보고 놀라는 얼굴을 보고 싶었는데, 아쉽게도……. 그리 오래 걸리진 않았어. 전등을 떼어내고, 그놈을 묶어서 못을 박는 일만 좀 수고스러웠을 뿐이지. 그놈 신음은 꼭 약 먹은 병아리 같았어. 처음엔 좀 반항하나 싶더니, 대가리에 못이 들어가면 들어갈수록 놈도 조용해졌지. 그때까지는 침묵이란 참 두려운 존재라고 생각했는데……. 사방이 다 조용해지니 마음도 한결 편안해졌어."

O가 손을 들어 A의 머리에 못질하는 시늉을 하며 말했다. 시큼한 위액이 식도를 타고 올라왔지만, A는 온 힘을 다해 구토를 참아냈다.

"황문교는 왜 죽인 거야? 그 사람은 네 공범이었잖아."

A가 다 죽어가는 목소리로 속삭이자 O는 팔짱을 낀 채 깊이 생각하는 척했다.

"아, 황문교. 그래, 너희는 그게 가장 궁금했겠지. 내가 왜 공범인 황문교까지 죽였는가. 그런데 그건 나한테 물어볼 필요도 없는 일이야. 자기 아들을 위해 동참했다지만, 눈앞에서 사람이 죽었는데 제정신을 유지할 수 있을 리가 없잖아. 내가 만년필을 죽이고 난 직후에 황문교가 그러더라고. 이제 그만하라고, 자기는 더는 못하겠다고……. 보고 있으려니 참 안타까운 거 있지. 부모란 사람은 이렇게 애원하고 있는데 그 자식은 아무것도 모르고 자고 있을 테니까 말이야. 그래서 죽여줬어. 더 괴로워할 일이 없게끔. 지금쯤 부자가 나란히 저승에서 상봉했겠네. 분명 이산가족 뺨칠 만큼 감동적인 장면이었을 거야."

"퍽이나 감동적이었겠네. 너 완전 제정신이 아니구나."

"살인은 미친 짓이 아니야. 어디서나 일어날 수 있는 일이지."

"아니, 넌 완전 미쳤어. 실은 처음부터 황문교도 같이 죽일 작정으로 끌어들인 거 아니야? 사과의 일기엔 황문교를 책망하는 듯한 내용도 적혀 있었으니까, 네 눈엔 황문교도 사과를 죽인 원흉으로 보였겠지. 계획에 방해될 것 같아서 충동적으로 죽인 거라면 굳이 독을 준비해 갔을 리 없어. 창고엔 총이랑 벽돌이라는 훌륭한 무기가 있었으니."

O는 A의 말에 대답하지 않았다. 무표정한 얼굴로 칼을 쥔 손에 힘을 가할 뿐이다. 그는 조개처럼 입을 다물고 한참 A의 얼굴을 들여다보더니, 느닷없이 허공을 향해 고개를 돌렸다.

"……나는 황문교한테 당신 마음 가는 대로 하라고 했어. 인질들을 풀어주고 함께 산을 빠져나가든, 혼자 빠져나가든 하고 싶은 대로 하라고. 이별 선물로 담뱃갑도 하나 챙겨줬지. 그 안에 든 것까지 선물인 건 아니었지만……. 결과는 내 예상대로였어. 그 사람한텐 마음이 심란할 때 담배를 피우는 습관이 있었으니까. 총에서 탄창을 빼내고, 노트북을 완전히 망가뜨린 뒤 계단을 올라갔더니 황문교가 죽어 있었지."

A는 너무도 편안한 모습으로 죽음을 맞은 황문교를 떠올렸다. 어쩌면 그는 마지막 순간, O가 자신에게 담배를 권한 그 순간 즉시 본인의 죽음을 직감하지 않았을까. 그는 지금의 A가 그러하듯 모든 짐을 내려놓고 편안해지고 싶었을 것이다. 그리고 결국 소원대로 편안한 최후를 맞았다.

"나는 창고에 가서 새 벽돌과 못, 스피커, 그리고 너희들한테서 빼앗은 휴대폰을 챙겨온 다음 황문교의 손가락을 찌르고 3층으로 돌아갔어. 너희 휴대폰은 객실 침대 밑에 숨겨두고 못은 창밖으로 던져버렸지. 다음 계획은 우리가 만년필의 시체를 발견한 후 각자 묵을 방을 골랐을 때 실행할 예정이었는데……. 여기서 자그마한 문제가 하나 생겼어. 햄버거 선배가 하필이면 휴대폰을 숨겨둔 방을 골라잡은 거야. 이게 왜 문제가 되냐고? 그게 사실은, 고장 난 휴대폰들 중에 위치추적 기능을 제외한 다른 기능들이 멀쩡하게 작동하는 휴대폰이 하나 있었거든. 그래, 바로 내 휴대폰이야. 만약 햄버거 선배가 내 휴대폰만 멀쩡하단 사실을 알게 되거나 휴대폰 바탕화면에 깔려 있는 CCTV 앱을 발견한다면, 꼼짝없이 덜미를 잡히겠지. 그래서 너희가 방에서 쉬고 있는 동안 난 햄버거 선배를 찾아갔어. 선배가 혼자 침대 밑에 숨겨둔 휴대폰을 발견하는 상황을 피하고, 나랑 같이 '우연히' 발견하도록 유도하기 위해. 다행히 그 이상 일이 꼬이진 않았어. 휴대폰 전원 버튼을 누르는 척하며 전원이 들어오지 않는다고 거짓말했더니, 순순히 믿더라고. 본인의 휴대폰도 켜지지 않았으니 선배는 꼼짝없이 회원들의 휴대폰이 전부 망가졌다고 생각할 수밖에 없었겠지."

"그러곤 선배한테 우리 휴대폰을 돌려주도록 부추겼겠지? 혹시 모르니 각자 휴대폰을 가지고 있는 편이 좋을 거라고."

"맞아. 만년필을 찾으러 창고에 다녀온 뒤론 줄곧 너희를 감시하는 일밖엔 하지 않았어. 더 정확히 말하면, 너랑 B를. 두 사람한텐 깜짝 선물을 줄 예정이었거든. 무슨 선물인지는 알고 있지? 그것들은 너희를 납치해오기도 전에 내 방으로 쓸 객실에 숨겨놨었으니, 적당한 때를 봐서 너희 둘의 방에 두고 오기만 하면 됐지. 회원들 중 누군가는 내가 너희 방 안에서 나오는 모습을 목격했을 수도 있지만, 곤란해질 일은 전혀 없었어. 대충 둘러대기만 하면 너희 스스로가 방에서 벽돌이랑 못을 발견했다는 사실을 어떻게든 숨기려 들 테니까. 그렇지 않아?"

O가 칼을 들이밀고 물었지만, A는 침묵을 지켰다. 대답이 없자 O는 칼 손잡이로 A의 뺨을 쿡쿡 찌르기 시작했다.

"뭐야, 대답 안 해? 나는 솔직하게 다 얘기하고 있잖아."

"……."

"쓸데없이 까불기는……. 그래봤자 결국엔 다 털어놓게 될 텐데. 좋아, 정 얘기하기 싫으면 내가 하는 얘기나 들어. 어디까지 말했더라? 아, 그래. 깜짝 선물까지 했었지. 회장이 좀 뭣 같은 인간이긴 하지만, 그래도 제법이었어. 휴대폰에 야광 페인트를 발라놓은 일이나 내가 흉기로 캔 뚜껑을 썼다는 사실까지 알아낸 것도 모자라, 나를 제일 먼저 범인으로 의심했으니 말이야. 근거가 부족한 감정적인 의심이긴 했다만……. 뭐, 방향은 엇나갔어도 결과는 결국 정답이었잖아."

A는 자기도 모르게 고개를 끄덕였다. 그 모습을 본 O가 헛웃음을 터뜨렸다.

"내가 햄버거 선배를 죽이기 위해 가장 먼저 한 일은 회원들 중 누군가가 흉기의 정체를 알아낼 경우를 대비해서 저녁을 먹고도 참치 캔을 하나 더 따는 거였어. 소화가 안 돼서 나중에 배탈이 나긴 했지만, 그 덕에 위험한 고비를 넘겼지. 너희가 쓰레기통을 뒤졌을 때 참치 캔과 뚜껑의 개수는 딱 맞아 떨어졌고 지나치게 깨끗한 뚜껑 따위도 보이지 않았으니까. 좀 더 주의 깊게 봤다면 끼니 수에 비해 캔이 하나 더 많았다는 사실을 눈치 챌 수 있었을 텐데……. 아쉽게 됐어."

O가 캔 뚜껑을 따는 시늉을 하면서 말했다.

"다음으로 한 일은 햄버거 선배와 미리 입을 맞춰놓는 것. 산장을 수색할 때 햄버거 선배랑 내가 어느 층을 수색하겠다고 했는지 기억나? 각각 1층과 3층이야. 너희는 단순히 무작위로 층을 정한 거라고 여겼겠지만, 그렇게 정한 데는 다 이유가 있는 법이라고. 나는 산장을 수색하기 전에 선배한테 '범인에 대해 논의할 사항이 있으니 다 같이 산장을 수색하자고 유도한 다음 1층을 수색하겠다고 나서달라'고 미리 귀띔을 해줬어. 너도 내가 선배한테 뭐라고 귓속말하는 걸 봤을 거야. 뭐, 그냥 선후배끼리 농담 따먹기 하는 걸로 보였겠지만 말이야. 수색 범위를 정한 다음엔 비상구를 통해 몰래 1층으로 내려갔어. 대충 AB가 살인범이었으며 내가 정전을 일으킬 테니 함께 범인을 잡자는 핑계를 대서 선배를 따로 떨어뜨려놓고, 난 그동안 낚싯줄이랑 캔 뚜껑으로 함정을 준비해놨지. 빠르게 매듭 짓는 법을 연습해놔서 그렇게 오래 걸리진 않았어. 기껏해야 한 3분 정도? 굳이 힘들게 함정을 파놓을 필요도 없이 캔 뚜껑을 가지고 있다가 뒤에서 찌르는 수도 있긴 하지만, 그래도 어둠 속에서 작업할 예정이니까 가능하다면 선배의 위치를 내가 아는 곳에 특정해놓을 필요가 있다고 생각했어. 이후에 일어난 일은 너도 짐작 가능하지? 프런트 책상 밑에 숨겨둔 스피커를 비상구 계단에 갖다놓고, 적당한 타이밍에 알람이 울리게 설정해두고, 두꺼비집을 내리고, 어둠 속에서 목을 썩둑."

O가 자신의 목을 칼로 긋는 시늉을 해보였다. 단순하기 그지없는 동작이었지만, 실제 행위는 그보다 더 끔찍했으리라. 그가 어찌나 깊이 찔렀던지, A가 목격한 햄버거의 시체는 혈액이 거의 다 빠져나가 핏기가 보이지 않았다.

"너희가 조금만 더 세심하게 살펴봤다면 흉기를 발견할 수도 있었을 거야. 낚싯줄은 잘라서 선배 입 안에, 캔 뚜껑은 옷 속에 숨겨놨었거든. 살인 현장은 몰라도 시체는 조사하기 어려울 거란 계산 하에, 설령 흉기가 발견됐다 해도 특별히 내가 의심받는 일은 없었겠지만. 현장에 남은 내 발자국을 보고도 전부 회장의 발자국일 거라 단언해버린 놈들이 무슨 머리로 범인을 알아낼 수 있었겠어, 안 그래? 물론 운이 좋은 구석도 있긴 했지. 회장이랑 나는 발 사이즈가 비슷하니까. 그래도 발자국을 더 자세히 살펴봤더라면, 시체 근처에 남은 발자국들 중 미묘하게 다른 발자국이 있다는 걸 알아차렸을 텐데……. 뭐, 어쩔 수 없지. 너희가 진짜 탐정도 아니고, 보통은 운동화 밑창의 무늬까지 살펴보진 않으니까. 참, B의 방에 모였을 때 내 베개 커버가 벗겨져 있던 거, 기억나? 그때 물어봤으면 순순히 대답해줄 수도 있었는데. 방마다 베개 커버랑 베개의 크기가 안 맞았던 건 커버를 벗겨낸다 해도 이상하지 않은 상황을 연출하기 위함이었고, 피 묻은 신발을 벗어서 베개 커버 안에 집어넣은 탓에 내 커버가 더러워졌다는 걸……. 아무튼 햄버거 선배 건은 스피커가 꺼지기 전까지 3층으로 올라가서 운동화 밑창을 씻어내고, 내내 방 안에 숨어 있던 척하는 걸로 마무리됐어."

막힘없이 이야기를 풀어가던 O는 잠시 숨을 골랐다. 사건의 순서를 다시 되짚어보는 듯했다.

"다음은……. 사과의 일기를 찾으러 다 같이 창고에 갔었지, 아마? 이 부분이 또 백미였지. 만년필의 바지를 벗겨내도록 유도해서 그놈이 무슨 짓을 저질렀는지 만천하에 공개하는 장면은 흡사 뮤지컬의 클라이맥스 넘버 같았을 거야. 관람객이 아닌 배우 입장에선 꽤나 긴장되는 순간이었지만. 그래도 감정 조절이 좀 미숙했던 것 빼고 큰 실수는 하지 않아서 다행이지. 사과 때문에 손이 망가졌다는 사실까지 폭로해가며 공범 용의자에서 벗어나려 애쓰고, 사과가 단 한 번도 문병을 오지 않았다는 거짓말을 하고……. 그때 내가 얼마나 무서웠는지 알아? 난 누구랑 달리 연기엔 소질이 없거든."

O가 미간을 찌푸렸다. 그가 말하는 '누구'가 어떤 사람을 지칭하는지는 알 수 없지만, 왠지 모르게 AB일 것이라는 예감이 들었다.

"다음 날 밤 너희가 각자 방에 틀어박혀 있을 때, 나도 방 안에서 숨을 죽이고 있었지. CCTV로 너희 모습을 하나하나 지켜보면서. 약기운 때문에 전원이 무방비해질 순간이 반드시 오리라고 생각했거든……. 물론 난 처지가 괜찮았지. 너희가 세상 모르고 자고 있을 때 황문교가 약을 타지 않은 물을 가져다줬고, 그걸 내 방 침대 밑에 숨겨뒀으니까. 적절한 타이밍이 왔다 싶을 때 옷장에 숨겨둔 우비를 챙겨서 바로 옥상으로 향했어. 하하, 표정이 왜 그래? 후회하는 거야? 옥상을 수색한다는 생각은 미처 하지 못해서? 그런데 이러나저러나 별 소용없었을 거야. 옥상과 이어져 있는 문은 셔터를 쳐서 막아놨고, 자물쇠까지 채워놨으니까. 그래도 황문교가 가지고 있던 열쇠를 자물쇠에 넣어봤다면, 뭔가 좀 달라졌을 텐데……. 캔 뚜껑 이외의 도구는 모두 옥상에 숨겨놨었거든. 이 칼도 옥상에 있던 걸 가져온 거고. 뭐, 결국은 다 너희가 자초한 거지. 사람이 몇이나 있었는데 옥상에 발 들일 생각을 한 놈이 단 한 명도 존재하지 않았다는 게 말이 돼? 좀 더 악착같이 발악했어야지……. 특히나 넌 더더욱 끈질기게 굴었어야 해. 이제 와서 죄의식인지 뭔지를 신경 쓰면 어쩌자는 거야. 살인마면 살인마답게 굴라고, 응? 아, 살인은 아니고 그냥 살인미수였던가?"

높낮이 없는 O의 음성에서 꾹꾹 눌러 담은 혐오가 전해져왔다. B도 O와 비슷한 말을 했었다. 네가 죽였으면 네가 죽인 거라고, 그렇게 말했던가……. B의 마지막 단말마를 떠올려낸 A는 무의식적으로 실소를 터뜨렸다.

결국 내가 맞았어, 멍청아. 난 살인자가 아니야.

"그날 밤은 정말…… 손에 꼽을 만큼 추웠지. 우비를 걸치고 부츠를 거꾸로 신는 그 잠깐 동안에도 이가 수십 번은 부딪힐 만큼. 너무 떨려서 제대로 일을 마칠 수 있을까 하는 생각이 들었는데, 다행히 큰 사고는 일어나지 않았어. 칼을 잡으니 거짓말처럼 머리가 새하얘지더라고. 자살방지용 난간과 내 허리에 등산용 로프를 묶고, 회장의 방 창문이 있는 곳으로 로프를 늘어뜨리고, 창문을 통해 침입해서 죽이려는……. 그 계획을 제외한 모든 불필요한 사고들이 자의적으로 해마를 떠난 것 같았어. 아, 재미있는 사실을 하나 가르쳐줄까? 회장은 꽤 오랫동안 살아 있었어. 내가 그놈 성기를 잘라내고, 하반신을 썰어내는 동안 말이야. 쇼크로 금방 죽지 않을까 했는데, 역시 사람은 그렇게 쉽게 죽지는 않나 봐."

"하반신을…… 썰어내다니? 무슨 소리를 하는 거야."

A의 물음에 O는 눈을 게슴츠레하게 뜨고 고개를 비스듬히 기울였다. 마치 스스로의 지식수준으로는 이해할 수 없는 문제와 마주한 학생 같은 반응이었다.

"뭐야, 설마 몰랐어? 내가 공범한테 살해당한 척하고 비상구에 숨어 있는 동안 사라진 회장의 시체에 대해 생각해볼 시간이 있었을 텐데."

"시체고 뭐고 생각할 겨를이 어디 있어? 누가 공범인지도 모르는 상황에."

"그래, 그러니까 지금 네가 이 모양 이 꼴이 된 거야. 모르면 잠자코 듣기나 해. 듣다 보면 내가 왜 하반신을 잘라내야 했는지 알게 될 테니까."

O는 검지로 A의 이마를 톡톡 두드리며 말을 이었다.

"현장을 봐서 알겠지만, 나는 시체가 바닥을 보고 엎드리게 만든 다음 침대 밑으로 밀어 넣었어. 내가 회장의 상체와 하체를 분리해냈다는 사실을 들키고 싶지 않았으니까. 회장의 성기를 숨겨두지 않고 바닥에 놓아둔 것도, 바닥에 남은 발자국을 전부 없애지 않은 것도 그 때문이야. 너희 시선을 시체가 아닌 다른 곳에 묶어두는 것, 그게 현장의 가장 큰 목적이었지. 현장을 꾸며둔 뒤의 과정은 별거 없어. 누군가가 시체를 발견할 수 있도록 회장의 방문을 살짝 열어두고, 다시 로프를 타고 올라가서 내 방으로 돌아간 게 끝이야. 기왕이면 알리바이가 있는 게 좋을 것 같아서 회장이 살해당할 동안 계속 샤워를 하고 있었다는 설정을 만들긴 했는데……. 음, 그게 그렇게 큰 도움이 되진 않더라고. 오히려 좀 과했지. 너희가 각자 방에서 샤워하고 있는 동안 난 회장의 성기랑 하반신을 챙기러 갔는데, 그 과정에서 목욕 거품을 줄줄 흘린 것 같단 말이야. 머리 좀 굴릴 줄 아는 사람이 봤다면 꽤나 곤란해졌을 거야. 거품 자국이 왜 하필이면 그때 복도에 떨어져 있는지, 조금만 생각해보면 금방 알 수 있잖아."

O가 빈정대자 A는 말없이 고개를 숙였다. 그의 말이 무엇을 의미하는지 너무도 잘 알고 있었기 때문이다.

모두가 회장의 방에서 살해 현장을 살펴볼 동안엔 떨어져 있지 않던 거품이, 시체가 발견된 후 각자 방으로 돌아가는 과정에서 떨어진 이유는 하나밖에 없을 것이다. 공범이 회상의 시체를 옮기는 과정에서 고개를 숙였기 때문에. 그런데 그 거품을 발견할 기회도, 그게 왜 복도 러그에 떨어져 있었는지 생각해볼 기회도 있었던 주제에 여태 O의 정체를 눈치 채지 못 하다니…….

한심하다. 한심하단 말로도 다 표현하지 못할 만큼, 너무 한심하다.

"너도 슬슬 짐작이 가지? 내가 그다음에 무슨 짓을 했는지. 너희가 졸음에 못 이겨 하나둘씩 곯아떨어져 갈 때를 틈타 회장의 방에 들어가서 옷장에 나머지 상반신을 숨겨놓고, 회장의 성기를 가져와 B의 방 화장대 서랍에 넣어두고……. 물론 그렇게 한 건 너희 둘만 남았을 때 서로를 의심하게끔 만들기 위해서지."

"그래서 회장의 하반신을 썰어낸 이유는 뭔데? 그것도 우리를 혼란시키기 위해서야?"

"더 정확히는, 내가 죽었다고 믿게 만들기 위해서야. 혹시나 까먹었을까 봐 말해주는 건데, 너희 방엔 안 쓰는 전선들이 널려 있었잖아? 그게 왜 거기 있었는지 생각 안 해봤어?"

O가 A의 코앞에 칼끝을 대고 흔들었다. 방마다 전선이 널려 있던 이유라니…….

"잘 모르겠다는 얼굴이네. 하긴, 그 정도가 네 한계겠지. 넌 옛날부터 엄청 고지식한 놈이었으니까. 이날을 위해 내가 얼마나 준비했는데, 쓸모없는 전선 따위를 아무 이유도 없이 늘어놨을 리 없잖아. 그건 너희가 방문을 막아놓는 데 쓰라고 놓아둔 게 아니야. 힌트는 내가 회장한테 선물한 바지에 있어."

"바지라니? 그게 무슨 소리야?"

"납치되기 전에 회장이랑 나랑 둘이 똑같은 바지를 입고 있던 거, 기억나? 내 계획은 그때부터 차곡차곡 실행되고 있었던 거야. 황문교가 죽은 뒤 1층 로비에 모였을 때, 바지를 갈아입지 않은 사람은 딱 한 명이었지. 그 사람이 왜 그랬는지는 뻔해. 만일 너희가 바지 주인의 생사를 확신할 수 없는 상황에서 주인이 입은 것과 똑같은 바지를 입은 하반신만 목격한다면, 꼼짝없이 바지의 주인이 살해당했다고 생각하게끔 유도하려는 속셈이었지. 이 나이 먹고 다 큰 성인 남자의 바지를 갈아입혀야 한다는 게 짜증나긴 했지만, 나름 보람은 있었어. 좀 이상하지 않았어? 아무리 문틈이 넓다고 해도, 거울 조각으로 공중에 목이 매인 시체를 보는 건 거의 불가능할 텐데. 왜냐면 거울을 움직일 수 있는 각도엔 한계가 있고, 시체는 천장 조명에 매달아놨을 테니까. 뭐, 하지만 또 모르지. 누군가가 안 쓰는 전선을 길게 엮어서 시체를 굉장히 낮게 매달아둔다면 가능할지도. 그래봤자 볼 수 있는 건 하반신 정도가 전부겠지만, 문만 막아놓으면 밖에선 어떻게 된 영문인지 알 길이 없으니."

"자, 잠깐. 네 말마따나 넌 문을 막아놨었잖아. 그런데 어떻게 회장의 하반신을 매달아두고, 네 방에서 빠져나올 수 있었던 거야? 계속 네 방에 숨어 있었다가 이제 겨우 밖으로 나온 거야?"

A의 질문에 O는 한숨을 크게 내쉬었다. 꼭 불량 학급을 선도하는 교사 같은 표정이다.

"그럴 리가 없잖아, 멍청아. 난 죽은 척한 직후 비상구에 숨어 있었다니까."

"그러니까, 어떻게?"

"넌 그 방이 완전한 밀실이었다고 생각하나 본데, 그새 잊은 거야? 이 건물엔 나만 오갈 수 있는 장소가 하나 있었잖아. 모두가 안중에도 없었던 바로 그 장소."

비상구를 제외한, 모두가 안중에도 없었지만 O만은 알고 있던 장소라면…….

"……옥상?"

"그래. 회장을 죽인 뒤 로프를 타고 옥상으로 돌아갔을 때, 난 내 방 쪽으로 로프를 늘어뜨려 놨었거든. 물론 너희가 내 방에 왔을 땐 커튼으로 창문을 가려놨지. 그걸 타고 올라가면 방에서 감쪽같이 사라진 척할 수 있어. 모든 건 그 시점에서 끝났어. 이젠 더 설명할 필요 없겠지? 나머지는 네가 직접 겪은 일이잖아."

A는 자동인형처럼 고개를 끄덕였다. 그의 말대로, 이제는 모든 일이 끝났다. O는 옥상으로 올라온 직후 다시 비상구로 내려가 몸을 숨겼다가 적당한 틈을 타 A를 습격했을 것이다. 혹은 AB에게 B를 공격하라고 지시해서 스스로 틈을 만들었거나.

그리고 이젠, A의 차례가 다가오고 있었다.

기나긴 침묵 끝에 O가 다시금 입을 열었다. 그늘진 그의 얼굴은 아주 어둡고, 편안해 보였다.

"그래, 드디어 모든 게 끝이야……. 이제 네가 마지막이야. 그러니까 말해. 왜 그랬는지. 왜 사과를 죽였는지 말하라고, 이 개새끼야."

# A20

"말하라니……. 뭘 말하라는 거야? 내가 사과를 죽인 게 아니잖아. AB가 죽인 거잖아."

A가 더듬더듬 말을 이었다. 그러나 입을 열고 성대에 힘을 실었을 때 느껴진 것은, 실체가 있는 울림이 아닌 습관처럼 내뱉는 날숨과 하등 다를 바 없는 공허함이었다.

칼과 A의 얼굴을 번갈아 보던 O는 몸을 기울여 A의 귓가에 나지막이 속삭였다.

"하지만 너도 책임이 있잖아……. 네가 그날 학교에 가지 않았다면, 아니, 사과를 창밖으로 밀어버리는 대신 경찰에 신고를 해줬다면, 이런 일은 없었을 거 아냐."

"씨발, 그런 억지가 어디 있어? 나도 속은 거라고. 너처럼 AB한테 속은 거란 말이야."

"끝까지 멍청한 소리나 하네. 모르나 본데, 속고 싶어서 속은 거랑 그냥 속아 넘어간 건 완전히 다른 거야. 이런 거 생각해본 적 없어? 살인을 덮어씌울 놈은 B 하나만으로도 충분할 텐데, AB는 왜 너한테까지 접근한 걸까. 왜 하필이면 너를 가장 특별하게 여겨준 걸까? 혹시, 우리 중에 네가 가장 잘 속아 넘어가는 사람이라는 걸 눈치 채서가 아닐까? 그래서 아무런 이유도 핑계도 없이, 소설 속 트릭을 재현해보자는 말로 시험해본 건 아닐까? 너라면 기꺼이 속아줄 테니까. 그런 식으로 생각해본 적은 없어, 병신아?"

서늘한 음성이 거침없이 고막을 후벼 팠다. O의 말은 A의 말과는 다르게 무겁고, 실체가 있었다. O가 손에 쥐고 있는, 저 기묘하리만큼 날이 큰 칼처럼.

단순히 찔러 죽일 생각이라면 저렇게까지 무거운 칼은 필요하지 않을 텐데…….

침을 한 번 꿀꺽 삼킨 A는 유심히 칼을 관찰했다. 달을 반으로 갈라놓은 듯한 모양새에 서릿발 같은 예기가 칼끝을 타고 뚝뚝 떨어지는 것이, A를 찾아오기 직전까지도 숫돌에 날을 간 것 마냥 비장한 기운을 풍긴다.

혹시 O는 나를 토막 내서 죽일 셈인가. 가죽을 가르고, 내장을 후벼 파고, 관절을 난도질해서, 저 산중 어딘가에 짐승의 먹이로 던져줄 셈인가.

끔찍한 생각이 가실 틈도 없이 피로 물든 날붙이가 공중으로 치솟아 올랐다. 이윽고 높이 솟구쳤다가 다시 쏟아져 내리는 파도처럼, 칼날이 부드러운 궤적을 타고 미끄러져 내려오는 광경이 슬로모션처럼 이어졌다. 찰나가 아닌, 연속적인 통증과 함께.

땀으로 젖은 손바닥에서 비릿한 선혈이 배어 나왔다. 공포가 신경을 파고 들어옴에도 불구하고 살해당한다는 감각은 여전히 남의 몫인 듯 아득하다. 그렇지, 아예 이대로 도망쳐버릴까……. 이대로 O가 나를 침범하지 못하는 곳까지 도망가서, 영영 잠들어버릴까. 할 수만 있다면 그리 할 텐데……. 그러나 악몽 같은 현실을 도피해보고자 눈을 감아도, 오감이 A를 가만 내버려둘 리 없었다. 언젠가 어시장에서 맡아본 피 냄새, 정적 속에서 흉기가 자신의 몸을 유린하는 소리, 낯선 고통, 이물감……. 살인범과 단 둘이 남았다는, 보이지 않는 폭력. 이 모든 것들이 오롯이 A의 몫으로 남아 A를 현실세계로 끌어내렸다. 도망치는 건 불가능하다.

아, 이것이 속고 싶어서 속은 자의 말로인가. 어금니를 꽉 문 채 비명을 억누르던 A는 문득 실소를 터뜨렸다. O도 단서를 아예 남기지 않은 건 아니었으니까, 우리한테도 기회가 몇 번 있었을 텐데. 가령, 회장의 죽음을 목격한 직후 각자 샤워를 하고 B의 방에 모이기로 했을 때라거나. O는 먼저 머리를 감고 있었으면서도 회장의 하반신을 옮기느라 B의 방에 가장 늦게 도착했고, 실제로 B가 이를 지적한 바 있었다. B의 말을 조금만 더 귀담아 들었더라면, 그랬다면 뭔가 달라지지 않았을까.

비단 B의 말에만 국한되는 것이 아니다. O 본인의 말도 귀담아 들을 필요가 있었다.

햄버거가 죽은 직후 회원들이 모두 1층에 모였을 때, 시체를 목격한 O는 곧장 화장실로 직행했었다. 당시엔 시체의 참혹함을 이기지 못하고 구토를 하러 간 것으로 생각했으나, O가 B와 나눈 대화로 미루어 보면 참치 캔 때문에 배탈이 나서 화장실에 갔을 가능성이 높다.

이때 캔 뚜껑의 존재를 가장 먼저 유추해낸 회장이 두 사람의 대화를 귀담아 들었다면, 그랬다면 O가 공범이라는 사실을 더 일찍 알아낼 수 있었을 것이다. 회장은 창고에서부터 내내 신경을 O에게 집중하고 있었고, 추리의 방향 자체는 그럭저럭 들어맞았으니까. 회장이 조금만 더 주의 깊게 쓰레기를 뒤졌더라면, O가 입이 짧다는 사실을 기반으로 끼니 수를 헤아려 그가 배불리 먹고도 캔 뚜껑을 하나 더 땄다는 사실을 밝혀냈을 것이다. 하지만 그는 진상을 알기도 전에 잔혹하게 살해당하고 말았다…….

A 스스로에게도 기회는 있었다. O가 화장실에 간 사이를 틈타 AB가 정전이 일어난 시점에 들린 소음의 정체에 대해 이야기했고, O는 논의 주제가 알리바이로 넘어간 시점에 로비로 돌아왔다. 즉, 그는 블루투스 스피커에 대한 설명을 들을 기회가 존재하지 않았다. 그러나 O는 돌아온 후로 단 한 번도 소음의 정체에 대해 묻지 않았다. 단지 '분위기가 왜 이러냐'고 말했을 뿐. O 본인이 햄버거를 죽인 범인이었기에 물어볼 필요가 없었던 것이다.

창고에서 만년필의 고간이 허하다는 점을 지적해 범인이 사과의 복수를 원한다는 것을 강조한 점도 O가 공범이라는 사실을 암시하는 증거였다. O가 책의 제목을 《A와 B의 살인》이라고 지은 것도 어쩌면 그 나름의 고해일 것이다. 혈액형 A와 B로부터 비롯된 혈액형이 O형, 바로 그의 혈액형이니까.

극심한 격통이 사고의 연결고리를 끊었다. A는 천천히, 아주 천천히 눈꺼풀을 들어올렸다. 고개를 돌리자 넝마가 된 오른손이 손목 아래 지점에서부터 잘려나간 게 보였다. 관절인형의 손만 똑 떼어온 것처럼.

"보기보다 독하네. 이래도 말 안 할 거야?"

O의 말이 머리 위를 맴돌았다. 그도 슬슬 피비린내 나는 살인에 지쳤는지, 얼굴 근육이 미세하게 굳어 있었다. A는 젖 먹던 힘까지 다해 겨우 목소리를 짜냈다.

"……AB는 어떻게 됐어? 걔도 죽였어?"

"아니. 아직 살아 있지. 아마 자기 방에 얌전히 처박혀 있을 거야. 내가 그러라고 시켰으니까."

"곧 죽이겠단 소리네."

"하하, 그게 그렇게 되나. 그런데 완전 잘못 짚었어. 그놈은 특별히 살려둘 거거든."

"뭐? 살려두다니, 그게 무슨 뜻이야?"

O가 어깨를 으쓱했다. 다 들어놓고 뭘 물어보냐는 양.

"말 그대로지. 그놈은 안 죽일 거야. 마지막으로 네 머리를 잘라서 보여준 다음, 사지 멀쩡한 채로 감옥에 보낼 거야. 지금까지 있었던 모든 일은 다 그 새끼가 저지른 게 될 거야."

"그러니까……. 너 대신 빵에 들어갈 놈이 한 명쯤은 필요하다, 이거냐?"

"아니. 넌 그것도 완전 잘못 짚었어. 내가 내 몸 하나 건사하자고 그런 쓰레기를 살려두려는 줄 알아? 사과네 가족들도 지켜봐야지, 그 새끼가 살아서 벌 받는 모습을. 재판을 받고, 제대로 형량을 채우고, 그 새끼가 쓴 모든 글이 조롱당하고, 사회로부터 외면당하는 모습을. 그 사람들은 나만큼이나 괴로웠을 테니까. 그러니까 너도 슬슬 말해주지 않을래? 왜 사과를 밀어버린 건지."

O가 다소 침울한 투로 대꾸했다.

사과를 창밖으로 밀어버린 이유 따위를, 지금의 A가 어떻게 설명할 수 있겠는가. 그건 그날 새벽 사과를 죽일 마음을 먹었던 A만이 알고 있을 터였다. 지금의 A는, 죽음을 눈앞에 두고 있는 A는 말하고 싶어도 말할 수가 없다. A가 할 수 있는 말이라곤 살려 달라는 말이 전부일 것이다.

"끝까지 그렇게 나오겠다 이거지?"

"……."

"됐어, 말하기 싫으면 그냥 죽어. 이 살인자야."

말을 마친 O가 칼을 높이 쳐들었다. 겁이 덜컥 몰려왔지만, 그와 동시에 이제는 정말 O로부터 도망칠 수 있을 거라는 확신도 들었다. 사과도, O도 찾아올 수 없는 곳으로, 영원히…….

A는 왠지 모르게 편안한 마음으로 다시금 눈을 감았다. 시각은 물론 청각마저도 제 기능을 잃어가는 것 같았다. 곧 칼끝이 내 목을 파고 들어오겠지. 가죽을 가르고, 신경을 건드리고, 그건 정말…… 끔찍하게 아프겠지. 그래도 아픈 건 목뿐이다. 사과처럼 머리가 박살나고 온 몸이 부러지는 것보단 나을 것이다. 사랑하는 사람한테 배신당한 신세인 건 같지만, 적어도 사과만큼 비참하진 않을 것이다. 그녀는 그 사랑하는 사람의 손에 살해당했으니까.

매 초가 수십 분처럼 길게 느껴졌다. 무언가가 잘못되었다는 사실을 깨달은 건 한참이 지나도 고통이 느껴지지 않아서였다. 어리둥절한 A는 슬그머니 눈을 떴다. O의 어깨 너머로 사람의 그림자가 얼핏 보인 듯했다.

이윽고 꼿꼿하던 O의 몸이 스르르 무너져 침대 밑으로 추락했다.

"괜찮아?"

눈물겹게 다정한 음성이 귓가를 간지럽혔다. O를 쓰러뜨린 사람의 정체를 확인한 A는 혼절하듯 정신을 잃고 말았다.

# A21

왜 사과를 창밖으로 밀어버린 걸까.

찬바람이 휘몰아치는 그날 새벽의 학교에서, A는 눈앞의 풍경을 물끄러미 내려다보았다. 자신이 죽이고자 했던 바로 그 소녀가 창가 아래에 형편없이 나동그라져 있었다. 검붉은 색으로 물든 소녀의 희고 둥그런 이마가, 축 처진 팔다리가 A에게 따져 물었다.

내 무엇이 네게 살의를 불러일으킨 거냐고.

A는 찬찬히 허리를 굽히고 앉아 사과와 눈높이를 맞췄다. 눈앞에 A가 앉아 있다는 사실을 눈치 챈 것인지, 도톰한 눈꺼풀에 빗자루 솔처럼 촘촘히 자라난 속눈썹이 규칙적인 간격으로 경련을 반복했다. 영문 모를 구역질이 식도를 거슬러 올라와 목구멍을 옥죄는 기분이 든다.

입 안에 고인 위액을 한 움큼 뱉어낸 A는 소녀를 향해 거칠게 쏘아붙였다. 죽은 주제에 어디서 살아 있는 사람 흉내를 내고 있어. 물론, 소녀가 대꾸하는 일은 없었다. 무엇보다 사랑한 소년의 손에 의해 영원히 목소리를 잃고 말았으니까.

활짝 열린 창문 틈으로 차게 식은 샛바람이 들이닥쳤다. 그래, 이날은 유독 바람이 거셌지. 《폭풍》의 프롤로그처럼……. 그러고 보니 그

책도 AB가 추천해줘서 읽은 거였는데. 바람이 머리칼을 헤집고 지나갈 때마다 가슴이 울렁거려서 견딜 수가 없다.

AB는 어디서부터 어디까지 내다본 걸까. 그는 A가 사과를 창밖으로 밀어버릴 거라는 점도 예상하고 있었을까. 비좁은 청소도구함 틈에 숨어서 A의 추태를 지켜본 순간, 그는 무슨 생각을 했을까. 그 순간 AB는 A를 보며 기뻐했을까, 아니면 A를 비웃고 있었을까.

……아마도 후자였겠지.

멍하니 앉아 바람을 맞던 A는 걸상을 짚고 일어나 사과의 몸을 일으켜 세우려 애썼다. 그날의 자신이 그랬던 것처럼, 창밖으로 그녀를 밀어버리기 위해. 웃을 때 달의 크레이터처럼 깊은 볼우물을 간직한 동급생의 여자아이를, 항상 도서관에서 샬롯 브론테의 책을 찾던 여자아이를……. 그 특별했던 여자아이를, 다시 한번 죽여버리기 위해. 그녀가 AB와 같은 시간대를 살아가는 일이 없도록.

밖은 어둠 외에 아무것도 보이지 않는다. A는 사과를 창가에 비스듬히 앉혀두고, 마지막으로 숨을 골랐다.

사람은 입보단 행동으로 말하는 법이지. 백 마디 변명보다 한 번의 몸짓이 훨씬 더 효과적일 것이다.

A는 사과의 어깨를 힘껏 밀었다. 찬바람이 수백 갈래로 나뉘어 휘몰아치고, 멀리서 AB의 목소리가 들려왔다.

"걱정 마. 네가 생각하는 그런 일은 없을 테니까."

# A22

시커먼 밤하늘이 아가리를 쫙 벌린 채 흐릿한 시야로 달려들었다. 이윽고 몸이 공중을 부유하고 있는 듯한 묘한 기분과 질 나쁜 악몽에 불시착한 것만 같은 이물감이 뇌리를 덮쳤다. 말로 표현할 수 없는 기묘함에 한참을 멍하니 누워 있던 A는 무심코 홧홧한 감이 드는 양 뺨을 어루만지려 했지만, 어쩐 일인지 몸에 힘이 들어가지 않아 손가락 하나도 까딱할 수 없었다. 처음 산장에서 눈을 떴을 때처럼 손목과 발목이 묶여 있다는 감각 따위가 느껴지는 것도 아닌데 말이다. 신경계가 완전히 고장 나기라도 한 걸까, 이 정도로 몸이 나른한 적이 없었는데. 누군가가 억지로 입 안에 술을 들이붓기라도 한 듯, 속이 울렁거리고 머리가 멍했다.

"쓸데없이 힘 빼지 말고 얌전히 있는 게 좋아. 근육이완제를 주사해 놨거든. 수면 효과가 있는 진통제도."

목소리가 들려온 방향으로 고개를 돌리자 AB가 작게 웃고 있었다. 왼손엔 붕대를 두르고, 오른손엔 고기 써는 칼을 든 채로.

옥상 난간에 등을 대고 서 있던 그는 느릿한 걸음걸이로 A의 곁에 다가와 앉았다. A는 있는 힘껏 비명을 지르고 싶었지만, 눈앞의 살인마는

O와 달리 비명조차 허락하지 않을 터였다.

"기분이 어때?"

AB가 속삭이듯 낮은 목소리로 말했다.

"많이 무서워? 아니면 이젠 내가 혐오스럽니? 이렇게 내가 네 옆에 앉아 있는 걸 보니까 막, 속이 뒤틀리고 그래?"

"……."

"괜찮으니까 말해봐, 현성아. 네가 날 어떻게 생각하는지 듣고 싶어. 지금 못 하겠으면 나중에 해도 좋아. 네가 말하고 싶어질 때까지 기다릴게."

하얗게 빛나는 손이 A의 머리칼을 쓸어주었다. 도저히 살인마라고는 생각할 수 없을 만큼 다정한 손길이었다. A는 가만히 누워서 지금껏 수백, 수천 번은 더 마주했을 AB의 눈을 올려다봤다.

왜 한 번도 눈치 채지 못했던 걸까, 절친한 친우의 껍질 뒤에 숨은 저 재미있어 죽겠다는 눈빛을. 할 수만 있다면 저 눈빛에 속아 넘어간 과거의 자신을 힘껏 두들겨 패주고 싶었다. 유순하게 휘어진 저 눈매는 다정함의 표상 따위가 아니었다. 아끼는 장난감이 제 뜻대로 움직여줬을 때의 순수한 기쁨, 그 이상도 이하도 아닐 것이다.

"표정이 왜 그래, 현성아? 손이 많이 아파?"

"……."

"약이 잘 안 받나? 아까부터 계속 말도 안 하고……. 피는 멎은 것 같은데."

"……."

"아, 아니면 그건가? 너무 놀라서 말도 안 나오는 거. 그래도 계속 입 다물고 있으면 좀 곤란해. 내가 이 순간을 얼마나 기다려왔는데…….
맙소사, 왜 크리스티 여사[6]가 푸아로[7]의 마지막 적으로 이아고[8]를 보냈는지 알 것 같아. 그녀는 한 차원 더 높은 곳에서 우리를 내려다보고 있었던 거야. 명탐정의 상대로 극악무도한 연쇄살인마는 너무 시시해. 진짜 무서운 건 그런 거지, 아무도 모르게 불이 붙은 은밀한 죽음의 도화선 같은 거 말이야……. 너도 그렇게 생각하지?"

AB가 칼끝으로 바닥을 두드리며 중얼거렸다. 살의라고는 전혀 느껴지지 않는 태도지만, 그도 결국 A를 죽일 작정일 것이다. 범인과의 대결에서 패배한 탐정의 말로는 으레 죽음으로 귀결되므로……. 게다가 A는 엄밀히 말하면 탐정 역이 아닌 엑스트라에 불과했다. 세상에 살인범과 사랑에 빠지는 탐정 따위는 존재하지 않으니까. 그 어떤 탐정도 살인범을 두둔해주지는…….

살인범……. 잠깐, AB가 살인범이란 말인가? 물론 그럴 것이다. 그는 사과를 죽였으니까.

하지만 그건 이상하다. 그는 왜 스스로를 이아고에 비유한 걸까? 이아고는 오셀로를 꼬드겨서 그의 손으로 아내를 죽이게끔 만든 인물인데……. AB는 분명 본인의 손으로 사과를 죽이지 않았던가. 심지어는 공범인 O조차도 본인의 손으로…….

6 '추리소설의 여왕'으로 불리는 영국의 소설가. 그녀의 작품은 영어권에서 10억 부 이상 팔렸으며 100여 개의 언어로 번역된 다른 언어판 역시 10억 부 이상 판매되어 기네스 세계 기록에 등재되었다.

7 애거서 크리스티의 소설 속 주인공.

8 4대 비극 중 하나인 《오셀로》에 나오는 인물.

몽롱하던 의식이 순식간에 또렷해졌다. 제멋대로 떠들어대는 AB의 말은 얼핏 보면 이상한 구석이 없는 것 같았으나, 곱씹으면 곱씹을수록 A의 기억과는 맞지 않는 것이었다.

"너……. O는 어떻게 했어? 왜 내가 아니라 O를 공격한 거야?"

"이제 나랑 대화할 생각이 들었어?"

"대답이나 해. O는 지금 어디에 있어? 넌 처음부터 O도 죽일 작정으로 계획을 짠 거지? 그렇지?"

AB는, 아니, 눈앞의 살인마는 A의 질문에 쉽사리 답해주지 않았다. 입꼬리를 끌어당겨 빙긋 웃을 뿐. 그 모습이 정말로 인간이 아닌 무언가를 보는 듯하여, A는 자기도 모르게 언성을 높였다.

"왜 대답이 없어? 말해보라고!"

"아, 미안해. 어떻게 대답하는 게 좋을지 고민하느라 좀 늦었네. 그런데 이건 너한테 직접 보여주는 게 나을 것 같아. 너도 그걸 원해서 굳이 나한테 물어본 거잖아."

보여주다니, 뭘 보여주겠다는 거지? 이 자식이 대체 O한테 무슨 짓을 저질렀단 말인가.

A가 무어라 답하기도 전에 AB가 몸을 일으켰다. 그는 가벼운 걸음걸이로 옥상 문을 향해 다가가더니, 문 앞에 세워둔 큼지막한 베개 커버를 뒤지기 시작했다. 순간 저놈이 O의 몸을 토막 내 넣어놓은 게 아닌가 하는 생각이 들었지만, 불행인지 다행인지 커버의 크기는 수박보다 조금 더 큰 정도였다. 저 정도 크기의 베개 커버에 사람의 사지를 잘라 넣어두는 건 불가능하다. 머리만 잘라낸다면 또 모를까…….

쉼 없이 손을 휘적거리던 AB는 머지않아 무언가를 꺼내들었다. 너무

어두워서 잘 보이진 않았지만, 실루엣으로 봐선 사람의 머리 같지는 않았다.

"자, 봐. 감사 인사는 안 해도 돼, 현성아. 내가 너한테 이 정도도 못 해줄까 봐."

AB가 조롱하듯 떠들었다. A는 말없이 그의 손에 들린 물체를 유심히 응시했다. 그건 손목이었다. 갓 잘라낸 것 같은, 피투성이가 된 사람의 손목.

"어때, 마음에 들어? 나머지 한쪽도 보여줄까?"

"미친 새끼……. 지금 그딴 소리가 나와? 저리 치워."

"왜 그래, 현성아. 널 죽이려고 했던 놈이잖아. 기쁘지 않아? 넌 지금 나한테 특별하게 대우 받고 있는 거라고. 네가 계속 원했던 게 이런 거잖아."

"닥쳐. 누가 나 대신 죽여달랬어? 내가 원한 건 이런 게 아니라……."

말문이 막힌 A는 입을 다물었다. 머릿속이 사과의 죽음과 O, 그리고 AB로 뒤엉켜 엉망이 되어버린 게 분명했다. 이런 상황에서도 살인범을 원한다는 생각 따위를 하다니. 갈피를 잃고 헤매던 A의 눈이 AB의 검은 눈과 마주쳤다. 그의 눈은 변함없이 깊고, 짙은 색을 머금고 있었다.

저 너머에 A가……. 그러니까, 내가 사랑한 소년도 있는 걸까. 그가 여전히 살아 있을까. 몸의 주도권을 잃은 이상, 이 살인마가 그를 가만 내버려둘 리는 없을 텐데.

"넌 이 지경이 되어서도 나를 버리지 못하는구나."

서늘한 손이 A의 뺨을 찬찬히 쓸었다. A는 AB의 손을 뿌리치려 했지만, 몸은 여전히 돌처럼 굳어 움직일 기미를 보이지 않았다.

"왜일까? 네가 너무 멍청해서? 아니면 내 또 다른 인격은 무고하다고 믿고 있어서? 가엾기도 하지. 어쩌면 너 같은 사람들 덕에 소설이나 시가 인기 있는 걸지도 모르겠다. 대충 그럴싸한 말을 늘어놓으면 그게 현실인 것처럼 믿어버리니까."

"그건 또 무슨 헛소리야? 알아듣게 말해."

"자그마치 2년……. 2년이란 시간이 걸렸어. 여자애 한 명 죽이는 데 2시간도 아니고, 2년이나 걸렸다고. 왜 그렇게 오래 걸렸을 것 같아? 응? 너 하나 꼬시는 건 일도 아닌데 말이야."

끔찍한 정적이 숨을 옥죄었다. 들어서는 안 될 말을 들은 것처럼 시야가 노르스름해졌다. 전신에 저릿저릿한 감각이 퍼지고, 입 안엔 근원 모를 쓴 맛이 퍼져나갔다. AB의 눈은 여전히 A에게로 향해 있었지만, A가 보고 있는 이 눈은 그의 것이 아닌 것만 같았다. 사과를 죽이는 데 2년이나 걸린 이유, 그리고 이아고…….

마침내 A는 그의 말이 부자연스럽게 들린 이유를 깨달았다. O가 끔찍한 착각을 하고 있었다는 사실도.

"너, 전부 다 거짓말이었구나."

A는 스스로의 목소리조차 두려워하면서 침묵을 깼다.

"이중인격이라는 거, 그건 거짓말이었어. 회장과 만년필, 햄버거 선배를 죽인 건 O가 아니야. 진짜 범인은 너지."

돌이켜 보면 모든 것이 교묘하게 어긋나 있었다. 만년필과 회장, 햄버거와 O는 그들 스스로의 의지로 악의를 품은 게 아니었으니까. 만년필은 자기 동생을 건드린 일에 대한 보복으로 사과를 도촬했지만, 사실

동생의 물건을 훔친 사람은 사과가 아니었다. 사과의 일기에 간접적으로 등장한 그 신출귀몰한 도둑이야말로 만년필의 동생 물건을 사과 가방에 넣어두고, 햄버거가 블로그에 올린 글을 왜곡하여 학교 익명 게시판에 올리고, 사과를 스토킹해 정신적으로 몰아붙이고, 사과의 사진을 회장에게 전달한 범인일 것이다. 누구보다 관찰력이 뛰어나고 타인의 처지에 몰입하기 쉬운, 단 한 사람만이.

그리고 이 모든 일을 저지른 범인에게 속아 넘어간 O는 가장 비참하고 서글프게 살해당하고 말았다……. 본인도 모르는 사이 진범 대신 끔찍한 살인을 자행하면서.

"네가 습관적으로 하던 '기억이 잘 안 난다'는 말은 일종의 복선 같은 거였어. 아무런 낌새도 없이 이중인격이라고 하면 O가 믿어줄 리 없으니까, 그럴듯한 징조가 필요했겠지. 살인 용의자로 잡혀간 적이 있다는 이력도 큰 도움이 됐을 거야. 물론 또 다른 인격이 저지른 짓이 아니라 네가 죽이고 싶어서 죽인 거겠지만."

이빨이 딱딱 부딪혀 실수로 입 안을 깨물었지만, A는 꾹 참고 말을 이었다.

"하지만 네 연기도 완벽하진 않았어. 정말 네가 이중인격이고 A 인격이 살인에 대한 기억을 가지고 있지 않았다면, A 인격은 시체에 대한 내성이 없어야 해. 그런데 넌 산장에 머무는 내내 이상할 정도로 침착했지. 시체 같은 건 너무 자주 봐서 별 감흥도 없다는 듯이."

"별 감흥 없었던 건 아니야. 속으론 엄청 흥분하고 있었다고."

AB가 어깨를 으쓱하며 대꾸했다. 자신이 한 거짓말이 간파 당했는데도 일말의 표정 변화 없이 태연한 모습이었다. 이젠 그가 칼을 들고 있다는 사실보다도 그라는 인간 자체가 두렵게 느껴졌다. 어디까지가 거짓이고 어디까지가 진실인 걸까. 아니, AB가 하는 말 중 진실이라는 게 존재하기는 하는 걸까?

"현성아."

AB의 손이 복부를 타고 올라왔다. 유독 비가 많이 내리던 그날에도, 그는 이렇게 은근하게 굴었었는데……. 말로 표현할 수 없는 절망감이 온몸을 덮쳤다. 이 악독한 놈은 어째서 마지막까지 상냥한 척 아양을 떤단 말인가. 이제 연기 같은 건 그만둬도 될 텐데.

"죽일 테면 빨리 죽여, 개자식아."

"나도 그러고 싶긴 한데, 아직 날 어떻게 생각하는지 말 안 해줬잖아. 현성아, 지금도 날 좋아해? 너한테 날 죽일 기회를 주면, 그땐 날 죽일 거야?"

"그딴 게 뭐가 중요한데. 그냥 죽이면 되잖아."

"나한텐 중요해. 소설가의 기본 소양은 등장인물에 대한 몰입이야. 마지막 순간에 배신당한 기분이 어떤지, 너무 궁금하단 말이야."

미친놈. A는 속으로 욕설을 퍼부으며 입을 다물었다.

개 같은 자식, 다 알고 있으면서 뭐가 궁금하다는 거야. 모르겠으면 모르는 대로 닥치고 있을 것이지.

"진짜 말 안 해줄 거야? 너무하네, 내가 그동안 얼마나 잘해줬는데."

"……."

"그래, 알았어. 이젠 더 안 물어볼게. 이 이상 시간 끌면 나도 곤란해지니까."

AB가 칼을 내던지며 중얼거렸다. 이제야 겨우 그가 살인범다워 보이기 시작했다. 그러나 다르게 말하면, 마침내 종막의 시간이 도래했다는 뜻이기도 하다. 악마가 AB라는 껍질을 깨고 나온 지금 이 순간부터.

한순간에 AB의 흰 목이 코앞까지 다가왔고, 그가 자신의 몸을 단단히 끌어안는 게 느껴져 왔다. AB의 품은 상상했던 것보다 더 볼품없고, 위태로웠다. 그에게 몸을 내맡긴다는 것이 얼마나 허황된 일인지를 토로해주듯이. 숨을 크게 들이마시자 먹먹한 비 냄새가 배어 나온다. 기절해 있는 동안 잠깐 이슬비가 내렸나 보다. AB는 꿈속의 A가 사과를 일으켜 세운 것처럼, 천천히 A의 몸을 일으켜 세웠다. 발을 질질 끌며 속수무책으로 걷던 A는 어느덧 옥상 난간을 목전에 두고 있었다.

4년간 도망쳐서 도착한 곳이 결국 여긴가. A는 허탈한 웃음을 지으며 난간 위에 걸터앉았다. 등 뒤에 어떤 풍경이 펼쳐져 있는지는 알 수 없으나, 그것은 아무런 의미도 없을 것이다. 회원들과 함께 술을 마시던 일주일 전의 그날로 돌아갈 수 없는 이상, 그런 건 아무 짝에도 쓸모가 없다……. A는 젖 먹던 힘까지 다해 간절하게 기도했다.

사실은 내가 사과를 죽인 게 맞고, 이 모든 건 죄책감이 만들어낸 환상이기를. 눈을 감았다 뜨면 O가 쓴 책의 제목을 지어주겠다는 둥, 시시콜콜한 이야기나 하며 다 같이 모여 웃고 떠들고 있기를.

"고마워, 현성아. 덕분에 재미있었어."

AB의 목소리가 귓가로 흘러들었다. 그는, 아니, 유진은 아주 조심스럽게 A의 어깨에 손을 올려놓고, 언제든지 사형을 집행할 준비를 마친 상태였다.

"마지막으로 남길 말은 없어? 너도 작가잖아. 그럴듯한 문장 하나 정도는 내뱉고 가야지."

AB가 웃으며 속삭였다. 그는 이런 상황에서도 재미를 챙기고 싶은 걸까. 사람의 목숨줄을 쥐고 흔들면서 망가진 장난감이 발버둥치는 광경을 보는 게, 그런 일이 정말 재미있다고 생각하나? A는 새삼 이 상냥한 악마의 태도에 진절머리가 났다.

"한 가지만 묻자."

"뭔데?"

"넌 왜 사과를 죽인 거야? 아니, 왜 O랑 짜고 이런 연극을 벌여서 우리를 죽인 거지?"

AB는 말이 없었다. A는 그것이 그 스스로도 이유를 모르고 있기 때문일 거라고 생각했지만, AB가 입을 연 순간 이번에도 자신이 틀렸음을 깨달았다. AB는 단지 그를 이해시킬 수 있는 문장을 고민 중이었을 뿐이었다.

"재미있잖아. 이야기를 읽는 것만큼이나, 이야기를 만드는 것도 흥분되는 일이잖아. 네가 글을 쓰기 시작한 이유도 그런 이유 아니야? 재미있으니까. 네가 직접 경험해보지 않고서는 못 배길 것 같으니까."

"너 진짜 제대로 미친놈이구나."

"세상에 미치지 않은 인간은 없어. 생각해 봐. 어떤 사람은 90분씩 공을 차고 뛰어다니는 행위 따위에 미치기도 하고, 어떤 사람은 존재하지도 않는 가상의 인간 따위에, 또 어떤 사람은 그림이 살아서 뛰어다니는 필름 따위에 미치기도 하지. 나도 그런 사람들 중 하나일 뿐이야. 그리고 사과도 나랑 같은 부류의 인간이었지. 하필이면 나 같은 놈한테 미쳐 있었다는 게 문제긴 하지만. 그래도 처음 봤을 땐 나도 놀랐어. 같은 이름에 같은 반, 그리고 같은 성향을 가진 사람이라니. 내가 조금 더 감성적인 놈이었다면 걔도 꽤 오래 살아 있었을 텐데……. 뭐 어때, 그래도 같은 이름을 가진 사람한테 죽는 것만큼 낭만적인 일도 없잖아. 안 그래?"

말을 마친 AB가 A의 어깨를 움켜쥔 손에 힘을 가했다. 새하얀 손등에 핏줄이 불거진 찰나, 말로 표현할 수 없는 아픔이 심장을 관통했다.

"한유진."

A는 울음을 토하듯 마지막 힘을 다해 AB의 이름을 불렀다. 유진은 아주 잠시 놀란 표정을 지었지만, 늘 그랬듯 결국은 본래의 여유로운 얼굴로 돌아왔다.

"잘 자. 사과한테 소식 전해줘."

언젠가 만나러 가겠다고. AB가 부드럽게 속삭였다.

뺨에 부드러운 감촉이 와닿음과 동시에, 상체가 뒤로 젖혔다. A는 끝없는 어둠 속으로 추락하며 울부짖었다.

네가 만나야 할 사람은 그 계집애가 아니라 나야.

# 에필로그

"어쨌든 글은 계속 쓰고 있어요. 정식으로 출판할 건 아니고, 일기 비슷한 거긴 하지만."

유진이 편집장을 곁눈질하며 말했다. 그동안 잘 지냈냐는 질문에 대한 대답이었다. 규칙적으로 떨어지는 링거액을 응시하고 있던 편집장은 곧장 환자복 차림으로 침대에 누워 있는 유진에게 시선을 돌렸다. 그는 언제나와 같이 속내가 훤히 들여다보이는 표정을 짓고 있었다.

"왜 출판을 안 하겠다는 거니?"

"그냥요. 당분간은 저 혼자만의 이야기로 남겨두고 싶어요."

"그래, 너한텐 그 편이 더 나을 수도 있지. 그다지 좋은 기억도 아니고, 네가 겪은 사건을 토대로 쓴 글이라는 걸 알면 사람들이 귀찮게 굴 테니까."

편집장의 두툼한 손가락이 침대 머리맡에서 굴러다니는 신문을 톡톡 두드렸다. 그곳엔 어느 신인 작가가 인적 없는 산장에 고등학교 동창생들을 납치 감금, 살해하고 자살했으며 산장에서 도망친 한 명만이 무사히 구조되었다는 기사가 실려 있었다.

유진은 다소 심술궂은 마음이 되어 입을 비죽 내밀었다.

"그런 이유로 안 하겠다는 게 아닌데."

"됐어, 그래도 다시 한번 생각해보는 게 좋을 것 같구나. 너는 피해자니까, 설령 구설수에 오른다고 해도 별 일은 없을 거야. 요즘 사람들은 워낙에 쉽게 질리니까."

"하지만 사람들이 이런 이야기를 좋아할까요. 문장도 그렇고, 제가 쓰던 문체랑은 너무 다른데."

"당연히 좋아하지. 누가 쓴 이야긴데."

"저를 너무 과대평가하시네요."

"새끼, 답지 않게 겸손 떨기는. 정 싫으면 그거라도 다시 생각해보든가, 내 양아들로 들어오는 거. 허우대도 멀쩡한 놈이 부모도 없이 혼자 사는 거 보면 사람들이 손가락질 한다."

유진의 어깨를 두드려준 편집장은 점퍼 주머니에 손을 넣은 채 자리에서 일어났다. 인사치레도 했으니 슬슬 돌아갈 요량인 것 같았다. 유진이 몸을 일으키려 하자 편집장이 그 거대한 몸으로 펄쩍 뛰며 손사래를 쳤다.

"배웅 같은 거 필요 없어, 이 녀석아. 퇴원할 때 연락해. 집에 데려다 줄 테니까. 병원 밥 맛 없다고 거르지 말고, 꼬박꼬박 잘 챙겨 먹어."

"네, 조심해서 들어가세요."

"참, 이건 혹시 몰라서 묻는 건데 말이야……. 만약에 출판을 하기로 결정한다면, 그거 제목은 뭘로 지을 거냐? 원고 보니까 표지엔 아무것도 없던데."

예상치 못한 질문에 말문이 막혔다. 제목이라. 그건 내가 지을 수 있는 게 아닌데……. 이 원고의 주인은 따로 있으니까.

"제목 같은 건 없어요. 출판할 일 없을 테니까."

대답을 들은 편집장이 묘한 표정을 짓는 광경을 뒤로 하고, 유진은 창밖으로 시선을 옮겼다.

밖엔 끝없는 어둠이 펼쳐져 있었다. 누군가가 투신하는 형상이 창문에 얼핏 비친 것 같았지만, 그건 유진의 착각일 것이다.

무대는 이미 한참 전에 막을 내렸으니까.

# 작가의 말

글을 쓰는 과정은 단단한 바위 같은 세상에 '나를 봐달라'고 외치며 온 몸으로 부딪치는 일이라고, 그래서 그들도 나를 볼 수 있고 나도 그들의 틈으로 비집고 들어갈 수 있게 되는 일이라고, 나는 종종 생각했다. 바깥은 너무도 차갑고, 어둡고, 딱딱해서 죽을힘을 다해 부딪치지 않으면 안 되겠지만, 그래도 그렇게 해서 내가 쓴 글이 사랑받을 수 있다면 더할 나위 없이 좋을 것 같다고.

하지만 정말로 내가 쓴 글이 세상에 나가 빛을 보게 되리라고 예상하고 글을 써온 건 아니다. 처음으로 글에 재능이 있다는 칭찬을 들었을 때부터 지금까지, 나는 은연중에 내 글을 의심하고 있었다. 내게 정말 재능이 있을지, 남들에 비해 잘 쓴다고 말할 수 있는지, 과연 내가 쓰고 싶어 하는 글과 남들이 읽고 싶어 하는 글이 일치할지, 하루도 불안에 떨지 않은 나날이 없었다. 내가 글을 의심하면 글도 나를 믿지 못한다는 것을 알면서도, '작가'라는 명칭은 무언가 대단한 업적을 이뤄낸 사람들만이 거머쥘 수 있으며 내게 좋은 기회가 올 리 없다는 터무니

없는 예감에 사로잡혀 밤마다 죄 없는 희망들을 무참히 살해했다. 도살된 희망들로 얼룩진 검은 밤이 다음 날 아침 해에 하얗게 물들고, 또 다른 밤이 찾아오면 자괴감이 혜성처럼 심장을 찔렀다.

그래서 작가의 말을 쓰고 있는 지금이 너무도 귀하고 소중한 것이다. 지금껏 내가 해온 것들이 아무 의미도 없었던 건 아니라는 걸 실감할 수 있는 몇 안 되는 순간이니까. 내가, 오로지 나의 힘만으로 세상에 부딪쳐서 자국을 남겼으니까. 아빠가 사다준 《셜록 홈즈》 전집을 읽으며 저녁 시간을 보내던 아이에게, 지금도 홈즈 흉내를 내고 있는 사람에게 자그마한 선물을 하나 해줄 수 있었으니까. 지금만큼 기쁜 순간이 오더라도 지금과 똑같이 기쁠 수는 없으리라.

뻔한 수순이긴 해도 책의 탄생 과정을 조금 부연해보자면, 처음 소설을 구상하게 된 건 중학교 교과서에 실린 어떤 문학 작품을 보고 나서였다. 약 8년 전쯤의 일이 아닐까 싶다. 화자 1과 화자 2가 동일한 사건을 두고 서로 다른 시각으로 서술하는 작품이었는데, 같은 사건을 두 가지 시점으로 바라본다는 발상 자체를 떠올리지 못한 당시의 나로서는 생각 이상으로 충격적인 구성이었다. 이후 성인이 되어 어느 정도의 시간 여유가 생기자, 나도 그러한 작품을 써보고 싶다는 생각이 들어 무작정 노트북 앞에 앉았다. 그때 나는 제대로 된 작품보다는 완결된 작품이 갖고 싶었다. 초짜인 내가 첫 술에 배부를 수는 없으니, 우선 등장인물들의 여정을 끝까지 함께하는 게 목표였다.

약 6개월간의 여정이었다. 추리물에 어울리도록 문체를 깎고, 현학적인 묘사는 최대한으로 줄이고, 어떤 장면을 보여줘야 독자들이 흥미를 가질 수 있는지 고민하고……. 참, 그거 아는가? 사실 《그날 밤 내가 죽인 소녀》는 원래 A와 B, 그리고 형사라는 세 사람이 이끌어가는 이야기였다. 형사가 자기 여동생을 살해한 용의자로 피해자와 애인 관계였던 A와 B를 지목하고, A와 B는 서로가 범인이라는 증거를 모으고, 최후엔 삼자대면을 통해 형사가 범인이라는 진상이 드러나는 의심암귀물. 하지만 6개월은 인간에게도 그리 짧은 시간이 아닌 만큼, 글에겐 모든 것이 바뀔 수 있는 시간이다. 반년을 바친 뒤 손에 넣은 글은 내 예상과는 확연히 멀어져 있었지만, 그래도 《그날 밤 내가 죽인 소녀》는 게으른 내가 설정으로만 남겨둔 수많은 이야기들 중 유일하게 기승전결을 갖춘 소설이었다. 예전에 무라카미 하루키가 인물을 설정하면 그 인물이 알아서 사건을 전개해 나간다는 식의 말을 한 적이 있는 것 같은데, 처음 그 말을 들었을 땐 '그냥 미리 정해둔 대로 쓰면 안 되나?'라고 생각했었지만 지금은 그의 말에 십분 공감한다. 글이란 참 마음대로 되지 않는다. 좋은 의미로도, 나쁜 의미로도.

많이 부족한 글임에도 불구하고 출간 제의를 해주신 부크크, 한 발 앞서 세상에 균열을 내준 수많은 작가분들, 내 이름을 건 책이 출간된다는 소식에 당신의 일처럼 기뻐해준 부모님께 감사한다. 그리고 나와 내 글을 좋아해준 SNS의 얼굴 없는 사람들에게도 감사 인사를 전하고 싶다. 가끔 울고 싶은 때가 찾아올 수도 있겠지만, 오늘은 당신들의 세상이 다정하기를 빈다. 지금보다 더 자주 얼굴을 비춰줬으면 하지만, 지금보다 더 가끔 찾아온다고 해도 상관은 없다. 때로는 같은 하늘 아래에 살고 있다는 사실만으로도 위안이 되니까.

그 외의 나를 지탱해주는 모든 것들에게도, 감사와 사랑을 표하지 않을 수 없다. 학교 기숙사 근처에 핀 목련들과 자양화, 저녁 무렵 어둑어둑해진 하늘 위로 빼끔 얼굴을 내민 아기별, 바람 부는 날 들려오는 회양목들의 노래, 겨우내 피를 흘리는 동백. 시험기간에만 볼 수 있는 벚꽃들과 음악관에서 흘러나오는 피아노 소리. 가끔씩 걸려오는 안부전화, 네가 보고 싶다는 따뜻한 말들. 나는 네가 설령 살인을 했더라도 너를 좋아할 거라는, 내가 어떻게 너를 두고 죽겠냐는, 무력했던 지난 나를 안아준 말들.

내가 가장 좋아하는 옷과 음식, 게임, 마음 놓고 좋아할 수 있는 사람들, 그 외 모두가 지금처럼 계속 평안하길 바란다.

삶이 때때로 균형을 잃어도 돌아갈 곳이 남아 있기를.

난파된 봄의 한가운데에서

장은영